东　西 / 主编

伤心鹧鸪之歌

徐小雅　著

广西当代作家丛书（第五辑）

广西人民出版社

图书在版编目（CIP）数据

广西当代作家丛书．第五辑，伤心鹈鹕之歌 / 东西主编；徐小雅著．— 南宁：广西人民出版社，2022.11
ISBN 978-7-219-11479-7

Ⅰ．①广… Ⅱ．①东… ②徐… Ⅲ．①中国文学—当代文学—作品综合集—广西 ②中篇小说—中国—当代 ③短篇小说—小说集—中国—当代 Ⅳ．① I218.67

中国版本图书馆 CIP 数据核字（2022）第 235727 号

GUANGXI DANGDAI ZUOJIA CONGSHU（DI-WU JI） SHANGXIN TIHU ZHI GE
广西当代作家丛书（第五辑） 伤心鹈鹕之歌
东 西 主编
徐小雅 著

出 版 人 韦鸿学
策　　划 罗敏超
统　　筹 覃萃萍
责任编辑 李恩彤
责任校对 覃丽婷
封面设计 翁襄媛

出版发行 广西人民出版社
社　　址 广西南宁市桂春路 6 号
邮　　编 530021
印　　刷 广西民族印刷包装集团有限公司
开　　本 787mm × 1092mm 1 / 16
印　　张 17
字　　数 210 千字
版　　次 2022 年 11 月 第 1 版
印　　次 2022 年 11 月 第 1 次印刷
书　　号 ISBN 978-7-219-11479-7
定　　价 48.00 元

总 序

从2012年党的十八大召开到2022年党的二十大召开，这段历史，在党的二十大报告中，被称为“新时代十年的伟大变革”。这十年，以习近平同志为核心的党中央团结带领全党全国各族人民，迎来了中国共产党成立一百周年，中国特色社会主义进入新时代，完成脱贫攻坚、全面建成小康社会的历史任务，实现第一个百年奋斗目标。历史性的胜利，彪炳史册。

这十年，也是中国文学界牢记习近平总书记嘱托，坚持以人民为中心的创作导向，从“高原”持续向“高峰”攀登的十年，是“文学桂军”锐意进取，不断夯实基础、壮大实力、提升影响的十年。

2001年至2012年，广西作家协会在自治区党委宣传部的大力支持下，精心组织，陆续编辑出版了“广西当代作家丛书”一至四辑共80卷本，80位广西当代有成就、有影响的作家入选该丛书，成为中华人民共和国成立以来广西文学界规模最大的文化积累工程，此举备受国内文坛瞩目。可谓功在当代，利在千秋。

从2012年至今，刚好十年过去。“文学桂军”在小说、报告文学、诗歌、散文、儿童文学等体裁创作上，又涌现出一批具有全国影响力的代表性作家，少数民族作家队伍的创作实力在全国处于领先地位。国运昌盛，文运必兴。编辑出版“广西当代作家丛书（第五辑）”，推出新一代广西作家，成为文学界共同的期待。

十年来，得益于自治区党委、政府的关心支持，得益于自治区党委宣传部的正确领导和大力扶持，“文学桂军”呈现出良好生态和健康发展势头，一批作家频频在全国重要文学刊物亮相，一批有分量的作品在全国各重要出版社出版。陶丽群获第十一届全国少数民族文学创作骏马奖，红日、李约热、莫景春获第十二届全国少数民族文学创作骏马奖，朱山坡、李约热分别获第七、第八届鲁迅文学奖提名，东西的长篇小说进入第十届茅盾文学奖前20名。十年来，据不完全统计，广西作家出版长篇小说、中短篇小说、散文、诗歌、儿童文学、报告文学等专集选集共600多部。一批作品获广西文艺创作铜鼓奖，《人民文学》《小说选刊》《民族文学》等刊物年度优秀作品奖，以及《小说月报》百花奖、花城文学奖杰出作家奖、郁达夫小说奖、茅盾新人奖、《雨花》文学奖、华语青年作家奖、《钟山》文学奖、《儿童文学》金近奖、“小十月文学奖”佳作奖、华文青年诗歌奖、三毛散文奖、冰心散文奖等，入选各类文学排行榜。“文学桂军”已然成为家喻户晓、有全国影响力的响亮品牌。

为进一步繁荣广西文学事业，全面展示党的十八大以来广西文学创作的丰硕成果及新时代广西作家的精神风貌，广西作家协会决定组织出版“广西当代作家丛书（第五辑）”。

该丛书的入选作者须具备三个条件：一是作者须为广西作

家协会会员，中国作家协会会员优先；二是近年来创作成绩突出，曾经获得全国性文学奖或自治区级文学奖；三是个人创作成绩显著，作品在全国重要刊物发表。在广泛征求意见基础上，经各团体会员推荐、广西作家协会主席团会议酝酿讨论，实行无记名投票推选，共评出入选作家20名。田耳、田湘、王勇英等作家，由于作品版权原因，遗憾无法纳入本次选编。一批作家近十年创作成果丰硕，由于已经入选前四辑丛书，本次不再选入。

习近平总书记指出，文运同国运相牵，文脉同国脉相连。文化兴则国家兴，文化强则民族强。当代中国，江山壮丽，人民豪迈，前程远大。时代为我国文艺繁荣发展提供了前所未有的广阔舞台。文章合为时而著，歌诗合为事而作。衡量一个时代的文艺成就最终要看作品。推动文艺繁荣发展，最根本的是要创作出无愧于我们这个伟大民族、伟大时代的优秀作品。没有优秀作品，其他事情搞得再热闹、再花哨，那也只是表面文章，不能真正深入人民的精神世界，不能触及人的灵魂、引起人民思想共鸣。习近平总书记关于文艺工作的重要论述，已经成为广大文艺家的自觉遵循，内化于心，外化于行。收入本辑丛书的作品，内容丰富，题材广泛，风格多样，在记录伟大时代，反映现实生活，讴歌人民创造等方面，用心、用情、用力，很好地体现了以人民为中心的创作导向，集中展示了祖国南疆新时代蓬勃多姿的文学景象。

习近平总书记在党的二十大报告中指出，推进文化自信自强，铸就社会主义文化新辉煌。全面建设社会主义现代化国家，必须坚持中国特色社会主义文化发展道路，增强文化自信。坚持以人民为中心的创作导向，推出更多增强人民精神力量的优秀作品，培育造就大批德艺双馨的文学艺术家和规模宏大的文化文艺人才队伍。这为新时代新征程的文化建设和文艺创作指出了正确方向，提供了根本遵循。

当前，全党全国各族人民正在深入学习宣传贯彻党的二十大精神，满怀信心向第二个百年奋斗目标迈进。编辑出版“广西当代作家丛书（第五辑）”，可谓正当其时，也是贯彻落实《中共中央关于繁荣发展社会主义文艺的意见》和《中共广西壮族自治区委员会关于繁荣发展社会主义文艺的实施意见》，用文学助力建设新时代中国特色社会主义壮美广西的最新成果。

伟大时代必将激励、孕育伟大的作家和作品。希望广西作家和文学工作者，坚持文化自信，做到文化自强，坚守艺术理想，追求德艺双馨，不断增强脚力、眼力、脑力、笔力，以刚健、厚重、先进、质朴的创造抵达伟大时代的艺术高度。诚如中国文学艺术界联合会、中国作家协会主席铁凝所寄语的那样：广西文脉深厚、绵长，新时代新征程上，相信广西作家能以耀眼的才华编织崭新“百鸟衣”，描绘气象万千的“美丽的南方”。这是时代赋予我们的责任，唯有俯下身子，深入到火热生活中去，深入到人民中去，不断学习，不断攀登，以作品立身，以美德铸魂，方能不负时代，不负人民。

是为序。

石才夫

2022年10月31日

CONTENTS 目 录

短篇小说／

中篇小说／

短篇小说

阿　兰

1

停电时阿渊正在侍弄筒骨。下班回来的路上他经过超市，看到筒骨很新鲜，决定买一些好弄筒骨黑豆汤。上个星期父亲从乡下拿来了许多黑豆。那黑豆很硬，像是石块一样硌人手。阿渊皱了皱眉。父亲看出了阿渊的心思，说，你别看它硬，这是纯天然的，多吃一点对身体有好处。黑豆补血，你让宋佳好好补补。他说着，叹了口气。

他刚将筒骨氽水去血，正准备将它们放进高压锅里时，电突然停了。外面零落地响起几声女人的尖叫，声音不大，听起来并不惊慌。的确，这幢楼里的人对停电早就习以为常了。一个月以来，这幢公寓都在间歇地停电，偶尔还停水——这大概是拆迁办做的。他们挨家挨户地和这条巷子里的住户们谈着拆迁款，大部分人都高高兴兴地拿着钱走了，唯独在阿渊住的这幢公寓楼里碰了钉子。或许是因为不久前电视上才公布过强拆的丑闻，所以，这些拆迁办的工作人员态度都很温和，甚至有些胆怯。阿渊记得，他们当中有一个年轻的小伙子，看起来大学毕业没多久。他羞红着脸挨家挨户地敲门，无一例外地被公寓里的主妇们轰了出来。后来，他没有再来过。接着停电就开始了。

这幢公寓楼是整条南瑞巷唯一一幢还有零散住户的公寓楼。这幢楼究竟有多少年历史，阿渊自己也说不清楚。他只记得一家人在他的少年时代搬了进来，一直到他读大学，和宋佳结婚，他们家一直没有换过房子。从公寓出来往前走大约十米，有一个巨大的垃圾转运站。每天晚上六点左右，垃圾车就在巷子口长长地排起队。清洁工们扎堆聊天，按照次序将垃圾车内的垃圾清理干净。大约要到七八点钟，垃圾才能清理完毕。对此宋佳一直很不习惯。你没觉得这房子里有股腐烂的味道吗？她常常这样说。阿渊觉得她是神经过敏。垃圾站虽然就在门口，但每天都被清理得很干净——毕竟它在城市中心。他也仔细地闻过，根本就没有闻到宋佳所说的那种腐臭味。后来阿渊想到，这可能是宋佳为买新房做的铺垫。她早就看好了一处住宅，是临江新建的金榜小区。这小区靠着江，背倚着从小学到高中的三座名校。小区名字也好，金榜，让人感觉是一个好兆头。

宋佳是个很有条理的人，无论是什么事，她都提前很久就做好计划。阿渊觉得，这座房子也是她的计划之一。即便如此，他还是坚持着没有走。他有自己的打算。阿渊老早就听规划局的朋友说了，市中心要建一条全省最大的步行街。按照规划，南瑞巷就是步行街的入口。以后步行街建设起来，这附近的房价也会如同高烧病人的体温一样，炽热地不断上升。阿渊自信满满地对宋佳说："再等等，等我们拿到了合适的拆迁款，那时再买新房不迟。”宋佳坚持了几次，最后见拗不过阿渊，也就默许了。

不过，最近阿渊开始发觉在这屋子里真的有一股腐烂味。这味道和停电的频率一样，只要房间一黑，没过多久，臭味就渐渐地从房间四处渗出来，又慢慢地渗进他的鼻孔里，让他冷不丁地直打寒战。

阿渊把装着筒骨的盆子放到料理台上，翻开抽屉开始找手电。他记得几天前宋佳放了一个手电在厨房里。说来奇怪，宋佳对停电似乎不太意外。上个月她回了娘家，待了整整一个月的时间。刚回来那天，宋佳就遇上了停电。那时她正在洗澡。进入浴室没多久，啪的一声，屋子就黑了。阿渊急急忙忙地冲进浴室，放了一个应急灯在洗脸池上：“对不起，我忘记告诉你了，这段时间老是被掐电源。”应急灯惨白的灯光照在宋佳的脸上，映出一个冰冷的轮廓。没关系，能想象得到，她说。第二天，宋佳就到超市里买了手电、电池和蜡烛，在每个房间里都放上一把手电。厨房也不例外。但现在，阿渊翻遍了整个抽屉，除了摸到几支白色的蜡烛，什么也没找到。阿渊不想点蜡烛。白色的蜡烛总让他联想到葬礼，心里硌得慌。

他合上抽屉，准备到客厅里找应急灯，没想到，宋佳已经提着应急灯过来了。她抬头看了阿渊一眼，没说话，将灯放在饭厅的桌子上，转身走了回去。

“汤等下就好了！”阿渊不甘心地喊。

“嗯，我先去洗澡。”

宋佳无精打采的，和一个月前的她相比简直是两个极端。上个月，宋佳每天都精神饱满，似乎永远都不会感觉疲倦。不过她向来如此。她对任何事都是兴致勃勃的，像幼童探索未知世界一样，充满着丰沛的好奇心。相反，阿渊是个沉默寡言的人，他甚至还有些社交恐惧。他们两人是在校友联谊会上认识的。那天，宋佳穿了一身俏皮的红色，在整个会场上乱窜。她看起来像是太阳，阿渊想。没过多久，这轮热腾腾的太阳跑到他身边坐下来。“喂，你怎么跟个闷葫芦一样傻坐着啊？”

然而现在，宋佳从太阳变成了月亮。阿渊在她身上再也找不到当初那种炽热的气息了。相反，每次靠近宋佳时，他总能觉出有一股潮湿的、冰冷的寒气从她的骨头深处渗出来，接着灵敏地钻进阿渊的身体。他真希望这一切都是做梦。每天睡觉前，他都祈祷着第二天一觉醒来能看见宋佳满月一样的笑脸。可是每一次他都失望了。阿渊每天都在天还未亮尽时就醒来，这时，宋佳已经不见了人影。他伸手摸了摸宋佳躺的位置，是冷的。他无精打采地从床上起来，准备去洗漱。经过客房时，他发现宋佳安静地站在里面。她从衣柜里拿出好些婴儿的小衣服——这是几个月前她精心挑选的——用它们轻轻摩挲着自己的脸。很快，她又将这些衣服一件一件地叠好，整齐地放进衣柜里。

她抬起头来，看见站在门口的阿渊，说：“早上好。”

“早上好。”阿渊回答。他不敢看宋佳，低着头匆匆地走进浴室。他有多久没认真地打量过自己的妻子了？他不清楚。

阿渊心想着这些，觉得很丧气。他无力地拿起应急灯，突然发现灯下有一张海报。是李志演唱会的海报。这是他在超市门口看到的。阿渊在海报前站了很久，时间越长，越觉得心慌。最后，他一把撕下了这张海报，随后塞进了购物袋。他原来多喜欢李志啊：手机铃声、车载CD，全都是李志的歌。不过，自从宋佳流产后，他再也没敢听李志的任何一首歌。

他没想到自己竟然这么不小心地将海报放在了餐桌上。宋佳看到了吗？阿渊紧张地想，应该没有，她提着灯走进饭厅、放下灯、转身走出去，连招呼也没和自己打，更没有时间低头去看这海报究竟是什么了。

阿渊松了一口气。他迅速将海报从桌上扯下，揉成一团，扔进了垃圾箱。

现在，他对炖汤完全失去兴趣了。做晚餐前，他还试图按照宋佳之前所教的那样，认真地准备材料、精心地给汤调味。有那么一段时间，他对烹饪特别感兴趣。这或许因为宋佳本身就是个烹饪好手。这一点阿渊没有想到。结婚前，他们在自己的小出租屋里度过了那么多夜晚，宋佳没做过一顿饭。他们通常叫一份全家桶或者两份快餐，宋佳一边皱着眉头说这些都是垃圾食品，一边大口大口地把手上的食物吃掉。阿渊一直认为宋佳不会做饭，谁知，蜜月回来后，宋佳做的第一件事就是给阿渊煮了一桌丰盛的大餐。

“你不是不会做饭吗？”

“我是为了你学的呀！快夸奖我！”宋佳一边笑，一边将身子软在阿渊身上。她像一只刚出炉的面包，浑身上下都散发着热腾腾的、令人垂涎的香气。阿渊转过身，一把将这个暖洋洋的面团揉进了自己的身体里。

现在宋佳对一切都不感兴趣。她在娘家待了一个月，回来之后就没进过厨房（除了拿饭碗以外）。阿渊做什么她就吃什么，他不在家时她就叫外卖。待阿渊进门，每次都能闻到一股浓重的地沟油味儿。甚至连吃饭她也是懒洋洋的，看上去好像随时都能睡着。有好几次，阿渊看着她，感觉自己也快睡着了。

笑会传染，打哈欠会传染，无精打采也会传染。阿渊潦草地把骨头和黑豆都扔进了锅里，定好时间。停了电，厨房里很黑，但他不想出去。客厅里同样也是黑的，况且宋佳会待在那里。阿渊盯着从煤气灶里冒出的蓝色火焰，就连它们都比宋佳有生气。厨房和浴室相邻。花洒喷出的水哗哗地在地上流淌着，很快，水声停止了。现在，宋佳连洗澡都变得潦草了。原来复杂的洗澡程序被她简化成了冲凉。水从她的身上流下，她拿毛巾在背后划拉一下，又将水关上。一切都简化得近乎粗暴。

2

汤还没好。高压锅刚才响了几次，阿渊关了火，待气散尽之后打开了锅。黑豆还是半生的。他重新打开火，将锅子盖上。

宋佳已经从浴室里出来了。她似乎没把头发擦干。宋佳从浴室走进客厅时，脚步有一种带水的粘滞感。她进了卧房，很快又走出来，进入客厅。阿渊发现，她又换上了那身黑色的丝绸睡衣。这是结婚一周年时他送给宋佳的礼物。之前她几乎没穿过，说这套睡衣太暴露。的确，睡衣在胸部的位置是一层黑纱。即使有这层纱隔着，人还是能够清楚地看到乳房的轮廓。睡衣很短，裙摆只到臀部。宋佳看到这件睡衣时，羞得立刻将睡衣扔到了阿渊的脸上，“臭不要脸！”她捂着脸说。有好几次，阿渊试着逗她穿上这套睡衣，均被她拒绝了。不过，自打她从娘家回来，她像是着魔了一般爱上了这件睡衣。只是因为热的关系吗？阿渊不知道。每次洗完澡，她都会无一例外地穿上它。穿这身睡衣时，她会配上一双麻底的拖鞋。拖鞋摩擦着地面，发出轻柔的沙沙声。也许是因为停电的关系，宋佳的两条腿白得异常刺眼。她在坐下之前，看了阿渊一眼。阿渊知道这是一个信号。

这段时间她似乎对什么都提不起劲儿，唯独对求欢越来越感兴趣。回家的第一天晚上，她就穿上了这件睡衣。那天没有停电，两个人沉默地吃完饭，宋佳把自己的碗收了，放进厨房的水槽。接着她进了浴室，很快就穿着黑色的睡衣走出来了。她看了阿渊一眼，没说话，径直走进了卧室。阿渊独自坐在客厅里看了一会儿电视，他胡乱地调了半天频道，没找到一个有意思的节目，阿渊有些坐不住了，他总觉得，宋佳给他的那个眼神是在告诉自己她在等他。最后，他从沙发上站起来，去洗了澡，也进入了卧室。

卧室里没有开灯，也没有开风扇。房间里憋闷得像一个蒸笼。房间里很安静的，他能清楚地听见宋佳的呼吸声。她的呼吸粘滞又粗重，带着股焦躁的热。阿渊在黑暗中摸索着寻找灯的开关，宋佳却制止了他。“别开灯，”她说，“你过来。”

她的话带着命令的口吻。阿渊有些迟疑，但还是摸着黑走到床前坐下了。他还没来得及脱掉衣服，宋佳就从身后向他伸来两只手，用一股惊人的力量将他扳倒了。很快，她翻身爬了上来，一股热腾腾的蒸汽立刻将阿渊包围住了。

现在想来，他们两人似乎在蜜月的时候才有过这样频繁的亲密接触。他们的蜜月是在鼓浪屿上度过的。临去之前，阿渊特地订了一间可以观海的民宿。推开房间的窗子，海风就带着咸腥味儿扑面而来。风里有微小又粗糙的颗粒——也许是盐——吹在人的脸上有种轻微的刺痛。待在民宿里时，阿渊总是喜欢把窗打开，让风恣意地吹进来。

房间里的床是圆形的，周围有一层酒红色的帷幔。风从窗口进入房间，将那层轻而薄的酒红色吹拂得如同一层又一层的海浪。宋佳伏在阿渊的身上，因为冷，她瘦弱的乳紧紧地贴着他的胸口。她的心跳很慌张。海一波接一波拍打着海岸，阿渊觉得，自己和宋佳的身体也随着波浪荡漾了起来。他想起年幼时，每到夜里，母亲总会到客房里缝纫衣服。她将灯开得很暗，暖橘色顺着房间的缝隙渗出来，充满了整个客厅。她轻轻地踩着踏板，那踏板就如海浪一般荡漾起来。阿渊在这样的荡漾声中很快就沉沉地睡去了。

不过，从蜜月回来后，宋佳好像就失去了这方面的兴趣。阿渊尝试着去挑逗她，但每一次都会被她以各种理由巧妙地躲避开。即便偶尔的一两次做爱，她也像是完成任务一样草草了事。阿渊很沮丧。但他没有说什么，他爱她，即使他们已经很久没有亲密地待在一起了。

不，不对。三个月之前，她曾有过一段短暂的热情。接连好几天，一入夜，宋佳就热情满满地爬到他的身边来，像一头小兽一样钻进他的怀里。她又重新变成了蜜月时的模样。现在想来，那只是她为了要孩子而做的准备。这样的热情持续了几天，很快宋佳又失去求欢的兴趣。阿渊没有在意。她只是一时兴起，她还会有一时兴起的时候。

很快，他开始隐隐地感觉到有些不妙。宋佳开始厌食，如果阿渊端着肉或者鱼从她的面前走过，她就捂着鼻子跑开："端走！端走！"她冲进厕所，很快又青着脸走出来。阿渊赶紧走上去揽住她："我们去医院。"

坐在医院的走廊上，阿渊有些紧张。他在来时的路上突然意识到宋佳的反应应该是怀孕的征兆。是的，干呕、爱酸辣，整个人每天都无精打采，女人怀孕的前期征兆就是这样。不过，她不是一直都吃避孕药吗？但避孕药也有万分之一的中彩率。阿渊的心提了起来。

很快，宋佳拿着化验单喜气洋洋地冲到阿渊面前："阿渊，我们有孩子啦！"

他的心沉了下去。宋佳用力地捏着他的手掌，他感觉它们也是喜气洋洋的。不知为什么，阿渊的心里涌上来一种怪异的感觉，他突然觉得宋佳这段时间的热情都是阴谋，她不是爱他，她只是想从他这里要一个孩子。一阵恶心从他的胃里涌了出来。

"你不高兴吗？"宋佳似乎觉察出了什么。

阿渊深吸一口气，站起身："高兴，高兴。我们回家吧。"

他拉住宋佳的手低头走出医院。坐在车上，他一路都在发愣。这个即将到来的孩子就像一只突然跳进他怀里的小猫，即使它的身上带有毛茸茸的爱意，但阿渊还是会不假思索地把它扔掉。他升级了，要做一个父亲了。父亲这个词让他感觉惶恐。什么才是父亲？他不知道。他已经做了二十多年的儿子，但是，他说不明白究竟什么才是父亲。这种感觉让他心慌。

宋佳的脸因为兴奋红通通地发着亮光。她一向如此，心里想着什么，脸上就会立刻显现出来。她兴冲冲打开了车载音箱。“你说，要给孩子起什么名字好？我有预感，这是个女孩，”她翻起眼睛看着车顶，“你这个姓真难起名字。”

阿渊对她说的话提不起兴趣。他把音箱开得更大了些，想把宋佳的声音遮住。很快，宋佳又将音箱的声音关小了。“别开那么大声，我们说说话。”她说。突然，她像是想起了什么似的高兴地喊起来：“叫阿兰！怎么样？你不是最喜欢李志吗？”

阿渊回过神，这才发现音箱里放的是《阿兰》。他第一次觉得这首歌听起来很刺耳。他觉得头越来越疼了，只好潦草地敷衍她：“挺好的。”

那天之后，宋佳迅速进入了一个母亲的角色。她不再打扮自己。每天她都穿着邋遢的运动服在房间里走来走去，像一个待在家多年的全职主妇。阿渊觉得很不可思议。要知道在以前，如果没有在梳妆台前坐上一个小时，她是绝对不会从椅子上起来的。她的肚子还未隆起来，她就已经开始模仿大肚子时走路的模样。宋佳趿拉着拖鞋，在房间里缓慢地踱步。她一手撑着腰，一手扶着肚子，笑嘻嘻地对阿渊说：“像不像？像不像？”

他颓丧地抬起头来看着她。他不得不承认，她撑着肚子走路的模样的确像个孕妇，好像她已经做过母亲似的。

没过多久宋佳又爱上了布置婴儿房。她早早就买回了婴儿床，买了许多动物形状的夜光贴纸。她撑着肚子站着，指挥阿渊将那些贴纸都贴到墙上：“贴太密了，左边贴一个，对。”后来，她将自己的被褥也搬到这里来，说是为了安全起见。阿渊没有提出半点异议，一切都按她的意思去办。她只是太高兴了，过一段时间她就会失去兴趣的，阿渊这么想。

可是阿渊却一点儿也提不起兴趣。宋佳每天都在兴致勃勃地为成为一个母亲而做准备，而他，就像是一个旁观者一样冷冷地看着这一切。宋佳越是高兴，他就越发地懒洋洋。他开始将大量的精力都放在工作上，这样，他就可以减少和宋佳面对面的时间。他回家的时间越来越晚了。回到家后，他总是潦草地吃完饭，很快又进入书房继续工作。宋佳似乎对这一切并不在意。可能她根本没注意过阿渊的变化。阿渊坐在书房里静静地听着客厅里的动静。电视里放着动画片，宋佳不时地大笑出声。有时，她将一只手放在肚子上，低低地说些什么。电视的声音太大，阿渊听不清楚。他有些失落，站起来，走到房门口："我在工作，你就不能小点声吗？"

宋佳笑嘻嘻地将电视音量调小，然而低低地对肚子说："爸爸生气了，爸爸生气了。"阿渊看着她，心里长长地叹了一口气。他拖着无力的步子走回房间，用力地关上门。

宋佳流产的那天，她站在门口的台阶上向即将上班的他高高地挥手。早晨的阳光打在她的侧脸上，呈现出苍白的、像是回光返照一样的光圈。她的脸色发青，阿渊知道，她昨天又翻滚了一晚上。他突然有些胃疼。阿渊凝视着站在台阶上的宋佳，从车上走下来，走到她面前，紧紧地抱住她。宋佳笑了："你怎么啦？"

他再次抬头看她时，发现宋佳脸上那道诡异的光圈消失了。可能是太多心了，阿渊想。他再次拥抱了她，一头钻进了车门。

3

阿渊拉开消毒碗柜，拿出碗将汤盛上。临端出去前他又尝了一口，豆子依然有些硬。有什么关系？反正宋佳对什么事都不在乎。

宋佳在客厅里冲他招着手，在这儿吃，这里亮些。阿渊端着汤走了过去。其实哪里都一样。应急灯放在了厨房，所以，宋佳在桌子上点了一排白蜡烛。阿渊走进了才发现，烛泪在桌子上堆积了厚厚的一层，它们被火光映出一股尸青色。阿渊打了个寒战。他将汤碗放在桌上："我去拿灯。"

"没关系，就这样将就吧。"宋佳说。

阿渊放下碗，随便坐在了地毯上。宋佳拿起汤勺，尝了一口，说了句"有些淡"，接着又继续吃。他们两人安静地坐着，安静地吃着，尽量都不发出响声。两人如同商量好了一般，谁也不愿意打破现在的安静。时间一长，阿渊就觉得房间里就渗出宋佳所说的那种"腐烂的味道"。他坐在地毯上，宋佳坐在沙发上，这姿势让他觉得有些压迫。黑暗中，他无法看清宋佳的表情。其实从她流产开始，她脸上的表情就没有变过：似笑非笑，仿佛面瘫。

他从来没想过她会流产。即使他曾恶毒地期望她会因为一个不小心而失去孩子，但他知道，这也只是想想。

他记得是接近吃午饭的时候。谈判还没有结束，秘书突然从会议室外闯进来，悄悄地塞给他一张纸条。他低头看了看纸条，上面写着几个字："家里电话。"他没在意，估计是宋佳。快到了饭点，她问他回不回去吃饭。谈判的时候他关了手机，所以她就打到这里来了。他让秘书转告宋佳，等谈判一结束他就回去。秘书犹豫地看着他，半天没有出门。"快去呀！"他有些生气了。没想到，没过几分钟秘书又回到了会议室。谈判的另一方有些不快，阿渊看在眼里，有些着急，但也无法将怒火丢到秘书身上。秘书再次将纸条递到他手里。他怒气冲冲地打开它："是你岳母。"他开始感觉不妙。阿渊找了个借口跑出会议室，给岳母打了电话。电话那头，岳母的声音一直在发抖："宋佳从楼梯上掉下来了！你赶紧到医院来！"

他慌张地向岳母解释，现在他正在谈一宗大生意，实在走不开。等谈判一结束他就立刻去医院。他还未来得及将话说完，岳母就将电话掐断了。

放下电话时他整个人都昏昏沉沉的。他的胃剧烈地抽搐着，脑子发胀。他想重新走回会议室，结果还未走到门口，他就摔倒了。秘书赶紧把他搀扶起来。他摇摇晃晃地走了几步，终于还是没有进去。阿渊努力定了定神，转身冲进了电梯。

他到医院时已经晚了。岳母脸色发青，她站在门口，拦住了想要进病房的阿渊："你原本就没想要这个孩子，不是吗？"

他没办法反驳。他很心虚，更无法直视岳母的眼睛。他能感觉到岳母盯着他的目光是冷的，那眼神简直是要把自己吃掉。她说："出院后，宋佳回我那里住一个月。"

"好的，好的。"他一直点头。

他的胃再次剧烈地抽搐起来。他突然意识到，这是孩子求救的信号。阿渊无视了他的求救，只希望谈判能顺利结束。这时，电话响了。阿渊低头一看，是秘书。他无力地拿起电话，秘书在电话那头告诉他，谈判失败了。阿渊的心一点一点地沉了下去，他不知道自己是什么时候把电话挂掉的。他只觉得，自己的心空了。阿渊茫然地在走廊上走了几步，又懵懂地下了楼。直到后来，一个穿着蓝色制服的护工拦住了他："别往前走了，再往前面就是太平间了！"他停下来，抬头向天花板看去。墙上挂着一个用旧了的灯箱，灯光暗暗的，笼罩着一层如尸青色的光斑。他的胃又开始抽搐了。

宋佳不在家的那个月，他常常在半夜走进她为孩子准备的婴儿房。墙壁上，宋佳贴的那些夜光墙贴闪闪发光。光是幽蓝色的，像无数只眼睛。有时阿渊会用脚去踩踏婴儿床的床缘。那是一条弯曲的原木，像是缝纫机的踏板一样，一踩就发出催人入睡的吱吱声。或许是因为放了婴儿用品的缘故，阿渊总是能在这间房子里闻到温柔的奶香味。偶尔他也会拿出宋佳堆积在柜子里的用品，一件件摆在床上，又一件件依次放回去。但是，那些模样温暖的小衣服摸起来总是很冷。

宋佳回来后没提过与孩子有关的一个字。她甚至连自己要回来也没有说，无声无息地就回来了。阿渊下班时看到她吓了一跳。她很冷静，嘴巴微微向上提了提："你不高兴我回来吗？"

"我高兴，"他赶紧说，"你应该给我打个电话。"

"我自己回来也没什么关系。"她转身进了客厅。

阿渊追上去，一把拉住她的胳膊："宋佳，孩子……"

她面无表情，语气冷静得有些恶毒："孩子嘛，没什么，反正还会再有的，生就是了。"

她存心恶心自己，阿渊难过地想。但他又能怎么办呢？这是他应受的惩罚。

她没有再说过关于孩子的一句话。阿渊害怕触碰她的神经，也从不去提。也许时间长了，宋佳的心情就会渐渐地好起来。阿渊乐观地想，他们两个人还年轻，只要跨过了这个阶段，他们一定又会像从前一样快乐地黏在一起。他们很快又会有孩子的。这一次，他一定不会再这么惊慌失措了，他会和她一样为为人父母做准备。

带着这样的想法，他每天都在努力地讨好宋佳。他上网查找各样的段子，以便回家后说给宋佳听。不过很快，阿渊就发现自己所做的都是白费。宋佳对他所说的丝毫不感兴趣。她常常两眼发直地看着他，像是什么也没有听懂。阿渊被她看得浑身发毛，只得把那些笑话全都憋回了肚子里。不久，阿渊又发现，宋佳把婴儿房里的那些墙贴通通用刮刀铲掉了。她是趁着阿渊不在家的时候干的。房间的墙壁被她铲得凹凸不平，接着又被她潦草地用腻子封上。她没和阿渊打招呼，就把婴儿床送给了一个他们共同的、即将生孩子的朋友，直到朋友打电话来致谢时，他才知道这件事。阿渊想问问她为什么，但最终没问出口。他觉得自己没有权利这么做。

现在，每当他看到那间空荡荡的、曾经的婴儿房，心就像被人用力扭了一把。他原以为宋佳将房间里关于婴儿的一切全部除掉，是因为她想尽快忘了这件事。他发现自己错了。她不仅没有忘记——她每天都会悄悄地去整理那些婴孩的小衣服，她甚至用无声的方式时刻提醒着他：你是杀死孩子的凶手。

4

电仍然没有来。这一次停电的时间比以往的任何一次都要长。看来，拆迁办的人和这幢楼的住户一样，也做好了长期作战的准备。人们挨不住酷热，楼上开始有人粗暴地咒骂。阿渊站起身，走到窗前将一溜的窗子全部推开。即便如此，房间里仍热得像是桑拿房，湿漉漉的，满满地飘着黑豆汤的肉腥和两人身上的酸味。

阿渊重新走到桌前坐下。宋佳默默地喝完了汤，起身又到厨房里盛了一碗。回来时她仍坐回到沙发上，一句话也没有说。阿渊觉得自己的心被揪住似地疼。这段时间，他越来越发觉自己要求宋佳留在这里是个错误的决定。如果他没有坚持这个决定，宋佳就不会从楼梯上摔下来，也就不会有流产，更不会有今天这样的局面。相反地，现在他们应该坐在金榜小区宽敞的房间里，看着窗外静静流淌的环城河。夏日的夜晚，河岸上亮起一排炫目的霓虹灯。偶尔有风吹过，河面就泛起许多层粼粼的褶皱。阿渊出神地望着暗绿色的河面。宋佳坐在他身边，头依靠着他的肩膀。她拿起阿渊的手，放在自己已经隆起的肚子上。突然，肚子高高地凸起一块。阿渊和宋佳都愣住了，很快，他们反应过来，迅速地相视而笑。

然而现在，他只能坐在这里忍受酷热带来的煎熬。房间里可怕地保持着安静，谁也没有开口说话。一个多月了，他们两人的对话仅止于早晚的问候及饭桌上间歇的谈话，话题不会超出每天的工作内容。如果这一切都结束了，接下来就是没有尽头的寂静。或许，他们都在有意识地致力于避免和对方说话。宋佳是没话可说，而他则是因为心虚，他害怕面对她。有好几次，他认真地想要和宋佳谈一谈。但当他看到宋佳时，他的话又被堵回去了。宋佳的脸上没有任何表情。他觉得他应该主动和她讨论孩子的事情，但她似乎并不想听。“是你想太多了，”她总是这么说，“我说过，孩子就像韭菜一样……”

“你能不能别那么说?”他愤怒地打断她。

她耸耸肩，继续做她的事了。

现在他仍然害怕和她说话。他知道，宋佳的心里有一颗巨大的毒瘤，如果没办法将它连根拔起，那么，他们之间这样的状态将会一直持续下去。他真希望她能哭一场。用力地哭一场比任何心理治疗都有效。如果她哭的话，他可以陪着她一起哭。他早就想这么做了——他的心绷得紧紧的，只需要轻轻一触他会痛哭失声。到现在为止，他还没来得及哭一哭。失去孩子让他很长一段时间没有回过神，宋佳从娘家回来之后，他们总是客客气气，关系比同居的房客更加寡淡，他和宋佳都忙着避免和对方相处，早就忘记了哭是什么。也许她应该痛打他一顿，甚至她可以提出来和他离婚——这比现在的这种状态要好上百倍。

阿渊回过神来。他抬起头，发现宋佳正在注视着他。阿渊有些尴尬，干笑了几声，说：“我刚才走神了。”

宋佳看着他，噗嗤笑了。她的笑声很脆，像是嘴里正在嚼着一颗刚成熟的苹果。她笑了。他有一个多月没有听见过她的笑声了。他认识她的时候她就是这样笑的，一直到一个月以前，他的生活里处处充满了这样的笑声。现在，这笑声让他感觉陌生又熟悉，他松了一口气。

宋佳往阿渊的碗里看了一眼，向他倾过身来："你吃完了吧？那我把碗收了，你到房间里等我好吗？"她说罢便站起身，不由分说地把两只碗摞在一起，端着它们向厨房走去。

阿渊颓丧地站起来，往卧房走去。宋佳的笑声只是昙花一现。房间里漆黑一片，只有路灯照射进来的黯淡光点。它们零散地铺在地上，像是婴儿房里宋佳贴过的墙贴。不过她早就把墙贴清除得干干净净，墙上到处是铲子留下的疤痕。阿渊不忍心看，于是再也没有进过那个房间。

宋佳从厨房里走出来了。阿渊凝神听着，听到她的麻底拖鞋摩擦着向卧室靠近。很快，一个细长的黑影出现在门口。影子开口说道："啊，刚才我把碗洗了，所以弄了这么久。"

"没什么。"阿渊干干地说。

宋佳走到床边坐下，解开睡衣外的小披风，躺下来。她拍了拍床，冲背对着她的阿渊说："你为什么傻坐着？躺下来吧，我们说说话。"

阿渊感到紧张。他知道，她要做的不是"说说话"。至少不是通过嘴来说话。她每天都在用心地把自己变得越来越沉默，甚至都很少用嘴来说话——她总是用身体表达自己的心情。她每次都没精打采地在他身上待很长时间，这让他感觉很疲倦。有一度他曾以为宋佳是想再要一个孩子，所以，即使他再疲倦，也还是努力配合着她。每次求欢结束，阿渊还没有恢复过来，她就起身走出房间，进入浴室，待上一段时间再出来。阿渊后来才知道，她是去浴室吃避孕药。

她究竟想要干什么？阿渊说不清楚。但是他能体会到，宋佳就是用这种方式在向他抱怨。只是，她为什么不直接说出来呢？

他想着，疲倦地躺下来。宋佳将身子向他这边挪了挪，一股热气立刻扑了过来，他感觉更热了。于是，他赶紧往床边挪了挪位置。宋佳敏锐地察觉了，她一把拽住他的手：“我们说说话，我们已经很久没有认真说过话了。”

他的心紧了一下，有一种不详的预感。这段时间以来他的感觉变得越来越敏锐了，就像一个突然失明的人在习惯黑暗之后能变得异于常人的敏感。阿渊已经习惯了他们之间无法正常地对话，现在，宋佳要打破这个局面——即使这是他一直所期待的，但他还是感觉慌张。

她要和自己说些什么？阿渊焦急地思忖着。自从习惯了无对话，他觉得自己一并也失去了对话的能力。他也努力过，但是，宋佳懒洋洋的态度让他放弃了。她也许并不需要他的安慰。她有那一间婴儿房就足够了。她定时走进去，将哀伤放进去，然后再走出来正常地生活。无声的生活对于目前的他们来说也许更好，他们都可以把对方当做一个陌生的访客。他想着，手心冒出了一层冷汗。

她是要提离婚吗？这是阿渊能想到的最坏的结果，也是唯一的结果。自从她回来后，阿渊一直在猜想她什么时候会向他提出来。但她只是专心地沉默着，什么也没有说。现在，她终于要提出来了。阿渊的心渐渐地沉了下去。比起离婚，他更愿意她像现在这样用沉默来折磨自己。至少这样还能证明她不能将他们的过去放下。有一天她连折磨自己也不愿意了，那么，他们就彻底结束了。他不想和她离婚。他爱她，并且，他还没有将亏欠她的补偿给她。

“宋佳，我对不起你，”他哽咽了，“我不会和你离婚的。”

宋佳愣了愣。很快，她将一只手伸过来，捏了捏阿渊的手掌。她的手掌湿漉漉的，像是沾满了粘稠的糖浆：“你为什么会这么想？”

“我知道，你对我很失望。”他着急地打断了她，翻身坐起来。宋佳也坐了起来。她转过身，直视着他的眼睛。宋佳的眼睛不像过去那么有神了，这可能是因为一个月以来她每天都只会盯着手机看。比起和他说话，她更愿意看手机。有时候，他甚至觉得他是和一只能够走动的手机一同生活着。不过，他看着她的眼神一点一点地黯淡下去，什么也没做。她会好起来的，只是她需要时间。如果她愿意跨过这道坎，那么她总会跨过去的。如果她不愿意，他就算花费再多的力气也没有用。他这样安慰自己。

他迎着她那双无神的眼睛，感觉全身都在颤抖。他伸手搂住了宋佳，低声说："我知道错了，我对不起你，孩子的事情……"

她轻轻地把他推开，看着他。她捏了捏他的手，说："我说过，这件事情是你想太多了。"

"你能不能别这么说？"他有些绝望。

"你为什么要这样想？"宋佳的声调有些感伤，"别这么想。其实我只是想问你，为什么你要把演唱会的海报扔掉呢？"

阿渊懵了，他觉得自己的脑袋被重重一击。她看到了那张海报。她早就看见了，但她还是不动声色地在他对面坐了这么长时间。他这样想着，心焦虑地跳起来。汗水顺着两鬓流下来，把头发弄得湿哒哒的，这种感觉像是猫爪挠心。他能隐约感觉到宋佳接下来要说什么。霎时间，他像一只气球一样迅速膨胀起来了。气球表面被过多的空气撑得闪闪发亮。

果然，她低低地开了口："你应该去听这场演唱会。以前你就很喜欢他的歌。孩子的名字不也是这样来的吗？"

说到这里，她的眼睛重新亮了起来。在黑暗中，宋佳的眼睛像钻石一样闪闪发亮。她将他的手紧紧地抓住。阿渊看着她，眼睛黯淡下去。他松开了宋佳的手，站起身，向她精心布置的那间婴儿房走去。他走进房子，关上了门。啪的一声，房间突然亮了，来电了。窗外传来一阵欢呼声。阿渊呆立了数秒，伸手把开关关上。房间里新涂上的腻子在黑暗中闪闪发亮。到处都是闪亮的白色斑点，像之前宋佳所布置的那些夜光的墙贴一样。阿渊和衣躺在了地上，仰头看着它们。他感到如释重负。他长久地凝视着它们，直到眼睛发酸，眼泪顺着他的脸流下来。胸中的气球随着泪水砰的一声爆炸了。

这一刻，他终于能够放声大哭。

空　踏

女儿说她想去看白马，就是头上有个红穗子，背上还有红垫子的那种。她说得气喘吁吁，手舞足蹈。贝贝说的是唐僧骑的白龙马，她最近在看西游记。她的声音从电话的那头缥缈而来，缓慢而延宕，仿佛来自深潭中的某一处。贝贝说："爸爸，星期天你带我去动物园看白马好吗？"

"没问题。"李成顿了一会儿，假装不经意地问，"你妈呢？"

"妈妈在看电视。"贝贝说，"爸爸，你怎么老回不来？"

"爸爸有工作。"他岔开了话题，努力听着电话那头的声音。似乎有人在笑，声音很陌生。

"有个叔叔……"贝贝小声说着。接着他听见刘葭茹在叫贝贝的名字。你在给谁说话？贝贝应了一声，然后电话被挂断了。

李成手握着电话在沙发上坐了好一会儿。他知道挂上电话之后，贝贝会把他的号码从通话记录里删掉，然后对刘葭茹说自己只是在用她的手机玩游戏。刘葭茹也不可能不知道贝贝的小把戏，不过是视而不见罢了。太过在意反而容易令贝贝怀疑什么。也许他该给刘葭茹打一个电话。上次他们通话还是为着贝贝入学的事，她让李成找找他的同学宋一鸣，想办法在他们家附近的重点小学里安插一个名额。就一条街的距离，贝贝被分配到一所三流小学，刘葭茹无法接受这种结果。而宋一鸣是教育局副局长。宋一鸣大学时和李成同班，上学时成绩不怎么样，大部分时间都在学生会里混。大三那年宋一鸣因考试作弊被记了一次过，也不知道使了什么手段，毕业离校时档案倒是干干净净的。上大学那会儿宋一鸣也追过刘葭茹，还为她加入了骑行社。但刘葭茹拒绝他之后他就退出了。李成接到电话后半天没吭声，心里想的却是另外一件事：宋一鸣是否知道他已经和刘葭茹离婚了？前些年同学聚会时李成听说他老婆去了国外给儿子陪读后就与他离婚了，再也没回来。刘葭茹见李成没有回应，哼了一声，把电话挂了。她没再向他提起这件事。等到临近报名截止日期时李成终于给宋一鸣打去了电话，约了在办公室见面。他们客套地叙了会儿旧，李成支支吾吾地提起了贝贝上学的事。宋一鸣有点惊讶，说：“刘葭茹早就给我打过电话了。事情已经办好了，放心放心，老同学了嘛。”李成觉得，宋一鸣口中的“老同学”三个字有种趾高气扬的羞辱意味。他有点后悔地想，应该先给刘葭茹打个电话的。就现在这状况，就算刘葭茹没有向宋一鸣提过他们的事，宋一鸣也能猜到他们二人感情不怎么样。李成握着手坐在沙发上，没说话。倒是宋一鸣从办公椅上起身走过来坐到李成身边的沙发上，拍了拍他的肩膀，都是为了孩子嘛。李成想让宋一鸣把手拿开，但又觉得没有底气，只好不痛不痒地说：“感谢感谢，改天请你吃饭。”

李成进厨房里倒了杯水，但拿在手上又不想喝了。他放下水杯，走到门前对着猫眼向外看去。声控灯黑着，门外没人。他又走到窗前，用窗帘遮住身体向楼下张望。小区里有几个推着婴儿车散步的老人，他大致知道他们住在哪一栋楼。李成松了口气，回到沙发上坐下，打开电视，照例将声音调至最低，然后拧开了置物小桌上的台灯。

他早已习惯了像个无照小商贩一样躲躲藏藏的生活。白天尽量不外出，以免遇到熟人。他搬到这儿来之后朋友给他找了个法律顾问的活儿，不需要坐班，每天的工作是帮助各种中小企业审合同，自然了，工资不会太高，但基本够用。这倒是符合李成那种不能出门的需要。再加上外卖行业的发达，除了买菜、和贝贝的见面以及心理问诊，他没什么出门的理由。晚高峰是李成出门买菜的时间。他通常到百米开外的生鲜店买点青菜和卖剩的肉，以解决一两天的伙食。日子久了，人也逐渐地泄下来，买菜也干脆直接叫外卖。东西寄放在小区门口，比出门要安全得多。世界很奇怪，有时候你越是不想遇见什么人，越是容易和他迎面相遇。在这座小城市，小小的风吹草动都能像雨后春笋一样迅速长满城市的每个角落。一年前李成创业失败沉迷赌博的事就是如此。几百万的资金转眼间就变成了几万，除了赌博，他还能做什么？还有比这更好的逃避方式吗？他坐在麻将馆里熬到天亮，趁刘葭茹上班时回家睡到中午，然后回到麻将馆企图翻盘。可生意场的失意并没能等价交换来什么。最后，李成把刘葭茹的嫁妆也输了个精光。但他相信自己能赢。说来奇怪，这种信念比宗教还要虔诚。但虔诚没能让李成转运。债主找上门来，在门口泼红油漆，在深夜不断按门铃，或者到贝贝的幼儿园园外盯梢。后来他和刘葭茹商量着假离婚，这样，一方面刘葭茹可以不用再背负李成的巨额债务，另外母女二人也不会再被骚扰。但连李成自己也没想到，他真的从家里搬出来了。

窗外刮着大风，窗玻璃被吹得砰砰作响，像有一群脱缰的野马从窗台上奔腾而去。李成打开窗子，任由大风灌进房间。桌上的纸张被吹得满屋子跑，发出哧啦哧啦的响声。黑暗中有什么器皿被吹倒在地，碎了，但李成懒得去管。小区附近正在建房。窗外不远处的工地吊车发出一束红光，像一把带血的剑插进大厅。这套房在高层，两房一厅，格局不太合理，客厅大得不像样。眼下李成所拥有的只有这间五十多平米的套房了，除了必备的家电之外，屋内一无所有。他费了不少劲才租到这套房子，因为在学区，房价比其他区域贵了近一倍。距离房子大约四五百米的地方有一个名叫彩虹桥的培训学校。每天下午放学后，贝贝会到这里做两个小时的作业，七点半时刘葭茹会来接她。李成是去超市买东西的时候偶然遇到孩子的。她坐在那儿，穿了一身奶色的裙子，坐在培训班一楼前台的座椅上等刘葭茹来接。刘葭茹平时不让李成见贝贝。他只在每周日有大半天的探视权。半天可以做什么？什么也干不了。他们大部分时间都花在路上。李成开车载着贝贝，尽可能将速度降得慢些，更慢些。那些在身后响起的焦虑的喇叭声都被他自动过滤掉了。贝贝则趴在车窗边上，仰头看着空中的云朵。她告诉他它们的形状，棉花糖，鲸鱼，大象，马。

他质问刘葭茹，你怎么能把孩子一个人放在那儿做作业？刘葭茹说，她没有时间。他说：“你没有时间，我有，我家就在附近。”刘葭茹轻蔑地看了他一眼，似笑非笑。李成知道她想说自己没有资格。因为那个记忆模糊的夜晚，那个他醒来时已经不见踪影的女人，那个站在门口的刘葭茹和她怀里睡眼朦胧的贝贝。他裸着身从床上跳起来，潦草地用衣服将私处围住。“刘葭茹！你怎么能带孩子来这种地方？”他大喊起来。刘葭茹说：“你怎么不问问自己，你怎么能来这种地方？”

那时他们已经离婚，但没有分居。说好的假离婚，分居也没什么必要。在宾馆被刘葭茹撞见的那天晚上，他们还像往常一样躺在同一张床上。刘葭茹背靠着他，呼吸很轻。李成伸过手去搂住了刘葭茹的腰，刘葭茹没有拒绝。他开始亲吻她的脖子。刘葭茹避开了。不知为何，李成久违地躁动了起来。他脑子一热，翻身起来将刘葭茹压在身下。刘葭茹拼命挣扎，身子左右扭动，像一条被捏住了尾巴的蛇。他按住了刘葭茹的手，使劲往她身上蹭。刘葭茹用膝盖顶住他，嘶哑着嗓子叫道："我们离婚了，李成，你敢碰我一下我就告你强奸！"李成愣住了，不自觉地松开了手。刘葭茹趁机踹了他一脚。他没反应过来，直接从床上翻到了地上。刘葭茹扎紧了睡衣从床上坐起来，快速走出了房门，留下他靠着墙坐着。他想站起来，但感觉两腿间发软，那股短暂的肿胀感已经消失了。

事情是怎么一步步演变这样的呢？他不记得了，也懒得去探究。他还能记得的是那个女人有一双很凉的手。他闭上眼睛，任由着女人的手在他身上摆弄着。在松懈中，李成的眼前渐渐洇出了一片荒原。荒原尽头，尘土如浪潮一般翻滚着。突然，一团白色在那团黑漆漆的尘土中走出了出来，是一匹白马。很快，第二匹、第三匹。接着，成群的野马像洪水一样向李成淹来。他愣住了，动弹不得。他以为那群野马会把他踏个稀烂。但它们穿过了他，像海市蜃楼般轻巧。这时候，马的奔腾声停住了。他睁开眼睛，看见女人气喘吁吁地停下了手。她说，还是不行，我先歇会儿。李成说，算了。就这样躺一下吧。女人和他并排躺了一会儿，没多久便发出鼾声。他听了一会儿，也睡着了。

这究竟算不算得上一件不可原谅的事？刘葭茹生了贝贝之后一心扑在孩子身上，对那事提不起兴趣。至于那女人，李成自然没什么想法，不过是想借她之手让自己重新硬起来。他以为那样的女人总会有什么办法。这让他感觉悲壮。从那以后，李成常常看见一群马向他奔来，踩过他，像踩着草原上那些无名的野草。唯有一匹，唯一的一匹白马，有时会在他身边停下脚步，用满怀同情的眼光看着李成。李成向它伸出手，那匹马就扭转头走开了。

第二天吃过午饭，李成骑共享单车去私人心理诊所看诊。之前他去男科看过，医生说他在生理上没问题，阳萎的原因恐怕是心理因素。这种事不能太在意，越在意越难。医生脸上露出理解的笑容。李成看着他，打了个冷战。他像个犯了错的孩子一样坐在诊室里等待医生开处方。正对着他的一面墙上挂着一张男性生殖器剖面图。他注视了一会儿，开始反胃。待医生开好了单子，李成便迫不及待地从诊室里逃了出去。

心理诊所在闹市中心靠河的一间写字楼里。写字楼有年月了，老式结构，只有七层，没有电梯。路旁的榕树高大繁茂，直长到四楼的位置，刚好半遮住诊所的一扇窗子。下午两点太阳正炽的时候，诊所的地面上就会流淌着些许瘦弱的阳光。每次问诊时，那个姓郑的心理医生就会关上百叶窗。于是，房间立刻就陷入到那种昏暗的、令人泛起睡意的色调中去。李成站在诊室中央，照例打量了诊所一圈。躺椅左侧的一面墙上挂了一幅新画。画面上只有一个马头，白色的，睫毛很长，眼睛饱满欲滴。

最近有运动吗？郑医生一边问，一边示意他坐下。

李成点点头。第一次来问诊时郑医生就跟李成强调要加强运动。运动能刺激体内多巴胺分泌，心情会得到改善，自然嘛，那方面也会改善。郑医生面无表情地说，会骑自行车吗？骑骑自行车也是好的嘛。一边骑一边看风景，身心都有益。

自行车倒是有的，李成和刘葭茹各有一辆。他们俩就是在大学里的骑行社里认识的。每周六上午十点，骑行社都会组织全体社员在河岸集合。他们的活动通常是沿着河道，从这条环城河的南侧下游骑到中游，大约八十多公里。骑行结束一般是下午两点左右，全体社员会去附近美食街的某个餐厅里聚餐。在夏天，这是太阳正炽的时候。每个人脸上都晒得黑红黑红的，头发因汗水而粘结成缕。刘葭茹在一行人当中白得亮眼。不知道为什么，她总是晒不黑。在一起之后他们就不再参加团体骑行了。他们会挑个两人都比较空闲的周末，带上一天的换洗衣服，早上出发骑车到附近县城的古镇里去。他们将在那里住上一晚，第二天下午骑行返程。不过结婚之后他和刘葭茹就不怎么骑了。从家里搬出来之前，李成也搬走了那辆自行车。两辆车闲置在阳台上，积了不少灰尘，链条也开始生锈。李成蹲在阳台上静静地擦了很久。刘葭茹起初还在他身后看着，但她很快就走开了。

他听了郑医生的建议，但他并没有出门骑车。李成去了一回建材市场，买了些钢架，自己动手焊了一个架子，刚好能把自行车架在上面，这样他就可以骑在车上空踏，无需出门，也能达到所谓的锻炼目的。他又下了一个骑行app，上面提供城市街景模拟路线。每天，在李成实在想不出还有什么事情可做的时候，他就会骑上自行车，像真正骑车外出那样踩动踏板。

一开始他骑得很慢，想象着自己置身于城市当中某条僻静的街道上。他从手机中的动感音乐中睁开眼睛，向正前方看过去。窗外蓝天白云，天空鲜艳得像是能流出汁液。成群的建筑鳞次栉比，穿梭其间的是密密麻麻的榕树和羊蹄甲。这些植物见缝插针地生长在建筑群当中，使这片钢铁森林更密集，更令人窒息。他加快了踏板的速度。渐渐地，窗外的建筑开始扭曲、模糊。道路两旁成荫的榕树迅速生长，直插入天空中去。榕树的枝叶和气根相互交接缠绕，扭结成了一个巨大的笼子。突然，一匹马从他身边奔驰而过。接着，如浪潮般的马蹄声奔涌了过来。李成低下头，发现胯下的自行车不知从什么时候起变成了一匹白马。他跟随着白马的脊背上下颠簸，感觉快要飞起来了。所有的马都在往同一个方向奔驰，但他不知道白马要将自己带向何方。很快，李成看见森林尽头出现一个圆形的出口，在那里，落日巨大得像是近在眼前。李成大叫一声，用力睁大眼睛，眼球爆出了血丝。有一种怪异的感觉占据了他。什么都打通了。那是一个更安全，更光明的地方。在那个出口，李成没有离婚，没有债务，也可以硬起来。他收紧了肌肉，加快了速度，用力一蹬。他踩空了，踏板撞击在他的小腿上，接着开始飞速自转。刚才那片触手可及的森林就在这瞬间收缩成一个小孔，消失了，像一把被迅速收起来的伞。

最近李成增加了骑车的频率，主要是分给他的工作在渐渐减少。他的工资是按合约数来计算的，看的合约越少，到手的钱也就越少。李成仔细回想了自己工作的细节，没发现出纰漏的地方。也许是经济下滑的原因吧。他们这一行，和经济状况是血肉相连的。或许朋友是出于面子仍然保留了他的岗位，但既然朋友没有明说，李成也就假装不知道，仍然小心谨慎地审完每一个合同。他空闲的时间越来越多。一天中除了审合同和空踏骑行之外，大部分时间都无所事事。家里仅有的几本法律书籍已经被他翻得软烂。电视、手机也没什么看头。许多时候，他都是安静地躺在大厅的落地窗跟前，头顶着窗户，从这个角度看天空的云从头顶飘过去。天气好的时候云朵蓬松多变，它们顺着风的轨迹不断飘移和变换形状。李成找到了鱼、羊、兔子，找到了熊二和小猪佩奇。有雾霾的时候，天空一片阴沉。这时候他只得躺在沙发上，电视开着，却无法打开声音。或许正因为如此，他发现自己的感官正在逐渐变得敏锐。他能清晰地听到邻居家里水珠滴落在洗脸池里的声音。一开始他以为这是过于无聊所产生错觉，但很快他意识到并不是这样。渐渐地，他开始看到整个房间在他的面前扭曲、变形，像是吹糖人手里柔韧的糖浆。他坐在沙发上岿然不动，房间开始缩小，翻转，变细，扩张。他也跟随着漂浮起来，感觉自己也在翻转，缩小，拉扯，变大。意识渐渐变得模糊甚至消失，等他重新回过神来的时候，他仍然坐在沙发上，但身体疲惫不已，仿佛刚刚结束了一段艰辛的跋涉。李成开始失眠。在无数个失眠的夜里，感官和不知道是否是幻觉的变形反而越来越清晰。他感觉自己像是一个站在万花筒里的小人，有人将他拿在手上不断翻转着。

李成问郑医生："我为什么会看到这些东西？马也是，变形的房间也是。我是不是精神分裂？"

郑医生笑了："你知道什么是精神分裂吗？"

李成说："这不就是精神分裂？"

郑医生问："你从什么时候开始睡不着的？"

李成说："一个多月了。"

郑医生抬头看了他一眼，说："看你的状态，好像还可以。有睡着的时候吗？"

李成说："有吧。时间很短，很零碎的那种。"

"其他的还有什么症状吗？"

李成说："暂时还没有。"

郑医生自顾自地点头，感觉有些出神，不像是在听。他一手在纸上记录着什么。李成盯着他，感觉他不像是在写字，反而像在画画。他根据郑医生的笔迹感觉到了几个小人，还有一些弯弯曲曲的弹簧。其实从到这儿来的第一天起他就怀疑郑医生可能是个冒牌的心理医生，但他能开处方。既然能开处方，至少证明他会有一个执业证书什么的。那也就是说，郑医生就算治不好他，也不会把他治得更糟。还能糟到哪儿去呢？李成对自己说。或许他应该停止看诊。每周的看诊都是一笔花销，如果能节省下来，或许在某种程度上他能宽裕一些。再说，现在的他和刘葭茹一样，对那事完全没有兴趣。既然没有兴趣，那玩意儿也派不上用场，更用不着修理。况且看诊也是冒险，他随时都可能被债主发现，追上门来。但李成总觉得自己必须来，就像赌博，说不明白原因，但就是想去。

过了一会儿，郑医生抬起头来，说："我觉得其实这就是一个失眠问题。是失眠引起的。"

李成说："那你给我开点药吧。安定。"

郑医生说："开安定有规定，我只能给你开三到五天的量。最多十片。"

李成说："那不够，我根本睡不着。"

郑医生耸了耸肩，说："不然你吃点褪黑素吧。"

李成没再坚持。很快，郑医生把处方单撕下来递给他，对他说，下星期请同一时间再来。李成点点头。他起身在窗子边站了片刻，主动拉开了百叶窗。阳光将不锈钢的窗轨照得发亮，亮得有种侵略性。他放下百叶窗，跟郑医生道了谢，走出诊所。诊所之外，天气热得像桑拿屋。没走多久，李成身上便逼出了一层潮汗。不远处的河水纹丝不动，偶尔吹起一阵热风，河面皱起波纹，很快又平静下去。下到堤旁的步行道慢步走着。他拿出手机看了看时间，还不到三点。这个时间，贝贝通常不是在学钢琴就是在学跳舞。每到周末，她就像陀螺一样在各个培训班之间旋转不停。刘葭茹不肯让她停下来，她像个刻薄的农夫，无论对贝贝还是李成都是如此。想当初自己辞掉律所的工作也是因为刘葭茹，她成天在他耳边叨叨小姐妹当中谁买了奢侈品，谁去了海外旅游。她说话的速度很快，像一场暴雨，而他溺在暴雨过后的积水之中，无法呼吸。自然，他不能把创业失败归结于刘葭茹，但她确实在某方面起了很不好的作用。如果她能不那么刻薄的话，或许日子不会像现在这样。他再次看了时间，三点一刻。现在回家还早，不回家在外晃荡又可能会有麻烦。李成走下河堤，倚靠着观水平台的栏杆站着。河面泛起浅浅波纹，水面折叠处的阳光有些刺眼。他想起了那匹白马。从这里到动物园大约要半小时，或许他可以先去看看。李成已经许久没去过动物园，探探路也好。也可以先在动物园里走一遭，看看哪些动物更值得看，这样，到星期天时他可以节省很多时间。

李成走上河岸，在路边租了辆共享汽车。星期天时再去租一辆好的，不能让贝贝看出来什么。贝贝不知道他已经破产并且和刘葭茹离婚了，对于他搬出去这个事实，刘葭茹的解释是爸爸到另外一个城市去工作了，只有星期天的时候才会回来。在贝贝眼中，李成永远是那个能够满足自己一切愿望的爸爸，超人爸爸，哆啦A梦一样的爸爸。

上车开了导航，李成跟随着提示往动物园方向开去。上班时间路上车辆零落，导航显示的三十分钟车程实际只开了不到二十分钟。他站在售票窗外，在美团、携程、同城旅游中来回比较了一番，下单买了票。拿到票后他注意看了看闭园时间，是五点，他还有一个半小时。

动物园里人很少，大多是带着孩子来的爷爷奶奶辈。园区入口处有一块圆形花坛，花坛中央堆着被修剪成动物形状的绿植。植物丛中还立着一个熊猫形态的板子。看来动物园里有熊猫。他从来不知道这城市里还有熊猫。李成走到花坛一侧的指引牌上看了看地图，熊猫馆就在大约三百米左右的地方，附近有熊园、鸟馆、鹦鹉园和河马馆。贝贝想看的白马属于草食散养区，路程略远。从地图上看，整个动物园成一个U型的口袋，李成站在袋口的位置，而草食散养区在袋子的底部。他问了工作人员，正常走需要大约一小时。李成决定先去看看熊猫，然后直接去草食散养区。

大熊猫被称为国宝，属于食肉目、熊科、大熊猫亚科和大熊猫属唯一的哺乳动物。一般生活在海拔2600—3500米的茂密竹林里，体重可达80—120公斤。李成将介绍牌上的内容拍了下来，边走边念，试图背下来。他沿着建筑的弧度往前走，很快就来到走廊尽头。出了走廊，空间变得开阔了许多。大熊猫馆虽然被称之为馆，但实际是露天的。大熊猫玩耍的地方是个凹陷的平台，外围有一圈栏杆，馆的后方有一扇门供饲养员进出。一只熊猫在园子里走来走去，步子很慢，走几步就停下来，然后看向游客的方向。另一只熊猫躺在铺了干草的平台上一动不动，看样子是在睡觉。有个男游客冲着它喂了几声，不见回应，便试图用浸过水的纸巾扔它。没扔中。正准备扔第二个纸团时，男游客被逮了个正着。他和饲养员大吵起来，推搡了几下，饲养员不敢动手，用对讲机叫来了保安。保安到来时，围观的游客已经将男游客和饲养员团团围住。最后是一群人簇拥着将他们从馆里推了出去。受闹剧的影响，熊猫馆里只剩下了李成和一对带着孩子的老年夫妇。此时，两只熊猫都懒洋洋地躺到了树荫下方，身子背对着游客。李成看得索然无味，他在栏杆上趴了一会儿，给熊猫拍了几张照片，准备回头发给贝贝。

走出熊猫馆，李成往北去草食散养区。一路上榕荫茂密，游人稀少。沿着逐渐变弯变窄的道路走了一段。道路两旁种着常见的景观植物，叶子上布满灰尘。李成看见了火烈鸟，好几团粉橘色各自立在园区一角，有一种优雅的距离感。他拍了照片，一路潦草地看过去，并不停留。走过许多橱窗之后，道路渐渐变得开阔，树也逐渐变少。他走过一座木桥，看到了几个略微凹陷的坑状园区，饲养的都是草食动物：马，羊，骆驼，羊驼。坑状园区的底部距地面有一段距离，看不太清，只知道动物大概长什么样。无论是马，骆驼还是羊驼，都是灰扑扑的，几乎跟尘土一般颜色。马区里一共有六匹马：三匹红棕色，一匹棕色；一匹虽然是白底，但是身上布满了黑色的斑点，给人感觉像是烫伤之后新长出来的皮肤。园区的角落里立着一匹白马。马的毛色并不算纯，额头上的鬃毛有几抹淡淡的灰色，马的尾巴是棕色的。它低着头吃草，上下颚缓慢摩擦，发出沙沙的声音。他对准白马拍了张照片，在手机上放大来看。白马的臀部呈现着淡淡的粉色，鬃毛稀疏，仿佛是生了什么病。他抬起头来向白马看去，白马已经不再吃草，而是走到了围栏角落的位置。它抬起头，朝他的方向看了一眼。李成不确定那匹马是不是在看他。也许是，它的眼睛极大，莫名充满了同情的神色。

李成看了看表，估计着时间。贝贝快要下课了，于是给她打了个电话，他凭栏站了一会儿，没收到回复。大约过了几分钟，一个穿着靴子的男人打开门走进来，冲马群敲了敲手中的水桶。马匹分散开去，但那匹白马站在那儿没动。男人走到白马跟前停下。那匹白马低下了头，轻轻打着鼻息，用头蹭着饲养员的肩膀。李成看得有些心酸。他收回目光，背靠着栏杆站了一会儿。他走到桥尽头，看到一个指示牌说前方不远处有草食动物亲近区。大概是给动物喂食什么的，李成决定过去看看。

草食动物亲近区是个用金属栏杆围住的圆形区域。有两头羊驼被拴在围栏杆上。围栏一角有一匹马，马背上有鞍。马身边不远处扎着一个小型帐篷。一辆山羊拉的小车被一个男人牵住，在围栏里慢慢地绕着圈。羊车经过李成的时候，他看见里面坐了两个小女孩。大的那一个看起来有五六岁了，和贝贝年纪相当。围栏外挤着一对正在等待的家长和孩子。孩子等待间欢呼雀跃的叫声让他感觉很舒服。李成走到入口处，倚靠着栏杆站着。他的左侧站着一个约莫五六岁的小男孩。他发育不太好，看起来还没有一米高。贝贝五岁时就有一米多高了。刘葭茹控制着她的食量，让她使劲喝牛奶。因此贝贝长得比同龄人都要高，但很瘦，给人一种始终站不稳的感觉。实际上她是那种很精干的瘦，线条也很好。长大了她可能会按照刘葭茹的想法成为舞蹈家，最不济也能做个舞蹈老师什么的，这很赚钱。刘葭茹就喜欢钱。

站了一会儿，一直坐在帐篷前面的男人起身向李成走过来，问他：

“帅哥，要喂动物吗？”他扬起下巴指示着方向。这时李成看清楚在帐篷旁的地面上摆了一排花花绿绿的塑料筐，里面装着胡萝卜或生菜。塑料筐后面有一个小型栅栏，里面圈着几只兔子。男人继续问道：“怎么样？喂吗？”

李成问：“多少钱？”

“十块。”

李成给了十块钱现金。男人翻着眼睛看了他一眼，笑了笑。李成莫名有点恼火：“你笑什么？”男人莫名其妙：“没什么。”他转身回去拿了一小筐胡萝卜递给李成，说：“可以喂兔子、羊驼。”

李成用一只手挂住塑料筐的筐眼，也不招呼动物，只是靠着栏杆站着。一头羊驼靠近了他，他见状，将筐子拎起来了。他不知道羊驼是否也会感觉扫兴，但他莫名地觉得愉快。先前看到白马时的那种心酸消失了。羊驼在他附近徘徊。这头长得好笑的动物有着长长的睫毛，和马的眼睛一样。他扭头向旁边看了一眼，那个孩子还在。李成将塑料筐往男孩眼前伸过去，问他：“你喂不喂？”

男孩点点头，又摇摇头。李成蹲下来，把塑料筐放在地上，对男孩说：“我放这儿了，你自己拿。”他接着走到离男孩大约一米多远的另外一边去。过了一会儿，他看见男孩捡起了地上的塑料筐。男孩从里面拿出胡萝卜，向羊驼伸出手去，嘴里喊着：“过来呀，过来呀。”羊驼走上前来，低头吃掉了男孩手中的胡萝卜。他持续往羊驼嘴里塞着食物，很快塞了满嘴。羊驼咀嚼不及，打了个喷嚏，吐了男孩一脸。他愣了一下，咯咯大笑。很快，一个六十多岁的老头走到了男孩身边。他们似乎说到了李成。他看见男孩朝着他的方向指过来。老人瞪了李成一眼，在男孩手上打了一巴掌，夺下了他手里尚未喂完的萝卜，扔在地上，拉起他走了。

李成有点恼火，再加上嗓子发干，他觉得有些偏头疼。园区内一个孩子闹着要骑马，看起来像是他父亲的人给他买了票。孩子刚挨上马就后悔了，不断在马背上打挺，放声大哭："我不骑，我不骑。"父亲毫不理会："是你非要骑的，我钱都付了。必须骑！"于是，孩子由父亲两手架着，工作人员在前面拉着缰绳。他们像马戏表演一样围绕园区走了一圈，任凭孩子哇哇大哭。尖锐的哭声像碎玻璃一样扎着他的耳膜，让李成感觉脑子发胀，有种踩在云上的错觉。他感觉快要飞起来时，一只手抓住他拼命往下拉，使他坠在原地动弹不得。李成摇了摇头，但这并没能使头疼减轻些。他听见远处响起了马蹄声，有人在嗒嗒的马蹄声背后叫爸爸。他不自觉地转过身去，然后，他看到了贝贝。贝贝正拽着他的裤子，脸上露着喜出望外的神色。

"爸爸，爸爸你怎么在这儿？你不是星期天才能回来吗？"贝贝说。

星期天才能回来，这是刘葭茹和他编来骗孩子的话，只有这样才能解释他长期不在家的事实。他已经有小半年没有见过贝贝了，主要是刘葭茹不让。她抛出来的任何一个理由都很致命：你欠款还完了吗？你确定没有人跟踪你？偶尔的一次见面也通常是在某个咖啡馆或者pizza店里，地点通常比较偏，而且刘葭茹会一直在场。吃饭时刘葭茹时常拿起手机看时间，这让李成很焦虑。他无法当着贝贝的面指责她，只能在探视结束后给刘葭茹打电话。刘葭茹通常不接，微信也回复得潦草。李成曾到单位等刘葭茹，刘葭茹冷冷地说："你别来了，我们俩已经离婚了，你这样我可以起诉你骚扰，你更别想看孩子"。李成说："装什么糊涂，当初说的是假离婚，假离婚你忘了？"刘葭茹冷笑着说："离婚就是离婚，没有什么真假。"在那一瞬间，李成有一种被骗了的感觉。他结巴起来"你……你是不是早就想好给我下套了？"刘葭茹摆出个连假笑都算不上的表情，说："你爱怎么想就怎么想。"

李成蹲下来搂着贝贝，将头埋在她的肩窝上。贝贝身上有一种甜腻的润肤乳味道，闻起来像一块点心。他静静地抱了孩子一会儿，然后将贝贝推得远了些，仔细打量她。她的脸上泛着反光的油腻，大约是擦了很厚的防晒霜。大热的天里，她穿着不透气的防晒衣，额头上细细密密地冒着汗，鬓角的发丝已经湿透了。李成问她："你不热吗?"

贝贝扬起汗津津的小脸，冲他挤鼻子："热！但妈妈说不穿长袖会被晒黑的。"

李成站起身，往周围张望了一下，没看到刘葭茹。他有点紧张："你妈呢?"

贝贝扭头指向百米开外的一株巨大的榕树。榕树被水泥砌成的花坛包围着，投下一片幽深的阴凉，有好几个人坐在那儿休息。刘葭茹穿了一身白色的衣服，在阴暗中很显眼。她坐在那儿，和李成的目光对视了几秒后，她开始低下头看手机。他知道现在他可以和贝贝待一段时间。李成蹲下来，贝贝立刻搂住了他的脖子："爸爸，你什么时候才能结束工作啊？我都想你了。"

他跪在地上，整理贝贝额头上几缕被汗水打湿的头发："不是说好星期天等爸爸一起来吗？怎么先和妈妈来了?"

"妈妈说你可能会没空。她说不用等爸爸回来，今天就带我来。还说带我去吃西餐。"贝贝有些害羞地扭着身子。

"马看到了吗?"

"看到了，没有电视上的好看。"

李成捋了捋贝贝潮湿的鬓角，捏了捏她的手心。她的手掌很薄，手心处有几个略微发硬的圆点。和她同龄的小孩大多都在吃零食、玩游戏，但贝贝像个陀螺一样来回转，即将歪倒的时候刘葭茹会狠狠地抽上一鞭子。他这么想着，感觉到心揪紧了。他空咽了一口口水，感觉嗓子热辣辣地疼。贝贝毫无知觉地粘在他的身上："爸爸，你明天带我去欢乐岛好吗？我们班上好多同学都去过了。”李成机械地点着头。他往刘葭茹的方向看过去。她翘着腿，偶尔点头，仿佛在听旁边的人说话。李成往旁边看去，她左右各坐了一个人，一个男的，一个女的。男的看起来有些眼熟，可他想不起在他们共同认识的人当中，哪一个男的有这样的轮廓。过了一会儿，刘葭茹站了起来。她身边的男人也站了起来，但很快又坐下了。紧接着，贝贝的电话手表响了。是刘葭茹打来的。她让贝贝回去。贝贝磨蹭着，李成拎起了她的手，一把将电话手表拽了下来：“刘葭茹，有什么话你过来说。”

“我不想看见你。”

“那我过去找你。”李成说。

刘葭茹顿了一会儿，说：“你等一下。”

刘葭茹带着一股颇有侵略性的香气走到李成面前。她没怎么变，但看上去比他离家之前要年轻了一些。她脸上有股异样的红润，这令人很不愉快。看样子她过得很好，而他过得一点也不好。他没有钱，没有家，没有女儿，没有睡眠。他才更像一个离婚的男人。

他们就这样面对面地站了一会儿。刘葭茹已经伸过手来拉住了贝贝的手。李成说：“你看起来过得不错。过得很好。这让我很不舒服。”这句话不知道怎么就说了出来。

刘葭茹耸耸肩：“那是你的事。”

贝贝想要靠过去拉李成的手，但总是在快要碰到时就被刘葭茹拉了回去，像一只被拴着遛狗绳的小狗。他看着刘葭茹，发现她的右脸有一块肌肉被咬紧了。他想对她说些什么，他们应该有许多话可以说，至少能谈一谈探视权的问题，但是他一句也说不出口。贝贝一边小心翼翼地抬头去看刘葭茹，一边偷偷地向李成伸出一只手。李成接住了。当贝贝往他身边挪的时候，刘葭茹适时地把她拉了回去。

他用力拉了贝贝一把，冲刘葭茹喊："刘葭茹，你能不能别这样？"

刘葭茹叫了一声。很快李成就感觉到了脸上的火辣辣的耳光。这时候李成看到，贝贝的手被他吊着，两条腿跪在地上。她抬起头，看了李成一眼，似乎是想哭，但她憋住了。她很快从地上爬了起来。李成看见，她另一只手的手掌擦破了。"爸爸！"贝贝叫他。李成的心被她的叫声揉皱了。他想要把贝贝抱起来，但刘葭茹挡开了。刘葭茹从李成手里夺走了贝贝，口里不停地说："来，妈妈看看，摔哪儿了？"她像一头母熊一样将贝贝揽在臂弯里，他没有办法靠近。刘葭茹从随身的包里拿出了酒精棉球，点拭着擦去贝贝手上的血迹。伤口并不算大，但血并没有立即止住。李成的心缩紧了。

刘葭茹给贝贝贴上了创可贴。清创妥当，她起身拉着贝贝要走。李成拉住了她："等一下。"

"你最好放手。"

"孩子摔了也不是我故意的，你听我说。"

"没什么好说的。她差点就摔到脸了。她是女孩子，如果破相了怎么办？"

李成说："你太夸张了。"

刘葭茹哼了一声。她没再说什么，但李成能从她的眼神中看出轻蔑。这让他很恼火。她想要离开，迫不及待地想要离开。她为什么急着离开？她要去找谁？李成的脑子里冒出来一个并不清晰的轮廓。这个轮廓让他一把攥住了刘葭茹的手。

"刚才你旁边的那男的是谁？"李成问。

刘葭茹愣了愣，但脸上没有出现慌乱的表情。她看着他，像打量一个怪物一样上上下下看着他。最后她笑了，说："你最好去看看病。"说罢拉着贝贝就要走。贝贝瘦弱的身子在刘葭茹的拖曳下像一条绳子，她哭了起来：“爸爸！爸爸！”李成咬了咬牙，没有回应，转身就走。哭声在他身后响着。他不得不加大步子，跑了起来。待到跑累了，他大口喘着气软倒在路边的石凳上。汗水滴落在地上，在他的双脚之间形成密布的圆点。他垂着手，这时候才发现，贝贝的电话手表还在自己手上。他紧紧地捏住了它，握在手里，攥紧拳头，然后又松开了。如果这个石凳再长一点就好了，那样的话他就可以躺一会儿。他现在需要躺一下。

他懊丧地坐在那儿，一动不动。有个清洁工拉着车从他面前经过，对他说：“要净园了，明天再来吧。”李成没有回答他。陆陆续续又有一些人零散地从李成面前经过，有两个人走过去时，低低地咬着耳朵。李成从石凳上跳了起来，说：“你们说什么？有什么就当面说出来，不要在背后偷偷摸摸！”

“有病。”他们低低地咕哝了一句，加快速度从李成面前走过去了。走了大约两三百米，回头看了他一眼，发出不怀好意的笑声。李成追了两步，把手里的东西砸了过去，那两个人接住了，冲着他做鬼脸。他跟着跑了一段，跑不动了。等到冷静下来才发现，贝贝的电话手表不见了。

他不记得自己是怎么回到家的。到家后李成冲了凉，潦草地吃了两口面包，想睡一会儿。他用手机打开白噪音，将窗帘拉严。李成听了一会儿，想等睡意上来，却只想上厕所。后来他加了安定的份量。下午发生的事不断地在李成的脑子里回旋着。他有点后悔，觉得不该和刘葭茹那么说。也许只是他神经过敏。就像郑医生说的，都是缺觉导致的。

时间过了八点半，他还是没能睡着。他突然想起贝贝的那只电话手表。也许她已经想起手表还在自己这儿，也许她哭了，但刘葭茹一定会告诉她，妈妈明天再给你买一个。想到这儿李成彻底清醒了，也不想再尝试去睡了。他起身穿好衣服，决定到刘葭茹家附近的商场买个电话手表，然后给贝贝送过去。

他打车去往刘葭茹家的方向。半途中，汽车的颠簸开始让安定片发生效用，一股昏昏沉沉的睡意漫了上来，让他有种缺氧般的昏沉。李成站在柜台前，听服务员介绍了半个多小时，各种款式，各种功能，各种价位。他的眼皮变得更沉重了。李成努力地睁大眼睛，想让自己看得更清楚些。最后，他只好说："拿那个最贵的吧。"服务员脸上露出笑容，说："先生，您眼光真好。"

到达刘葭茹楼下时已是九点半。他迟疑了一会儿，还是上楼敲了门。没有人回应。他给刘葭茹打电话，听见电话在房子里响了。"刘葭茹，你开门，"李成边拍门边喊，"我知道你在里面。"但没有人应他。他拍了一会儿，感觉手疼，倚靠着门坐了下来。李成打开了刚才装着电话手表的盒子。表带是粉红色，表面上印着一只白色的独角兽，据说是限量款。他将手表上下打量了一会儿，放了回去。睡意更沉重了。李成掏了掏口袋，掏出了一串钥匙。他将钥匙从头到尾数了一遍，防盗门钥匙、卧房钥匙、信箱钥匙，已经被卖掉的母亲的房子的钥匙。还有一把，他想了很久，终于想起来这是刘葭茹家的钥匙。李成撑着地面站起来，用钥匙开门。在钥匙锁芯转动的那一瞬间，门被拉开了。

或许刘葭茹早就从猫眼中看到了外面的人是他，所以才没有开门。听到门外没有动静之后，她想来确认下人还在不在，结果门被打开了。她看见李成，愣了片刻，往后退了一步。刘葭茹的头发很乱，像是被人揍了一顿。她似乎没有洗脸，眼睛两侧有星星点点的褐色印记。李成伸出手去想要将那些斑点抹掉，但被刘葭茹躲开了。刘葭茹说："你干吗？"她的眼神中充满着警惕，还有一些李成并不太确切的东西，比如故作镇定。

她抱着手臂站在玄关与大厅相连接的台阶上，没有让路的意思。李成说："我来看贝贝。"刘葭茹直了直身子，说："贝贝去我妈家了，要不你去接她。”她眨了眨眼睛，像是眼睛里进了什么东西似的，连眨了好几下。“你怎么来了？”她继续说。“我不是说了吗，我来看贝贝。”李成说。他回头看了看玄关，没发现多余的鞋子。他往后退了几步，打开了鞋柜。鞋柜里有一股过于浓烈的柠檬空气清新剂的味道。他看到贝贝的凉鞋、舞鞋，白色小皮鞋微微发黄，似乎很长一段时间没有穿过。他看到刘葭茹的高跟鞋、靴子、跑步鞋，看到几双他在时就有的客用拖鞋。还有一双鞋面上印着小熊的男士拖鞋。他看了看刘葭茹，关上了鞋柜。睡意再次泛了上来。李成吸了吸鼻子，在玄关上的换鞋凳上坐下了。

刘葭茹站着不动，眼睛死盯着他：“你到底来干什么？”

“你为什么不想我来？有别人在吗？”

刘葭茹的嘴角抽动了一下：“你有病。”

李成没有回答。睡意昏沉沉地从大脑的某处中蒸腾起来，在他的脑中漂浮着。他感觉眼皮沉重。迟来的睡意。在吃了这么多天的安眠药和褪黑素之后，睡意终于来了。李成用一只手扶住太阳穴，抬起头问刘葭茹：“我能不能在这儿睡一会儿？”

刘葭茹说：“不能。”

李成说：“我太困了。我快一个月没有睡着了。”

刘葭茹说：“你为什么不回自己家里睡？”

李成站了起来。他拨开刘葭茹挡在前面的身子，往房间里走。刘葭茹拉着他，在他身后叫着。他没有搭理她。李成推开卧室的门，看见空调被凌乱地横在床上。房间里有一股暖洋洋的，肉体的气味。他走到床边，拉开被子坐到床上。躺了一会儿，他觉得有什么不对劲。李成环绕地看了房子一周，感觉窗帘隐隐约约在动。李成起身走过去，拉开了窗帘：“是你？”

宋一鸣说：“是你。”

李成说："昨天在动物园的那个人也是你？"

宋一鸣说："什么动物园？"

刘葭茹很愤怒地扯着嗓子："你在说什么鬼话？"

李成摇摇头。他和宋一鸣就在这样对视着。他不动，宋一鸣也没有动，似乎都在等待着对方首先说点什么或者做点什么。从眼睛的余光中，李成看见刘葭茹在门口向宋一鸣的方向挥舞着手臂。他掀开被子站起来，向落地窗走过去。他从宋一鸣身边擦身过去，像穿过一阵烟雾。他推开了窗。落地窗外的阳台上，高高地晒着刘葭茹的蕾丝内裤。内衣裤底下放了一辆自行车。是刘葭茹的那一辆。车子的上下管各被一根不锈钢固定住。李成走上前去摇了摇，车子没有动。李成摸了摸车座，很干净。一阵风猛地从窗口灌进来，吹得他倒退了几步。空气中有一股潮湿的味道，闻起来像是要下雨了。他听见宋一鸣在他身后喊："李成，你冷静一下，听我解释。"刘葭茹扯着嗓子喊："李成，我告诉你，我们已经离婚了。就算你跳楼，也没人会同情你。"

风猛烈地灌了进来。在这个十五楼的顶层阳台上，风像细雨一样占满了每一寸空间。风将李成的衣服吹得鼓胀，让他有一种起飞的错觉。他就着阳台上的晒衣凳，往楼下望了望。夜色如墨，风正在从楼层下方喷涌而出。刘葭茹还在喊着什么，宋一鸣也在喊着什么。他没有理会他们。他收回了身子，站在自行车前面，抚摸着车的车把，车座，车架，像抚摸一匹骏马一样轻柔。李成握住了车把，按了按铃，然后骑了上去。他看了看左右的踏板，轻轻地踩了起来。路在他面前敞开了。李成飞快地蹬着车子。车轮呼呼地转动，发出风一样的响声。耳边的风声和身下的风声占据了李成，将他托了起来。他看到了身下的白马。白马向前疾驰，发出粗重的呼吸声。天气太热了，他要融化了。他的身子像晒化的奶油一样渐渐渗进白马的皮肤。李成惊讶地发现，马头消失了。他的上半身，像是榕树的气根一样，深深地扎进了马的脊背，在它身上扎根。他变成了那匹马。

他向森林深处奔驰着。这是一件壮举。他知道，就在前方，有什么东西正在等着他。它很美好，充满希望，人人都羡慕垂涎。李成加快了蹬车的速度。汗从他的额头上落下来，顺着他的脊背流下来。他瞪大了眼睛，将眼睛瞪出了血丝。他感觉到，路正在他的身后渐渐消失，前方的路在一点一点地变开阔。一种越来越热切的渴望充满了他，只要他一直踏下去，路就会一直往前延伸，最终抵达对岸，抵达一个安全的地方。他弓起了身子，从车座上站了起来。青筋从他的额头上爆了出来。汗水落进他的眼窝里，辣得他睁不开眼睛。但他还在继续骑着。他大叫了一声，踩出最用力的一脚。哧啦一声，车链断了。他一脚踩空，人从车上翻了下来，脑子重重地磕在了地上。李成平躺着，没有动。他摸了摸脑袋，没感觉到任何热流。刘葭茹一脸惊慌地叫着，冲他跑过来。他注意到，房间里只有她一个人。他突然想到了什么，笑了。有什么东西从他的身体里缓缓地流淌出去。他感觉身下的地面变得柔软了。李成闭上了眼睛，过了一会儿才睁开。这时，他看见一群野马向他走来。一只又一只的蹄子从他的身上踩踏过去，但他并不觉得疼。在那群野马的背后，尘土消弥，一匹白马慢慢穿过尘土向他走来。它低下头，用鼻子碰触着他的脸。他向白马伸出手去。在他碰触到白马的那一瞬，身下的土地裂开了，他飞了起来。他在风声中听见郑医生的声音："最近感觉怎么样？"

他听见马的嘶鸣，听见潮水般的马蹄声。他听见有人在奋力呼喊："现在我感觉自由。"

拔牙

那么漂亮的一个妹妹，怎么长了这么一口烂牙？

医生将钠灯掉转过来。冷而亮的灯光照在她脸上，白刺刺地晃人眼睛。她往后缩了缩脖子。“哎，别动！”医生捏住她的下巴，叫她张开嘴。他戴着橡胶手套的手很凉，扎得她直打寒颤。她不敢看他，只好闭上了眼睛。有个什么东西伸进她嘴里来了，接着压住了她的舌头。医生嘶地吸了一口气，啧啧两声。好了。她感觉眼前的一片金红色消失了，于是睁开眼睛。

“该拔的有三颗，剩下几颗还可以治疗一下。”医生拽下口罩，将转椅转回到桌子前。略微生锈的轮子在水泥地板上滚过来，滚过去，发出一阵令人倒牙的尖叫声。“今天拔吗？”医生云淡风轻地在病历上刷刷写着，头也没有回。“拔吗，嗯？”

等医生再次转过头来，她才看清楚他的脸。他看上去有五十多岁了，眼角周围有一排柔和的曲线，眼睛则深深地凹陷着，这让他看起来似乎随时都带着笑意，很亲切。她悬着的心终于放下来了一些。

“为什么要拔这么多？”

“后面的牙齿那么大的一个洞，拔掉算了。”

医生一边说，一边用手指弯成一个圆圈，伸到她面前：“那么漂亮的一个妹妹，怎么牙齿长成这个样子？”

每个看见她的医生都这么说。从她进入到牙科诊室，在她熟悉的床上躺下来，她就知道医生最后一定会这么感叹。从小学开始，每当妈带她走进牙科诊所，医生们都用同样的姿势扭转过头，打开钠灯。有的人哎哟叫出声来，有的人则像刚才的医生那样，咂着嘴感叹。待检查完毕，他们通常一边填写病历，一边笑：“妹妹那么漂亮，怎么长了这么一口烂牙啊？”

妈在一旁撇嘴：“还不都是她爸遗传的咯，就没遗传点好的！”

她继续躺在床上，听母亲皱着眉头和医生谈论她爸。她不喜欢听，于是翻转过身，将一边耳朵紧紧地压在头底下。

“我，我回去再想想。”她咬住下嘴唇。

医生笑起来：“有些妹妹都跑过来主动要求拔智齿，说要把脸缩小，你倒犹豫起来了。”

她的脸尴尬地抽了抽：“我还是再想一想吧。”

在宾馆看到蒋志新侧影的那天，她开始牙齿痛。

清早在酒店里醒来时，蒋志新的脸正对着她。他还睡着，嘴微微张开，呼吸平稳而舒缓，带着未涉世婴儿般的纯净。昨天下午她坐飞机从厦门飞到上海，一直到了蒋志新公司楼下才给他打电话。蒋志新匆匆地从写字楼里跑出来，流了一脸的汗：“你怎么来啦？怎么来的？订了住的地方吗？怎么都不告诉我？”问题一个紧跟着一个，她不知道先回答哪一个。她仔细地盯着蒋志新看，想从他的脸上看到一些自己期望看到的东西。他依然是瘦，看起来像棵脱水蔬菜。或许是因为汗被冷风吹干，蒋志新整个人紧紧地缩成一团，这让他的一对招风耳越加刺人眼。这时候，她又想起朋友对她说的话，都不知道你图什么，他也太土了，而且还没钱。她反复咂摸着这句话，感觉脸不自觉地抽了抽。“你怎么啦？冷吗？”蒋志新向她走过来，把她的头抵在自己胸口上，是成年男子都有的一种体味。她没说话，只是垂下头，将行李塞进蒋志新手里。蒋志新呼出一口热气，握住她的手放入大衣口袋。他的手很凉。

蒋志新提前下班，带着她回浦东家里楼下拿内衣裤。一路上他面色不安，告诉她老总对他提早下班有意见，可能会扣他工资。她听了厌烦，觉得蒋志新像是故意说给她听的，要让她知道自己欠他很多。她大喊一声对不起，把蒋志新吓了一跳。他安静了一会儿，很快又再开口，内容还是和之前差不多：公司找一个上海老阿姨做便当，很好吃；物价飞涨，老板多次说了涨工资，但始终不见动静。她无心继续听，逐渐出神。地铁窗外的广告牌像是闪电一样从她的眼前略过去，留下一条惨白的光带。她看得脑袋昏昏沉沉的，就干脆将脑袋歪在蒋志新的肩膀上。这回他终于停住了。

到了楼下，他没有邀请她一同上楼，而是叫她在楼下等。他说，他们的事情他还没有告诉他母亲，虽然他也很想带她上去，但是他怕会吓到母亲。“我爸死了以后她总是很黏着我，这种事情你懂的吧。”蒋志新一边说，一边轻轻地捏了捏她的手背。他们一路坐地铁到浦东，过去了差不多一个小时，他的手还没有暖过来。她点点头表示理解。现在电视剧上不是就经常放吗？女人在死了丈夫之后总是会过分依赖儿子。以前他也和她说过很多次类似的话。“时机还没有成熟，”他神色凝重，“我会找个好机会的。”

她和朋友说到这个事时她们就说要她小心点。“只可能有两个原因，可能他妈真的很厉害，要不然就是他根本没打算让你见他妈。”

她知道蒋志新不会是后者。其实她也无心去拜会他妈妈，她没有做好准备。见过了家长，按照常理，关系就要稳定下来。真的要稳定下来吗？她问自己，心却有些慌。

不过，她喜欢蒋志新说这话时的表情，眉毛攒在一起，有一股语重心长的庄严感。这让她感觉安全。那表情仿佛在告诉她，他在深思熟虑，精打细算。每每这时，她又隐隐地泛上来一股冲动，想要跟着蒋志新走到楼上去（她知道只要她开口，他是不会拒绝的），看看他妈妈，然后像所有未来媳妇一样，乖巧地挨在她身边，讨好她。

房间的空调开得很足。她吸了吸鼻子，觉得鼻腔内干燥得有些疼。她下意识地将手伸进鼻子里抠了抠，很快就带出一片血痂般的秽物。接着，一股暖流从她的鼻腔中不受控制地流出来。她意识到那是鼻血，于是赶紧掀开被子翻身下床，在房间里翻找纸巾。

重新钻进被子里时蒋志新醒了。他睁开朦胧的眼睛看着她，吓了一跳：“怎么了？”她吸了吸鼻子，发现鼻腔里已经没有咸腥味。她将塞在鼻孔里的两团纸巾扯出来，丢在床头柜上。“没事，房间里太干了，”她一边说着，一边将身子挪进蒋志新的被窝。被子里有股体液混合的味道，是昨天晚上留下来的。昨天夜里做完爱后，他们谁也没有洗澡。

蒋志新将她的脑袋托起来，放在他的手臂上。他靠近她，用嘴唇轻轻碰碰她的。在得到允许后，他把舌头伸了进来。亲吻的时候蒋志新喜欢舔她的牙齿。他像是数数般一颗颗经过她的牙齿。他正要往深处探索时，她突然感觉脸颊的神经跳了一下，害她嘶地倒抽了一口冷气。她伸手摸了摸自己的下巴，用手在脸上一路戳下去。痛感消失了。

她推开他，从他的怀里滑出来："臭死了，快点去漱口。"

蒋志新笑笑便起身下床。他坐在床边，趿拉着一次性拖鞋，沙沙地走进浴室。她则重新蜷起身体，用蒋志新盖过的被子将自己裹住，用鼻子嗅着里面残留的体味。这气味很熟悉，又很遥远。他们第一次见面时，蒋志新迟到了。他汗流浃背地跑到她的面前，差点扑在她的身上："对不起，我迟到了。路上堵车。"

她不高兴地看着他。蒋志新长得并不好看，甚至可以说是丑。因为瘦，他脸部的线条过于清晰、坚硬，眼窝深陷下去，令她想到电影中一些不好的形象。再加上迟到的关系，蒋志新的丑令她感到怒气冲冲。她差一点就当街喊出来，却又不愿意丢脸，只好将怨气强压下去，转身欲走。蒋志新一把拉住她，道歉不迭："对不起，都是我不好。这样吧，你要是想回去，我送你好吗?"

他带着热乎乎的雾气靠近她。她突然发现，他的身上有一股陈旧衣物般的味道。那一瞬间，她的眼窝热起来。她跺跺脚，好让自己能更暖和些。她问蒋志新："我们去哪儿吃饭?"

手机叮地响了。蒋志新在厕所里含着牙刷含糊地说："宝宝，你看一下是谁来的电话。"

"懒得看。"她将头转向浴室。便捷酒店的情侣房里，浴室是透明的。蒋志新正叼着牙刷站在马桶前小便。他转过身来时发现她正看着自己，有点害羞又有点恼："看什么!"她愣了愣，继而吃了一惊。

她以为自己看到了爸。早晨起来，爸虚掩着门站在厕所里。她顶着朦胧的睡意推开门，走进去。黑暗中，爸站在马桶前。他看见她，也不惊慌，只是喝一句："看什么!"妈听见就在客厅里喊起来："跟你讲过多少遍，女孩子大了，你上厕所要把门关好!"

“你听见没听见？”是妈尖锐的叫声。

“听见了。”

爸的声音低低的。他向来寡言，往后长长的日子里，他变得越来越沉默，甚至在将离婚协议书丢在桌子上、妈歇斯底里地哭叫“我为你们家做牛做马做老妈子，你现在给我这个”的时候，他也是静静地听着。他坐在饭厅里，阳光照不到他的脸。阴影笼罩着爸，她没办法猜出他的表情。她突然想起在电影中经常看到的场景：神父坐在阴暗的告解室里，表情模糊。外面的人无论是愤怒，或是痛哭流涕，他都事不关己地听着。爸没有像神父一样，再不耐烦也会保持温和平静，而是面无表情地站起来，走进房间，提出一个手提包。这时候她才意识到爸是早就做好准备。她看着爸云淡风轻地弯下腰穿鞋子，打开门。她欲跟上去。妈在房间里哭得更响：“不许去！不然你也给我一起滚！”

她缩回步子，定在原处观望。

爸说：“粒粒，回去吧。”她没有动。他走到电梯口，顿了顿，又回头看看她，不耐烦似地甩甩手：“回去吧。”她仍然没动。这回他没有再和她说话，而是闪身进入电梯。她没来得及质问爸为什么丢下她，他的身影被电梯的闭合门吞噬掉。她探出身去，又被妈的声音喝得关上门：“让他滚！滚得越远越好！”

她翻个身子，用被子蒙住脑袋。熟悉的陈旧味。被子里仍然带着温度，温暖将她包裹起来，像是一个人用双臂将她环抱在怀里。爸还在家时，到了冬天，她总会跑到爸的腿上坐着，用爸的双手环抱住自己取暖。妈看到了是会要骂的：“你那么大了，还坐你爸腿上？难看死了，快点下来！”继而又转向爸，“你也是，她都那么大了！”爸说：“有什么关系。”但还是把她放下来。她于是就靠在爸身边，用他的大衣盖住自己。衣料混合着爸的体味，让她感觉温暖、安全。

她一个激灵，脸颊剧烈地抽动起来。酸、胀，好像有钻子直接敲在她的牙上。她一哆嗦，眼泪立刻喷涌而出，蒋志新吓得慌了手脚。他跑过来，搂住她的肩膀，问："宝宝，怎么啦？"

她捂着右腮，咬牙切齿地说："我牙齿痛。"

蒋志新松了一口气，笑了，伸手过来揉揉她的脸，说："不哭了，等下带你去看医生。"

她的眼泪流个不停。一开始只是默默地流眼泪，泪水止不住，很快又发展成一抽一抽的。她一边哭一边打嗝，牙齿里窜出的一股腐烂味让她作呕。蒋志新用冷水冲了毛巾，给她捂在脸上。他可能是想逗她笑，于是说："好哭猫，别哭了，等下给你买冰淇淋吃。"在过去，他每次这么说的时候，她会佯装生气，你以为我是小孩子吗？接着乐呵呵地接过冰淇淋。可是现在，她一听冰淇淋三个字，牙齿好像是想起什么，突突地翻起一阵痛。那感觉像是突然嚼碎了一大块冰，不仅牙齿颤抖起来，连带着太阳穴也窜出一股带着铁锈味的痛意。她趴倒在床上，放声大哭。

"你的牙齿从小就这样？"坐在地铁上，蒋志新捏着她的手问。她没有注意听，只是看着地铁通道里的人、物一一随着列车的加速从她的眼前闪过去。白晃晃的一道光，接着进入黑暗。拥挤的人们相互依靠着，翻看手机，偶尔有人嗤笑出声。她坐着，看着他们，觉得他们，甚至坐在身边的蒋志新都离她很远，很远，只有她一个人被丢弃在外。直到蒋志新捏了捏她的手，她才回过神来。蒋志新皱着眉头。她想了想，嗯了一声算是回答。

你的牙齿从小就这样？她五个月时长出第一颗牙齿，五岁开始换乳牙。牙齿脱落那天淡淡地流了点血，轻轻一晃，牙齿就掉下来了。妈把她的乳牙冲洗干净，交给她，说："要扔好一点啊，不然以后要长一口歪牙齿。”她小心翼翼地捧着牙齿，感觉手上分外沉。深吸了一口气后，她将牙齿用力往屋顶上一抛。她等了很久，一直没有听见期待中牙齿与屋顶碰撞发出的咕噜噜的声音。牙齿抛上天空，像是被吞噬一样消失了。阳光白刺刺地扎进她的眼睛里，让她的眼睛充满血色的光圈。妈嗤笑起来：“完啰，我们粒粒要长一口烂牙啰。”她吓得一直哭，妈却在一边哈哈大笑。晚上爸回来，妈将这个事情告诉他，两个人又笑了一通。她看着笑成一团的父母两人，突然感觉空荡荡的牙龈开始隐隐作痛。灯光照在爸的脸上，他的一口牙齿，歪歪扭扭地闪着令人倒胃口的光。

她真的长了一口烂牙。牙齿歪歪扭扭，像是被老鼠翻乱的花莸。小时候受龋齿侵扰，她三天两头就被妈拽着去牙科医院。医院里浓重的消毒水味儿每次都会让她却步。妈几乎是将她拎着走上台阶。她一边走一边喝她不许哭，再哭就不管她，任由着她的牙齿全部烂掉。“到痛的时候你不要来找我！”妈恶狠狠地说。她想到每次牙齿痛时，脸上总会鼓起来一个馒头大小的包。皮肤被它顶得亮而紧实。照镜子的时候她总会想，如果再胀起来一点，她的脸会不会像气球爆炸一样突然破掉。她有些害怕，任由着妈将她提上台阶。

爸离家后一个星期，妈把她拉进牙科诊所。她到现在都还记得那座私人诊所，那是妈一位同事的老婆开的。诊所在一个深而窄的巷子里，门面朝街面开着，面积很小，只能容下两个躺椅和一排已经掉了漆的木质椅子。一块已经发黄的白色帘子从天花板上垂下来，将诊所又隔成一大一小两个部分。她盯着那块帘子，觉得那颜色看起来像是牙垢。

女医师三十多岁，瘦，矮，手碰在她的脸上，触感很腻，很凉。她的眼镜很厚，眼球向外凸起，看牙时，几乎整个人都贴过来。女医师转过头对妈说：“阿姐，妹妹的牙齿要做矫正，不然的话以后会全部长歪掉。”妈点头认同，就是带她来矫正的，她爸爸遗传点什么不好，遗传给小孩一口烂牙！趁现在赶快矫正掉，不然看见就来气。女医师隔着厚厚的眼镜片点头。镜片上的白光很刺眼，让她看起来像是电视剧里常出现的那种恶人。

她望向妈，妈则一脸嫌弃地瞪着她。女医生顶着头上的灯走过来，白光照进她的眼睛里。“来，啊——”女医生捏住她的下巴说。一股苦涩的液体喷进她的嘴里。她惊恐地跳起来，尖叫一声，从床上翻身跳下来，差点打翻床边的工具台。

她在诊室里一边跑一边尖叫。她很清楚地知道是恐惧在催着她跑。她害怕牙齿被剥离出来的那种空荡荡的感觉，牙齿漏风，说话的时候嘴里嘶嘶作响。这会让她想到无数个被抛弃的场景：人呆呆地站在街头，周围川流不息，没有人停下来看她。无论她怎么呼唤，没有一个人停下来看她。更令人恐惧的是现在她们要把爸唯一留给她的东西也夺走，这无异于再一次经历遗弃。

爸走后她常常做梦。她梦见和爸一前一后地站在阴影里。爸说，回去吧。他不耐烦地摆手。黑暗像洪水一样上涨着，爸就被淹没了。接着，她的牙齿掉了，像是多米诺骨牌一样，一颗接着一颗，一直到牙齿全部掉光。她开始哭，哭着哭着就醒了。

这种恐惧后来就没有离开过她。还上初中时，有一次过了下班时间很久妈还没回来，她一个人在空荡荡地房间来回走着，觉得四处都有伺机而动的妖怪。她的心头麻麻的，于是将房间里所有的灯都打开。她抱着抱枕坐在沙发上，心想，妈是不是也要丢下自己，不再回来了？想着想着，她越来越害怕，觉得如果妈不回来的话，妖怪一定会跑出来把她撕碎。更晚一点，妈开门走进来，看到房间里刺眼的灯光，一边关灯一边骂她：“开这么多灯干什么，又不是瞎子！”她愣愣地看着妈，眼泪凝固在脸上，有一种死了又活过来的感觉。

上大学后，她陆陆续续交了几个男朋友。他们每次不回信息她就开始害怕，她不断地给他们打电话、发短信，问他们为什么不回她的消息。等到他们出现在她面前，她又突然冷静下来。前男友们一开始都以为她是依赖感强，或许是产生了那么一种微妙的骑士精神，他们总是满足她的任何需求。可是很快，他们先后和她提出分手，理由是我以为你是爱我，但好像并不是这样。他们要走的时候，她是真的很难过。还好他们没有住在一起，否则，要面对面将东西清理，淡淡地问这是你的还是我的？她想她受不了。

她的牙没有矫正。她满诊所里乱窜，像是只知道即将待宰的鸡。后来，妈的脸逐渐由红变紫，然后又变成青苔一样的暗绿色。最后，妈一边跟女医师道歉，一边将她粗暴地拽下来。回家的路上妈没有说话。她走在前面，肩膀一耸一耸地，像是在哭。她静静地跟在妈身后，妈也不去安慰她。她松了一口气。

后来她一直没有整过牙。尽管她因为牙齿的问题面试失败，朋友也总是说，其实你要是把牙整一整，工作肯定比现在好找得多，但她一次比一次更坚定。蒋志新提醒她快下车了。她用手臂环住他的手臂站起来，想起什么似地补充道："我的牙齿从小就这样的。我遗传的我爸。"蒋志新说："你小时候没有矫正过吗？"她说："没有，一直没有。"

她和蒋志新在医院里挂好号，随着一群人坐在走廊的长椅上等待叫号。牙科门诊里小孩和老人居多，时不时地会传来一阵小孩尖锐的哭声，接着，就会有一两个小孩挂着充满怨气的泪水走出来。她听得心惊胆战的，好像已经看到牙科医生扒开她的嘴，将嗡嗡不停的钻子伸进来。蒋志新坐在一旁玩手机游戏，偶尔会停下来，问她要不要喝水，或者牙齿还痛不痛。其实牙齿已经没有那么痛，但被蒋志新一问，痛感又被重新唤醒，越发地鲜活起来。她捂住脸，点点头。

她原以为蒋志新在听到她说爸时会问，哎？你爸？怎么之前都没听你说过？如果是这样，她就可以仔细理一理记忆，说，哦，我爸啊……

从小爸特别疼她。小时候妈怕她坏牙齿，不许她吃糖果和冰淇淋。爸去接她放学，在回家的路上悄悄给她买娃娃脸雪糕。快到家了她还没有吃完，爸就催促她吃快点，又将水壶递过来让她把嘴冲干净。有时爸会问她："粒粒，好吃吗？"她就举起雪糕举到爸面前，让他咬一口。爸张开嘴，在雪糕上留下一排坑坑洼洼的咬痕。她看见了，也跟着在周边咬一口。爸看着雪糕上的牙印笑了，说："一看这牙就知道你是我女儿，这是粒粒和爸爸的标记。"爸一边说，一边伸出手，轻轻去弹她的嘴唇。她也想这么做，于是踮起脚，但爸很高，她够不着。两个人都笑起来。她觉得自己和爸之间突然多了一条看不见的线，将他们紧紧地拴在一起。这是她和爸的秘密。

爸离家几年之后，有一次她在公车上看到他。那天车上人很多。人们像是放在锅里的烩菜一般，紧紧贴在一起，左右碰撞。身后不断有人硬挤着穿过去，时不时就惹来周围人的抱怨。一个人紧贴着她挤过去，她忍不住骂了一声，挤什么啊挤！那个人在她身后小心翼翼地说着不好意思，但没有停下来。她恼恨地扭身往后看去。看背影像是个年近花甲的男人，她看着，心里有些过意不去。男人一直走到下车门那里才停下来，他抬起头，这时候她才发现那个人是爸。他的样子没有什么太大的变化，只是身型小了一号，头发脱得厉害，只在两耳上剩下毛茸茸的一丛，看起来像是树袋熊的两只耳朵。

即使是背贴着背擦过去，听到彼此的声音，爸也一定是没有认出她来。她犹豫着要不要挤过去和爸打个招呼。她艰难地转动着身子，抱怨声响起来，她又有些犹豫了。很快，车子到站了。爸随着人群流下车。

她想叫司机停车，想了想，最终还是没有开口。她看着爸走上人行道。他的步子一深一浅，踏上马路牙子时候滑了一下，打了个趔趄，差点跌倒。她不由自主地叫出声。爸站稳了。他挺了挺脊背，慢悠悠地爬上斜坡。车子启动了，她抻长着身子往后看去。爸一步一停地走着，接着被斜坡两侧的巨大树荫给吞没了。

回到家，妈问她："干吗丧着一张脸？在外头遇到什么事了？"

她只是坐着，不说话，不管妈怎么问她也不肯说。很快妈就失去耐性，怒气冲冲地骂出一句："你这个小孩，和你爸真是一点没差！什么坏习惯都一样！"在往常，她会将妈的这些话过滤掉。那天也不知道是因为什么，她只感觉有一股气从胃里冒上来，海浪似地撞击着她的牙齿。她被憋得快喘不过气了。眼泪不争气地喷涌出来："不要提我爸！"她冲进房间，反锁房门，扑倒在床上，放声大哭。等她在头痛中醒来，妈正坐在床旁边摆弄水杯和药片。她不知道妈是怎么进来的。她坐起来，感觉一侧脸硬硬的。她吞了一口口水，浑浊、咸、腥。她知道，牙齿又发炎了。妈伸出一只手，在空中僵住了几秒，又收回来。她无奈地笑笑，说："粒粒啊，以后不要乱喊乱叫了，知道吗？"

妈一直都不跟她提爸的事，也坚决拒绝要爸留给她的抚养费。爸走后，妈许多事都顺着她，唯一不喜欢的就是她的牙齿。她经历了多次面试失败后，妈常常装作漫不经心地提起，怎么样，要不要去给牙齿做个美容。现在不是都说吗，为了更好的前途，一切从牙开始。

她每次都假装没有听见。爸离开后，她一直觉得牙齿是她和父亲剩下的最后的联系。血缘不像痛感。痛感很直接，甚至粗暴，从来不会撒谎。而血缘只有在痛的时候，她才能够确认，哦，原来一切都还在。爸不是说，牙齿是她和他的标记，只要看到这口牙，他们就能在人群中认出彼此来。

她冲母亲摇头，说："不要。"

朋友们都很奇怪她为什么挑蒋志新做男朋友。她的闺蜜毫不客气地说，他到底哪里好？长得丑又没有钱，你到底看上他哪点？她觉得受到冒犯，想要开口反驳，却又找不到可反驳的内容。一个人的时候，她仔细回想着闺蜜的话，觉得她们没有错。在她交往过的男友当中，蒋志新是最丑、看起来最没有前途的一个。他骨架很大，两坨锁骨突兀地顶着皮肤，看起来像是两片铁。有时她靠在蒋志新的肩膀上，后脑处总是感觉僵硬。她在他肩头挪动，总是找不到舒适的位置。蒋志新诧异，不断地问她："怎么啦?"

因为瘦，再加上经常熬夜，蒋志新看起来精神不佳。事实上，蒋志新生活规律，无不良嗜好。虽然他总是一副风一吹就要倒的样子，但莫名有一副浑厚、饱满的嗓音。第一次见面时，蒋志新愧疚又带着惊慌、不断地擦汗："对不起，对不起，我迟到了。"

她听到他的声音后就愣住了。她仔细打量他，感觉很熟悉。站在广场上，她被冷风吹得直哆嗦，牙齿也瑟瑟发抖。但她清楚地知道，这不仅仅是因为冷，还因为蒋志新带给她一种令人激动得快要落泪的激动。她开口和他讲话，牙齿不停地上下打架："我们去哪儿吃饭?"蒋志新以为她是冷，赶快脱下衣服盖在她身上。她吸了吸鼻子，果然，味道熟悉得令她感觉牙齿酸胀。她把他的衣服裹紧了。蒋志新将外套往她肩头又拢了拢，握着她的手放进口袋。

约会没过五次她就和蒋志新去了酒店，是她主动提的。到了预订好的酒店楼下，蒋志新躲躲闪闪地让她先上去，他随后就来。两个人赤裸着坐在床上，她盯着蒋志新看。他的脸被橘色的灯光映照得红红的。他被注视得不好意思，赶紧转过身去。她窜过去伏在他背上说："哎，你转过来嘛。”蒋志新像是被她吓到，手忙脚乱。

“原来你是第一次，”蒋志新对她是第一次很是惊讶，他抱紧她，似乎有些不知所措，“我一定会对你好，对你好，一定。”

她仰躺着，气息渐渐平稳。她转头看向蒋志新，刚才略微模糊的视线正在逐渐变得清晰。蒋志新的额头上渗出一层汗，有一缕头发湿哒哒地黏住了。两块颧骨高高地耸起，令人感觉突兀。她赶紧转过背去。

朋友们听说这个事，异口同声地说她脑子坏掉。他到底哪里好？没有钱也不是潜力股，再说你们还离得那么远。她低头绞手指，用自己也不相信的语气说，我可以坐高铁，坐飞机，现在交通很方便啊。送上门去啊？你贱不贱？她说不出反驳的话。她回想蒋志新的模样，穿衣服有些邋遢，第一眼看起来总觉得不像是好人。她越想越沮丧。

她不给蒋志新打电话，但如果接不到他的电话，她又会很难过。他打电话说，最近做了某区域的业务主管，等忙完这一阵，他就来看她。她等不及，于是打飞的过去，好像只是为了和他做一次爱。事后蒋志新总是会用胳膊环绕住她的肩膀，她就将脑袋埋在他的腋窝里，深深去嗅他的味道，感觉自己变成了一个被宠爱的小孩。有时蒋志新要赶回去上班。他佝偻着走出房间，她穿着酒店的浴袍跟着他走到电梯口。电梯铃叮地响起，张开黑色的大口。他回头对她说：“回去吧。”

这是她熟悉的一幕，她蓦然惊慌起来，趁着电梯快要关上的时候，伸手抵住电梯门。她喊道：“不要走，不要走！”

“怎么啦？”蒋志新诧异地打量她，“我去去就回来了，公司要有人去看一下的。”

“不要走啊！”

“回去吧。”他挥挥手。

“你不要丢下我啊！”

他赶快从电梯里走出来，将她搂在怀里。“没有丢下你，不会丢下你的！”

她深吸一口气，冷风中只有生涩的水味儿。她推开蒋志新，辨认着他，感觉从恍惚中恢复过来。蒋志新鱼干一样的脸一点一点地变得清晰。她想起朋友说他长得难看，没有钱。她的肺重新被冷风灌满，不自觉地打了个寒颤。她吸吸鼻子，从蒋志新的怀里挪出来。“你去上班吧。”

他愣一愣：“那我走了。”

“嗯。”她没有等蒋志新进入电梯，而是直接走回房间。

爸死的时候她的牙已经痛了一个月。去医院检查，医生说没有什么问题，只是长智齿。彼时她的脸已经肿得像个馒头，每天牙痛得好像是有人用锤子直接敲在牙齿上。她问医生怎么办，医生说：“看你选择咯，好多人痛得受不了，最后都把智齿拔掉。”她倒吸一口冷气说：“我不拔。”医生耸耸肩：“那给你开点药好了。”

遇见爸后，她时不时找机会去坐那趟爸曾经坐过的公车。她从出发站坐到终点，又顺着路线原路返回。他是住在附近吗？还是刚好路过？爸离家之后几乎没有来看过她。有时她因为想念爸而哭起来，妈就开始骂，他都不要你了，你哭什么？骂着骂着妈自己也哭起来。这时候她感觉自己好像能够理解妈的心情，被背叛，被抛弃，甚至都不知道缘由。感觉像是爸站在电梯口不耐烦地对她挥手说，回去吧。

其实爸去看过她一次。那时她已经上高中。走出校门准备去吃晚餐时，她看见爸站在校门口抻长了脖子东张西望。她走到爸面前，立住。爸这才恍然大悟般地点头：“粒粒。那么多人，爸爸都没看见你。”

她知道其实爸是没有认出她。她打量他，试图回想他从家里走出去时他说“回去吧”的样子。几年前，市政改造将那座老房子拆掉，她和妈得到了一套位于新市区的房子。房子年份很新，人乘坐在电梯里面，总是会闻到乳胶漆或者生涩的木头味。她有点怀念那座老房子。老房子的电梯在载人的时候总是咯吱咯吱地响，像是暮年老人带着一身松散的骨头。爸的脸还是那样，只是有些黄，有些黑，但容光焕发。这让她感觉不快。

爸带她打车到离学校很远的地方去吃东西。她想说上晚自习会迟到，但没有开口。他给她点满一桌子的汉堡、薯条、沙拉、饮料，好像想要把这么多年没有带她吃过的东西一下子全部补回来。她看着父亲，喝一口冰可乐，眼睛皱起来。

“粒粒牙齿痛吗？那还是不要喝了。”他把可乐拿走。

“粒粒，你作业多吗？辛苦吗？压力大吗？”

“粒粒以后想考哪个大学？”

他毫无头绪地问她好多问题，她不时地摇头、点头，偶尔用几个简单的字来回答。他坐在她的对面，面容平静得像是什么也没有发生过。仿佛他只是出差很久又回来了，而不是把她丢在电梯外，一个人跑掉。她想问，爸你过得好不好，你现在住在哪里，你在做什么，但又觉得好像这样已经算是原谅爸。她张了张嘴，又把话咽了回去。

最终爸还是很犹豫地问一句：“你妈妈好吗？”

“哦，还好。”

“这样啊。”

他们没有再说下去。饭后，他送她回学校。他们在一盏灯光昏暗的路灯下停住脚步。爸将书包交给她，嘱咐道，回去不要和你妈讲我来看过你。爸一边说，一边敲敲上嘴唇。她觉得这场景熟悉，好像是他接她放学回家，催促她吃完那个冰淇淋，对她说，牙齿是粒粒和爸爸的标记。她的心突然化了。快去上课吧，他说。她看着爸，走两步，回头看一眼。

快点，要不然上课迟到了。她快跑了两步，跑进校门又转头去看，灯下已经没有人。

她梦见自己的牙齿掉了。有时候是一颗，有时候是整排整排地脱落。牙齿被硬扯掉的痛感好像是真的一样。在梦中她咬一口东西，牙齿哗啦啦地掉下来一排。没有血，她只感觉嘴里有股酸酸的味道，整个嘴都空了。有个人在她前面走着，暗暗的，只有一个背影。她知道那是爸，于是喊起来，爸，不要走。爸，等等我。可是她已经没有牙齿，再怎么喊也发不出声音。她拼尽全力喊一声，接着被自己的叫声惊醒了。

她觉得梦预兆不好，打开手机想查查解梦。房间里似乎有人在低低地打电话。她看看表，已经是凌晨。于是她起床去看，原来是妈站在客厅里接电话。妈看见她，有点吃惊，匆忙讲了几句就挂掉电话。她看出来妈的眼睛里带着点血丝："粒粒，你爸爸走了。"

她连爸最后一面都没有见到，只是得到一个骨灰盒。她想，爸原来那么大的个子，现在变成这么小小的一盒，简直不可思议。他是不是连牙齿也被烧掉？她想着，惊慌起来，想要打开骨灰盒去看。妈看见了，冲过来就是一巴掌，声音在空荡荡的火葬场里显得很刺耳，搞得全部的人都在看她。

"你搞什么？要你爸爸死不安生吗？"

她的手抖了抖，骨灰盒掉了下来。盒子被摔开。里面是细细的灰黑粉末，也有大小不一的颗粒。她赶忙用手去翻。没有牙齿，什么都没有。她手忙脚乱地将那些灰捧起来装进盒子里。风吹进来，骨灰四散。妈又甩过来一个巴掌。她感觉牙齿里的神经一扯，痛得大哭起来。

蒋志新问她为什么不拔牙。她说自己也不晓得。爸已经过世那么多年，她已经慢慢接受这个事实。爸走后的一个星期她的智齿又开始疯长，牙齿里充满着咸而腥的浊液。妈愁眉苦脸：“粒粒啊，你去把牙齿拔掉吧。”她含着眼泪摇头。

她想起自己看过的一个小说。女人的丈夫死了，生前两个人关系很好。等到丈夫下葬的那天，妻子的眼睛里突然冒出了一颗血一样的红粒，一直过了很久才消失掉。她明白，那是丈夫留在妻子身上的痕迹。爸没有留一句话就走，他不甘心，所以要她的牙一直痛下去。妈哭了，问她到底为什么不去整牙齿。她只是摇头，不肯说。这好像就是爸买给她的冰淇淋，爸突然站在学校门口，也像是爸敲着牙齿对她说，喏，这是爸爸和粒粒的秘密。

过了好久，才有人通知他们去整理爸的遗物。她是自己去的。妈不肯去，只是把钥匙给她，告诉她具体的地址。她看了地址才知道，原来爸的家真的在她曾经遇到他的那个车站附近。她坐公车到那一站下来，顺着一个巨大的坡走上去。坡旁边有个小小的寺庙，砖瓦青灰色，看起来时间已经很久远。坡后面有一条深深的巷子，一直往前延展着，进入到黑暗深处。那是一排低矮的平房，房子周围种满了榕树。道路两旁的榕树树冠交叠起来，形成巨大的阴影。空气里满是湿漉漉的青苔味。让人感觉冷。

爸住在最尽头的一间。她用钥匙旋了半天才扭开门锁。还未进去，一股浓重的霉味就冲进她的鼻腔，她被味道逼得连退了好几步。房间很小，小得只放得下一张床，一个立柜和一把椅子。这些东西几乎已经将房子占满，但她仍然觉得那是空的。

她脱了鞋子走进去。地板上随意地放着两只箱子。她走近了，发现其中一箱装着几件颜色黯淡的海青，另一箱则浅浅地装着几本佛经。她突然很想哭。爸的人生究竟是怎么回事？活了几十年，两个箱子把一生装干净了。她在地上坐下来，拿起那些已经卷页的经书。她以前不晓得爸喜欢这种东西。不过好像有一次，爸在接她回来的路上说：“粒粒啊，你知道什么是无尽吗?”她嘲笑他突然说怪话，但爸没有笑。他在前面慢慢地走，夕阳映照在爸身上，形成一个巨大的光圈。她在后面看得愣住了。

箱子翻到底部，她看见有一个紫色天鹅绒的袋子。袋子是系口的，很宽松。她晃了晃，里面不知道是什么叮叮作响。她打开袋子，将里面的东西倒出来。

滚出来几颗瘦弱的牙齿。门牙、虎牙、尖牙。牙齿已经发黄。它们东倒西歪地摊在地板上，一眼就能看出它们的主人长着一口烂牙。她呆住。这时候，脑海中爸的形象突然一点一点变得清晰起来。他拉着她的手，给她买娃娃脸冰淇淋，让她快点吃，告诉她这是爸和粒粒的秘密。她将牙齿抛到屋顶上，牙齿不见了，爸和妈哈哈大笑：完啰，我们粒粒要长一口烂牙啰。

她颤抖着手去捡那些牙齿。捡一次，掉一次。等到将它们全部收好，放进袋子里时，她觉得好像已经过去了很长很长时间。

走出爸的房子，她打车去牙科诊所。医生看见她，戴着口罩的脸藏着笑意。“妹妹回来了？想通啦?”“嗯，想通了，来拔牙。”上次讲的那几颗全部拔掉吗？“嗯，全部拔掉。”医生给她打麻药之前，她告诉他想要把牙齿留下来。医生皱皱眉头：“都烂掉了，要来干吗?”她没有回答他，只是闭上眼睛。钻子嗡嗡地响起来，逐渐变远，消失。耳边爸的声音响起来，喏，这是粒粒和爸的秘密。

少女与泰坦尼克

（上）

温莹莹十二岁时正式进入青春期，人像吃了发酵粉一样，迅速长长、长宽。肚子总是饿的，每天回家吃两碗饭。吃饭时，母亲林美凤死死看着女儿像老家来的穷亲戚一样，用木饭勺的背面将米饭压得平些，再平些。

林美凤忍住厌恶，说："吃那么多，买衣服要没有你的号了。"

林美凤长得很美。长圆眼睛，略带婴儿肥的瓜子脸，让她看起来比实际年龄小十多岁。她是北方人，却生得身形小巧，和丈夫身高相差近二十公分。林美凤思想前卫，年轻时就很注意控制体重。生产后更甚。"吃饭六分饱，赛过寿星老"，她熟谙各种减肥方法，黄瓜餐，苹果餐。她不怕内分泌失调，把减肥事业进行得轰轰烈烈。林美凤四十岁了，身上有点余肉，但整体却很紧实，没有这个年纪通常都会有的啤酒肚与麒麟臂。从背后看，她像是未生过小孩的少妇。女友们看她时，羡慕的目光后带着嫉妒：“美凤，你身材好哦。”她们上下打量她，目光如刀。背后女友们相互议论：“瞧林美凤那骚劲儿。”

话传到林美凤耳中，她当做赞美，一笑置之。不久，女友们转移目标，将目光聚焦到温莹莹身上。林美凤带温莹莹去打牌，麻将桌上，常有人看似不经意地对林美凤提起：“美凤，你家莹莹一点不像你。最近又胖了吧?”

“胖点好，莹莹看起来很老实，不像我们家小孩，一天到晚搞鬼搞怪。”

“美凤，《追妻三人行》看了吧？你们家莹莹蛮像那个美好的。”

众人皆笑。林美凤双手搓着牌，笑容未改，只在嘴角微微抽动。

饭桌上，林美凤看着女儿狼吞虎咽的蠢样，心里升上一股急火。她忍住，尽量平和心绪，说：“不要吃得那么蠢相。谁和你抢吗？再这么吃下去，你以后都买不到衣服!”

温莹莹缩回筷子，想夹肉，又犹豫不决。她盯住菜盘，抬头看看林美凤，嘴巴瘪下来，眼睛一挤，泪光闪闪中透着一股无辜。林美凤恨铁不成钢，将头扭向一边：“算了算了，吃吧。”温莹莹如得特赦，赶紧接连夹起几片肉，放在碗里，大口扒掉，仿佛是害怕母亲反悔。林美凤不屑看她，起身走开。从此，她不再带温莹莹外出打牌。

温莹莹的确不太像林美凤。她挑着父母的缺点遗传，塌鼻子，五比五的身体比例。按照基因，她不应该是胖子。林美凤自然不必说，父亲温学新体格壮实，但拢共不过一百四十斤，属于标准身材。一家三口中，温莹莹像是个抱错了的小孩。

她扎两条辫子，因弱视而戴一副巨大的眼镜。那年头放《追妻三人行》，人人都说她神似林美好——老实淳朴——潜台词是傻。林美凤意识到这一点后，更鲜少带她出门。

一九九八年，温莹莹十二岁，上五年级，五十五公斤。

那一年放《泰坦尼克号》，是温莹莹所在的新江市第一次放外国电影，票九十多块一张，黄牛也很难弄到手。温学新一个做生意的朋友，大手笔送了两张票给温家。温莹莹吵着要去。林美凤说："小孩子看什么电影。"其实是怕遇到朋友，又免不了吃一场话中有话的暗笑。

温莹莹说："胡兴华他们全家去。"

胡兴华是温莹莹同桌，爸妈皆做生意。两人把胡兴华丢给班主任李老师，每月付老师一笔钱，管饭管作业，形式如同午托。李老师安排他与温莹莹同桌，把包袱丢给她。李老师说："你是班长，班长要帮助其他同学共同进步。"

温莹莹觉得责任重大，自己像是雷锋，每天叮嘱胡兴华写作业。胡兴华不耐烦，说："哎呀，抄一下就好了，不用那么认真。"

考试时，胡兴华趁老师不注意，将温莹莹的卷子拽过来，压在自己卷子下刷刷抄写。温莹莹又急又心慌，想抢回卷子，又怕动作太大，被老师发现。她不敢举报，只得将头趴着压在桌上，假装休息，焦灼地祈祷考试快点结束。考试结束，温莹莹仍是全班第一，胡兴华前进十名，李老师表扬他们是学习互助的好对子。胡兴华为了表示感谢，送了温莹莹一袋外国巧克力。他说："温莹莹，你人最好了，下次记得再给我抄嘛。"

温莹莹想了想，说："好。"

"人家有钱，我和你爸是上班拿死工资的。"林美凤说，"你作业写完了？像你这样，得勤快点才行。"

温莹莹不依，伸手拽林美凤裙子，被母亲一手拨开。她坐在地上，假装要哭。不知怎地，一股委屈真实地涌上来，让她感觉鼻腔酸胀。她挤挤眼睛，眼泪成串下落。因为哭，她的鼻子和眼睛纠结在一起，像是一团揉旧的抹布。林美凤心生厌烦，说："去去去，哭也没有用。"

温学新和林美凤去看电影了。二人将温莹莹反锁在家，命令她早睡觉。十一点多两人从电影院返回，看见温莹莹还没睡，林美凤说："幸亏你没去看，沉船啊，吓死了。"林美凤的脸红通通的，像是被大风吹过。她突然想起什么似的，拍了一下温学新的胳膊，将目光望向温莹莹："莹莹这么胖，要是真的上了船，不晓得跑不跑得脱?"温学新斜了一眼林美凤，瘪嘴憋住笑意。

当天晚上，温莹莹做了一个沉船的梦。她梦见自己坐在一条木船上，水一波接着一波推搡着船舱，她被荡漾得头晕，直想吐。她试图站起来，船板吱吱呀呀响个不停，好像即将散架。她只得重新坐下，双手抓紧船舷。风卷着海浪扑打过来，涌进船舱，溅了她一身水。她惊慌地跳起来，船吱吱尖叫了几声，突然裂开，沉了。

温莹莹大叫一声，从梦中醒来，右侧脸颊湿热地淌着泪。夏夜，她听到窗外细微的虫叫声如海浪般升起，很快又被夜色淹没。温莹莹用毛巾被裹住自己，似热，又冷。没有人听见她的惊叫。温莹莹竖起耳朵，企图寻找出一些动静。隔壁房间里，除了父亲略微夸张的呼噜声与磨牙声，什么也没有。

胡兴华问："你去看《泰坦尼克号》了吗?"

温莹莹说："没有，我爸我妈不让我去。"

胡兴华说："哇，太可惜了。真好看，就是女演员太胖了，还不穿衣服。"

“为什么不穿衣服？”

“他们两个谈恋爱呀，谈恋爱就不用穿衣服。”

温莹莹想起母亲说的沉船，反驳说：“不是谈恋爱，我妈说，是好大的一艘船沉了，很吓人的。”

胡兴华说：“是沉船呀，但主要还是谈恋爱。”说完，他凑得离温莹莹近了些，压低声音：“你知道那个船为什么沉了吗？”

“为什么？”

“因为女演员胖呀！女演员把船压沉了，哈哈哈。你比她还胖，哈哈哈。”

温莹莹愣了愣。她低下头，第一次注意到两腿与课桌之间的间距狭窄。她胸前的扣子紧紧地绷着，两团已经发育的乳房呼之欲出。她第一次直观地感受到自己的胖，狭窄的空间被她庞大的身躯占据着，像是一种侵略。她呼吸急促起来。这种后知后觉的侵略者身份让她感觉羞愧，还有恐惧，仿佛压沉了泰坦尼克号的不是女演员，而是她自己。

火从耳根处窜上来，把温莹莹的脸烧红了。温莹莹鼻子一酸，想哭。没想到，一阵鼻酸很快就过去了。温莹莹揉了揉眼睛，干干的，没有半点泪水。她想用力扑倒在桌子上，将脑袋埋在臂弯里大哭一场，好引来同学们注意。女生们都习惯这么做。哭总是很容易解决问题，或者引来老师。在这样的情况下，男生通常也会慌了手脚，低声下气地来求，不要哭了，求你了。温莹莹这么想着，于是趴倒在桌上，干嚎起来。

她没有吓倒胡兴华。胡兴华见状，反而哈哈大笑，尖着嗓子喊：“肥婆哭啦，肥婆哭啦！”

肥这个字，像锥子一般扎入温莹莹的耳朵。不知道为什么，她想到了林美凤炒的五花肉。他们家只有温学新吃五花肉。林美凤要保持身材，绝不会吃。温莹莹也是不吃的。她嫌弃五花肉上肥肉太多，油腻腻的，快要咽下去的时候，一团油腻就堵在嗓子里，像痰一样。一次，温莹莹伸手去摸了摸摆在案板上的生肉。滑，腻，像是鼻涕。她赶紧打开水龙头洗手。油脂在手上结成豆子大小的油珠，刺激得人心口发麻。她慌张地捏起洗洁精瓶子，用力挤出一块，快速搓手，好不容易才将那层油腻给搓洗掉。温莹莹闻闻指尖，肉腥味儿犹存。

想到这个，温莹莹仿佛看见自己被切开，身上流出黏腻的油脂。她倒吸一口气，羞耻和愤怒一起涌了上来，在她的胸口肿胀成团。她想要叫，可胸口被一团闷气顶住，让她发不出声。温莹莹砰地用腿肚推开椅子站起来，奋力大叫了一声，一巴掌打向胡兴华的脑袋。

胡兴华愣了一下，张开嘴巴。班上不知道是谁喊了一声："温莹莹打人了！班长还打人!"听到这句话，胡兴华像是触电一样突然回过神，伸出拳头，向温莹莹挥了过来。两个人扭打着摔倒在地上，灰尘四起，在温莹莹的脸上留下黑印。

李老师瞪着黑乎乎的两个人，问："为什么打架?"

"温莹莹先打我的!"胡兴华先喊出声。

李老师将目光转向温莹莹："温莹莹，你来说说看。"

温莹莹不回答，只是低头看着自己的脚。夏天，她穿着一双镂空的白色塑料凉鞋。凉鞋便宜而柔软，几乎全学校的女生都穿这样的凉鞋。新买来的鞋子上有五朵彩色花朵，用铜质的圆条扭成球状，充当花蕊。温莹莹的凉鞋已经穿了一段日子了，金色的花蕊已经掉光，剩下五朵颜色暗淡的花瓣。因为胖，她的脚背鼓胀在船型的鞋缘上，被勒出红色的肉痕。没了花蕊，花朵中心漏着圆形的洞，感觉像是牙齿漏风，让人觉得缺少底气。

李老师又重复一遍："温莹莹，问你话呢，你是班长，为什么打人?"

温莹莹仍不开口。李老师感觉威严受损，提高声音："打人是不对的。温莹莹你身为班长，更应该团结同学。和同学有矛盾，应该讲道理，怎么能用武力解决呢？你是个女同学，女同学打架像话吗？"

胡兴华幸灾乐祸地接话："就是！"

李老师说："你给我闭嘴。你是男同学，要爱护女同学，要谦让，打女同学，像话吗？"

胡兴华瘪了。李老师将转椅转回到桌面上，拍拍桌子，说："你们两个，回去给我写一千字的检查。明天交给我。胡兴华可以走了，温莹莹留下来。"

胡兴华走后，李老师把温莹莹拉到跟前。李老师很瘦，手掌的骨架明显，没有肉，像是只用骨架就撑起了整副皮囊。她用手把温莹莹的手放在手掌中，另一手则轻轻地抚摸。李老师的手温热、柔软，却又带着一股夏日时吃冰的惬意。温莹莹抬起眼睛。办公室里还有几个别班的老师，她们偶尔将目光投向她，笑笑，又埋头伏案。她能感觉到，在那些堆积着的书籍后面，不时有眼光飘过来，像医生手中的手电，在她身上来回扫射。

温莹莹有些后悔，觉得辜负了李老师信任，给她添了麻烦。

李老师说："好，现在你可以告诉我了吧？到底是怎么回事？"

温莹莹低着头，小小声说："胡兴华骂我。"

李老师说："你刚才怎么不说？骂你什么了？"

温莹莹又把头低了下去，小小声开口说："他骂我肥婆。"

她没有抬头，但她能感觉到，李老师先是怔了一下，很快憋着鼻子喷出一口气，像是要笑，却又觉得笑不应该，把笑生硬地憋回去了。温莹莹翻起眼球去看李老师，她的嘴瘪瘪的，嘴尖堆成一个花蕊。李老师吸了一口气，做出严肃的样子："胡兴华这样说你是不对的。但你是班长，不应该动手打人。班长要起带头表率作用。以后有什么事情，应该及时向老师汇报。这样才是好干部，知道吗？”

见温莹莹不说话，李老师又补充道：“这样吧，检查不用你写了，但没有下次了。”她伸出手来摸摸温莹莹的脑袋，说：“学习好就行了，小朋友不用考虑其他的。”

温莹莹的心沉静下来。她点点头，走出办公室，走到走廊上。风吹起来，将办公室里说话的声音吹到她的耳朵里。“你们班班长啊？你们班女生好像就她最胖吧。上次我见过她妈妈，身材很好的，简直像两个人。”“就是啊。哎，虽然这样说的确不好，但是，小孩子长成这样，也的确太那个了。”李老师叹了一口气。风把叹气声吹进温莹莹的衣衫，把衣服吹得沉甸甸的。走廊上的沙土被席卷起来，扑在她的脸上。温莹莹步履缓慢，感觉周围的一切都在静下来，静下来，接着消失，剩下她一个人，艰难地继续往前走。

她决心和胡兴华和好。因为李老师说，和同学之间相亲相爱，是做一个好干部的职责。她作为班长，更应该起榜样作用。单元测验时，胡兴华照例拽走温莹莹的卷子，她熟练地在一旁掩护。发布成绩，胡兴华又进步了几名。李老师站在课堂上表扬他们。阳光将她的脸照耀成饱满的金红色，使她的笑容看起来像是一轮满月。

胡兴华收起卷子，凑到温莹莹耳边：“温莹莹，等下次考试，你……”

温莹莹点点头：“我会给你抄的。”

胡兴华的眼睛闪闪发亮，说：“你这么好，我请你吃巧克力？”

温莹莹的脑袋突然灵光一闪：“不过我有条件的。”

胡兴华瘪着嘴，哼出一口气：“你想要干吗？”

温莹莹说：“不许你喊我肥婆。”

胡兴华说：“好，好。没有问题。”

“也不许你到处给我起外号。”

“好，好，绝对不给你起外号。”

温莹莹安下心来。两个人继续互相帮助，俨然一对亲密好友。

一个月后学校体检，温莹莹又重十斤了，变成六十公斤。她把其他的体检项目都提前做了，甚至咬咬牙把最可怕的视力检测也做了。她磨磨蹭蹭，拖到最后一个去称体重。她失策了，这时候，班上的同学们几乎都已体检完毕，一个个闲在卫生室里聊天。见温莹莹落在最后，每个人都目光炯炯地看着她。医护室老师说：“那个同学，你快点，就剩你一个了。”

温莹莹犹豫地脱了鞋，踩到秤上。医护室老师冷冷地看了秤一眼，迅速转向坐在体重秤旁边的另外一个老师，报出数字：“六十公斤。一米五八。”

“哈哈哈哈。”胡兴华首先笑起来，“温莹莹一百二了。肥婆！”

“喊什么，都给我安静点！”医护老师喊。

温莹莹愣在秤上，脸又烧红了。同学们偶尔将目光看向她，偶尔耳语低笑。温莹莹知道，他们必然是在笑她。她默默走下来，穿好鞋子，走出医护室。几个男孩从医护室跑出来，看见她，围上来，用手戳她的肚子：“哇，好有弹性。”“温莹莹，你的肚子好像我爸的肚子哦。”“肥莹！肥莹！”温莹莹加快步伐，男孩子们又追上来，超越她，转过身，面对着她，往后退着跑。他们做出鬼脸，手舞足蹈，有人拉开嘴巴扮鬼脸，有人用手指向温莹莹。他们开口说话，声音充满一致的节奏：“肥莹！肥莹！肥莹！”

温莹莹挥舞着拳头追上去，却步伐不稳，整个人趴倒在地上。因为摔倒，校服上衣被她压在身下，露出圆圆的白肚皮。肚皮如同气垫般撑住了温莹莹，没让她感觉到太多的疼痛。周围响起几声尖叫。人们纷纷四散开去，熙熙攘攘的走廊，一下子变成了温莹莹一个人的世界。周围不时有人从她的身边经过，没有人停下来。

“这不是五班的班长吗？哇，怎么这么肥啊。”

“要是我长这个样子，还不如去死了。”

原来单薄的几声嘲笑变成汹涌的海浪。温莹莹坐在浪尖，感觉自己被抛起来，很快又被浪拍打着按进水中。她感觉窒息，鼻子有酸胀的刺痛感。温莹莹记得这种感觉。暑假时她曾去学游泳，有一堂课老师教浮潜，她呛水了，鼻子经过一阵酸，很快，喉咙被消毒水刺痛，在脑子里引发一阵胀痛。她感觉自己在下沉。声音远了，远了，水流中只剩下一片嗡嗡的杂音。她沉了下去，快要落到泳池底部了。

温莹莹局促地坐在地上。她想哭，又不敢哭出声，这太引人注意。此刻，她希望自己能瘦一些，瘦小如虫芥，即便在狭窄的空间里，它也不过是一粒灰尘。又一拨体检结束的学生从医务室里走出来了，脚步声哒哒地在温莹莹身边响过，不时有人指指点点。这么多人。到处都是人。他们瘦弱的身躯在走廊中灵巧地穿行着，唯有她，塌软如一滩烂泥。

她犹犹豫豫地站起来，低下头，奋力挤过人群。

那天晚上，林美凤烧的菜是土豆烧肉，是温莹莹最喜欢吃的菜。林美凤将菜盛出来，放在饭桌上。酱甜的土豆，配着被油爆炒过的红辣椒，散发着一股热辣辣的香味。在往常，温莹莹至少要吃两碗饭。这一天晚上，她的脑海里始终是那句话，“肥婆”这个词沉甸甸地压在她的肩上，勒得她肩头痛。

林美凤夹给她一筷子青菜：“快点吃，吃完了写作业。”

温莹莹端着碗，看了看林美凤，又看了看自己的碗，把碗放下了。

她叹了一口气。

温学新的脸几乎贴到碗上，他的嘴里塞满了米饭：“莹莹也学会叹气了？”

林美凤翻了个白眼，说：“小孩子家家，屁事不少。快点吃。”

温莹莹放下饭碗，站起来走了。林美凤的声音赶在她关房门之前撵进来：“温莹莹，你吃错药了？”

温莹莹走到桌前，拉开抽屉，拿出一本空白的作业本。她随手捡起一支笔，想了想，在几个封面上写上几个字——仇人录。她已经不记得是在哪个电视剧里看过这个情节，有那么一个被人欺负的女孩，她决心复仇。于是，她在一本册子上一一记下仇人的名字，待到复仇结束，再把他们一一划掉。温莹莹想起那女孩复仇成功时的表情，一股温热和兴奋窜上身来。

温莹莹一笔一划用力地在本子上首先写下：胡兴华。

不久，仇人录被母亲林美凤发现。她进温莹莹房间里找便条纸，遍寻桌面不得，便把抽屉整个从桌子里拉出来翻找。在翻至抽屉底部时，便条纸和仇人录同时映入林美凤眼帘。

林美凤把本子扔到温莹莹面前，问：“这是什么鬼东西？”

温莹莹一开始没作声。她抬起头看看林美凤，眼睛里流露出一股恶狠狠的表情：“我以后要报复他们。”

“小孩子说什么报复报复的，你为什么要报复他们？”

“他们欺负我！”

林美凤吊起眉毛，神情严肃：“欺负你什么了？”

温莹莹以为得到母亲认可，说：“他们给我起外号，叫我肥莹，还有肥婆，还说我把泰坦尼克号压沉了！”

林美凤先是一愣，眉头微微攒。很快，她恼怒起来。

“你看看你这个样子，哪个同学可能不笑你？要想不被人家笑，你自己倒是努力呀。”

温莹莹捡起本子，上齿咬住下嘴唇，趁林美凤不注意，将仇人录拎回房间。她打开本子，想了想，在新的一页写上：林美凤。这回她把仇人录藏在床底下。床与地面之间没有缝隙，清洗灰尘，得翻起床板。温莹莹一层层掀开床单，掀开褥子，掀开垫被，掀开一块床板。她小心翼翼地将仇人录放在地板上，然后盖上床板。整个过程让温莹莹感觉庄严，像是执行一个成长仪式。

（下）

时间过得很慢，但终究走过去了。温莹莹上初中，上高中，顺利考上大学。这期间，她每天早起，骑车到离家一公里外的地方为同学带早餐。她记得每一个和她有过交流的同学的生日，攒下零用钱，为他们买生日礼物。每个同学都和她关系不错，下课的时候，一众人常常聚在温莹莹的桌子周围聊天。“莹，听说我们学校最近开了个面馆呢，很好吃。”“莹，再过几天到我生日了，记得去参加Party啊。”

温莹莹说，“好，我请客”或者“好，我肯定会准时参加的。”女生们喜气洋洋地扑在她身上，说：“莹，你人真好，好有安全感哦。”温莹莹的眉眼温和地弯成两条曲线，看起来尤其平和、安详。

她尝试过节食，收效甚微，反而越长越胖。林美凤已经懒得评价她的身材，任由她继续胖下去。想到这身肉可能要长实在自己身上，温莹莹有些害怕。

那几年流行日本电视剧，看着电视剧里的日本女学生穿着短裙和皮鞋，温莹莹更加庆幸自己生在中国。她已经不大好买衣服，走进服装店门口，迎宾小姐看一眼她，笑容僵直：“不好意思哦，小姐，我们店可能没有你的号。”她听了，耳根发热。店铺门口来来往往的人流，将目光集中在她身上，让她感觉焦虑、害怕。从此，温莹莹不再逛服装店，她也拒绝打扮自己，只是将自己裹进校服。校服是宽大的运动套装，质量低劣，颜色暗淡。每天，学校里四处是穿着松垮校服的学生。温莹莹走在人群中，渐渐消失掉。她坚持穿校服，晚上回到家，勤快地将校服洗干净，迅速晾在晒台上，第二天一早再重新穿上。她穿着校服，灰蓝色，深蓝色，安稳、平和地读完了初中，读完了高中，进入大学。

听说学理工的女生人数少，且长相通常不可观，温莹莹毫不犹豫地报了汽车系，专业是汽车电路。她对此专业并不感兴趣。她更偏爱中文，可中文系女生如春雨过后的繁花，众多美丽中，唯有丑与胖最显眼，也最可耻。她不想引人注目。

上大学第一个月，温莹莹跟着舍友吃食堂。校园伙食清汤寡水，周围的女生全部瘦了，一个个愁眉苦脸地打电话回家诉苦。宿舍中，唯有她的体重停在原地。温莹莹也想打电话回家，却又因为体重而有些抱歉，遂又作罢。军训时，温莹莹穿着宽阔的军装站在阳光里，背影又宽又长。宿舍的几个女生跑过来，挨着她，或是站在她的影子里。她们说：“莹，你的手好凉哦，好舒服。”温莹莹腼腆地笑，时间一长，心里有种异样的感觉，像是被蚂蚁啮咬，一开始只是痒，冷不丁地，突然就痛起来。

温莹莹又动起减肥念头。在有校服保护的日子，她已经逐渐淡忘自己的胖。现在，满校园四处是花蝴蝶一样的女生。温莹莹走在人群中，低着头，却依然还是被其他人迅速发觉。他们从她身边经过，像是突然想起什么似的，回过头来，吸一口气，又私语着转过身去。她缩起身子，感觉自己越变越小。

她尝试各种减肥方法，七天速成减肥，只吃苹果、酸奶减肥。在夜里，她听见自己的胃时不时泛上一个带着酸味的嗝。偶尔，她会被胃里发出的咕噜声惊醒。她想翻身下床找点吃的，却又沮丧地想起，因为要减肥，她的零食柜早已清空了。温莹莹烦躁地闭上眼睛，想象食物，努力让自己进入睡眠。面包、煎饼、炒面、油饼……她一个接一个数着，意识越来越清晰了。念到油饼时，温莹莹突然想起，吃完晚饭时，同宿舍的女生嫌买来的手抓饼太腻，吃了一口，就丢在了桌子上。不知她扔掉没有？温莹莹从床上窜了起来。她抑制着心里的激动，蹑手蹑脚地起床，借着宿舍外微弱的灯光，摸到桌子前，在黑暗中摸索，终于摸到装着油饼的袋子。她踮着脚小跑回到自己的床上，将油饼紧紧地贴住自己的脸。吃吗？她犹豫了一会儿。她打开塑料袋，发现手抓饼的表皮已经发硬。温莹莹凑上去闻了闻，一股冷却但依然清晰的油香飘进她的鼻孔。番茄酱略带刺激的酸味儿，甜辣酱特有的酸甜，她舔舔下嘴唇。总不能再放回去吧？温莹莹安慰着自己，张开嘴，几口将手抓饼吞下。油脂进入肠道，在胃里腾升起奇妙的安全感。温莹莹喝了一大杯水，重新躺下。短暂的安全感过去了，她又重新愧疚起来。

同宿舍的刘佳对她说："女人要对自己狠一点晓得吗？你连体重都控制不住，怎么控制人生呢？"刘佳长得很美，娇小、瘦长，眼神常常让她想起林美凤。与林美凤不同，她永远吃不胖。但她依然每天节食，晚餐只吃蔬菜水果。这已经成为她的习惯。温莹莹看在眼里，感觉莫名焦虑。刘佳仿佛是用整个生活来提醒她，胖是一种丑恶，你不能吃、也不能懒，否则你就会像面包一样膨胀起来，越变越大，没有人爱。

温莹莹问刘佳减肥方法。刘佳说："少吃，多动。"

说这话时，刘佳表情轻松，温莹莹看着她，莫名觉得她的眼光里带着一种高高在上的俯视感，仿佛她早已嫌弃自己许久，只是懒得讲明白。温莹莹想起自己告诉刘佳即将减肥的那一天，刘佳的脸红彤彤的。她跑过来，亲切地挽住温莹莹的肩膀，说："亲爱的，其实我早就想和你说了，但是又不太好意思。你知道……”她看了看她，笑了一下，又继续说，“没关系啦，我一定会陪你的。”

温莹莹看着刘佳，心生愧疚。她那么热心，自己却每天饱食终日，毫无上进。不仅如此，她还用庞大的身躯去妨碍刘佳的眼球，像是侵略一样占据着别人的生存空间。温莹莹丧气地打量着镜中的自己。不知道从什么时候开始，脂肪又悄无声息地增长起来，一点，一层，一片。温莹莹对着镜子勉强咧嘴一笑。她的脸泛着油光，眼睛温和地眯成一条线。原来还有些痕迹的苹果肌已经全然消失，和她脸部的所有肌肉融为一体。双下巴冒了出来。她看向自己的胸，因为胖，她的乳房更加突出，甚至下垂，每一次走进一个房间，她都感觉自己的乳房抢先走了进去。她再看了一眼，突然对镜子里那团粉红色的肥肉充满厌恶。

温学新和林美凤开车去看温莹莹。温莹莹穿着T恤和短裤从宿舍里走出来，沉稳，踏实。温学新看着女儿，她似乎又大了一号，裤子紧紧地勒住她的大腿边缘，走路时，腿上的余肉相互摩擦着，使裤子发出沙沙的响声。她喷着潮热的空气向温学新走过来，使他感觉心头一紧。女儿的影子遮在温学新身上，庞大得扎实、壮观。温学新有些尴尬。林美凤则干脆不语，只流露出一副死心了的表情。温莹莹打量他们，感觉过去的着急、震惊、羞耻，随时间荡涤，在父母身上呈现出一种稳固又无奈的习惯感。她希望他们能说些什么，哪怕是林美凤惯常说的那句“再吃就买不到衣服了”！她有些失落，赶紧后退两步，低下头去。

饭桌上，温学新问：“学习怎么样？”

温莹莹低头吃饭：“还好的。”

林美凤在一旁补充：“要努力点，不要偷懒。”

温莹莹看了看她，将头缩得更低。

温学新说：“谈恋爱了吗？有男朋友了吗？”

温莹莹抬起头，说：“嗯……”

“嗯是什么意思？是有呢？还是没有呢？”温学新追问。

温莹莹的脑子里，武鑫的影子飘过来，飘过去，不太稳定。她想对父亲说算是有了男朋友，但心里有些慌慌的，仿佛一说出口，武鑫就会从她的脑子里面跑出去，然后消失无踪。最后，她说：“我也不知道。”

温莹莹和武鑫是通过校园网接触的。入校后，温莹莹参加文学社团，被前辈们叫去打杂。打杂的内容倒还算简单，管理来稿，从里面挑选些写得好的作品，再发给网站编辑。来稿中经常看到一个经济系的投稿者，他的诗写得不错，来稿必中。投稿时此人不写真名，只写笔名。笔名起得很土，叫“黄土高坡”。每次温莹莹看到这个名字，都在心里头笑一下，想，不知道给自己起名叫黄土高坡的人，会长成什么样子？

那天文学社搞纪念活动，邀请所有在网站上发过稿子的人都来参加。说是活动，其实性质有些类似联谊。一大群男生女生，在市中心的KTV里包了一个大厢唱歌。温莹莹照例挑了一个灯光昏暗的地方坐着，这样就不会有人特别注意到她。她讨厌被注视，即便是善意的。那些略微同情的目光里有种高高在上的俯视，让她觉得所接受的是一种耻辱。

周围许多男生和女生自来熟地聊起来，争先恐后地上去唱歌。台上，一个男生表情狰狞地唱着，台下纷纷鼓掌叫好。温莹莹注意到，有一个男生坐在她附近，两手交叉抱在胸前，像是看戏一样，一言不发地面对着哄闹的人群，似是在笑。灯光太暗，她无法看清男生的长相。凭着黑乎乎的轮廓，温莹莹觉得他气质很好。他穿一件长大衣，牛仔裤夹在高筒的皮靴里。他是平头，戴着眼镜，给人一种老成的感觉。他很瘦，因为高，这份瘦就更加突出。看到他很瘦，温莹莹心生好感。

男生似乎感觉到温莹莹在看他，转过头来和她说话：“你是哪个系的？叫什么名字？”

温莹莹说：“我读汽电，在校园网的文学板块做编辑，我叫温莹莹。”

男生恍然大悟：“喔，原来你是做这个的。我的笔名是黄土高坡，你应该经常看见吧？”

温莹莹啊地张开嘴巴，有点激动，又有点紧张：“是你啊。”她的脸红了起来。温莹莹抬起手，用手沁凉脸，再用温暖的手握住冰啤酒杯。

两人没什么话好说，各自沉默下来。片刻，武鑫突然开口道：“我觉得，如果你再瘦一点，肯定要比现在好看。”

温莹莹和武鑫走在一起，像是句号与叹号，总是惹人注目。温莹莹穿着跑鞋踩过地上的落叶，发出吱吱的响声。她受惊似地抬起脚，放慢步子，踮起脚尖。她觉得给武鑫丢脸，越走越慢，拉开与武鑫的距离。有时候武鑫突然反应过来，回头问：“你怎么走到那里去了？”他走过去，拉住她的手。温莹莹看看四周，犹豫不决。武鑫笑笑，用另一只手将温莹莹的手放在手心里，握得更紧些。

温莹莹问武鑫：“你喜欢我什么？”

武鑫坐在出租屋的电脑桌前，一边吃泡面，眼睛盯住屏幕：“觉得你挺好的。”

温莹莹觉得像是敷衍，将他转过来面对着自己。“只有这个？”

武鑫耸耸肩，不说话。

“你不爱我了？”

“没有。”

“那你为什么这么冷淡啊。”

“你们女的怎么总问这种问题，烦。”

“你是不是嫌我胖？”

武鑫终于不耐烦："你没事情做吗？想那么多。"

他声音不大，但已能感觉到他语气中的愠怒。温莹莹心里发慌，觉得自己给武鑫添了麻烦。她的心紧紧地揪着，想开口，又止住。眼泪不知不觉地溢了上来。她深吸一口气，仰起头来，想要把眼泪逼回去。她一眨眼，没想到眼泪直接落下来了。温莹莹焦灼地注视着武鑫的背影，想对他说不要生她的气，但又怕自己这副哭的样子更让人觉得厌烦。她看过自己哭的样子。她的脸已经胖得看不出棱角。哭的时候，原本已经很小的眼睛瞬间拉成一条直线，鼻子更加突出起来，两边鼻翼逐渐又从粉红变成深红，闪着油光的毛孔清晰可见。林美凤看见她这个样子，会说："不要哭行不行，难看死了。"现在，林美凤恐怕连这句话也懒得说。

温莹莹沮丧地站起来，走到床前，静坐片刻，躺下。她将脸转向墙壁，把脑袋埋在臂弯里。半晌，她悠悠地呼出一口气，用枕头蒙住脑袋。

武鑫察觉到不对，叹口气，放下泡面碗。他走到床边，坐上去，扳过温莹莹的肩膀。温莹莹眼睛充满血丝，脸微微浮肿。这副模样，让他觉得有些心烦。但他还是躬下身子，靠在温莹莹旁边，说："好了吧，不要闹了。"

"我又胖又丑，会给你丢人吧。"

"没有的事。"

温莹莹说："那你为什么不把我介绍给你的朋友？我的朋友都认识你了。"

武鑫说："过一段时间吧。其实都认识也没什么好处，整天搞多人约会，都没有私人空间。"

"是因为我太胖了？"

"都说过不是了。"

温莹莹没有再追问。她还想继续确认，却更害怕他厌烦。她靠近武鑫，将脑袋埋在他胸口。武鑫的心跳很平稳，让人感觉安心。她闭紧眼睛，又有几滴泪默默地流出来。她赶紧将头埋得更深了些。趁武鑫不注意，她又迅速小心地将手伸到眼角，把眼泪擦掉。

晚上，武鑫送温莹莹回宿舍。两人一前一后地走着。温莹莹尽量将步伐放得慢些，更慢些。武鑫将手插在裤袋里，走在前面，似乎没有注意到温莹莹已落在身后。已经快到入寝时间，路上已鲜少有还在晃荡的学生。道路两旁的树已经开始落叶。路灯将树枝的影子拉得很长，很长，映照在地面上，枝桠凌乱地交叉着，模样可怖。一阵风迎面吹来，温莹莹莫名打了个趔趄。看着武鑫的背影，温莹莹突然惶恐起来。“武鑫，武鑫!”

武鑫转过头，站在原地。他睁大眼睛，仿佛诧异温莹莹为何离他这么远。温莹莹跑上去，拉住他的手。“对不起，是我不好，我以后真的不会再问了。”她轻轻地甩着武鑫的手，抬起眼睛，流露出乞求的眼神。武鑫捏了捏她的手，说：“不要想那么多了。”他的手松松地套着温莹莹的手，像是勾住一串钥匙，晃晃荡荡。有声音在温莹莹的心里空旷地响起。她感到身体不自觉地瑟缩着，仿佛身上有水，风带走热量，整个人如同淹没于深海。温莹莹快走两步，紧紧靠住武鑫。武鑫像是愣了一下，走了两步，又把温莹莹裹在怀里。又是一阵风。风沙扎进温莹莹的眼里，吹出一汪热辣辣的泪。

同宿舍的刘佳问温莹莹：“你和你男朋友最近怎么样?”

温莹莹飞红了脸，说：“蛮好的。”

刘佳说：“不是我说哦，你要小心点。现在好多女的都盯着武鑫。武鑫长得不差，从背后看，个子又高，符合暖男标准。现在的女的，都看韩剧，哪个不喜欢暖男?”

温莹莹有些心慌，犹犹豫豫地说："他一开始就知道我胖的。"

刘佳打断她："算了吧，男人都是视觉动物，瘦下去，只有好处，胖就难说了。"

她继续说着，甚至拉温莹莹去电脑前看照片。刘佳上网找出一张对比照，指给温莹莹看："你知道她吗？凯特·温斯莱特，泰坦尼克呀！你看她，那时候胖成什么样，现在瘦下来，好看多了吧？"

温莹莹看着眼前的照片，有些吃惊。仔细辨认两个女人的眉眼，没错，她们是同一个人。凯特·温斯莱特，这是温莹莹第一次看到她。照片左边的温斯莱特站在海里，眼睛眯缝着，用两手拢住头发。她扎实得像一条鲸鱼。温莹莹突然想起，很久以前，她的小学同桌胡兴华幸灾乐祸地对她说："你晓得泰坦尼克号为什么会沉吗？是女演员压沉的嘛！"她的心慌起来。

刘佳说："所以说，女人要对自己狠一点的。对自己狠了，才有资本。晓得不？"

温莹莹用力点头。

她在刘佳的帮助下，重新制订计划，同样是每天六点钟起来，跑步半小时，省掉晚饭，晚上争取走够一万步。温莹莹拉着武鑫，两人一同在学校外的大街上绕圈。通常两个小时左右，温莹莹支持不住，拖着略微踉跄的步伐走回学校。她大口喘气，左大腿微微发麻。武鑫和平常一样，没什么变化，好像两个人只是饭后消食。回寝室的路上，两人路过学校小吃街。拱形的门洞前人头攒动，偶尔冒出橘红色的、带着烟熏香味的火光。温莹莹的目光不由自主地飘过去，仿佛是找人一样，一一掠过众人的头顶，伸向人群最深处。

武鑫说："饿吗？去吃点东西吧。刚开始，不用太勉强。"

他笑了笑，嘴角轻轻扬起。在路灯的照耀下，武鑫的笑容看起来有些怪异。温莹莹莫名想起林美凤。她常常会露出这样的表情，温莹莹吃饭的时候，温莹莹体重又长了的时候。温莹莹回忆着林美凤的表情，看看武鑫，内心深处涌起一团黑暗的火焰。她的手抖起来，从掌心深处往外渗冷汗。温莹莹紧紧握住武鑫，问："你不会因为我胖不要我的吧？"

武鑫说："怎么会呢，别乱想。不会的。"

她仍然不安心。她做噩梦，梦见自己站在舞台中央。白炽光大亮，把她的轮廓映照得格外清晰。她低下头，发现自己穿着一条纯白色的裙子。裙子是蓬蓬袖的连衣裙，手臂处有松紧带，把她的圆肥手臂勒得又痛又痒。她从不穿白色，因为白色显胖。温莹莹抬起头，看见舞台下方黑影攒动。她感觉不妙，转身准备走下舞台。人声从舞台四方响起来，接着是水，四面八方地涌上来，渐渐地淹没她的脚踝、腿肚、腰。她在下沉。相反，人们坐在船上，胡兴华、林美凤、武鑫在人群中。他们略带同情地看着她，笑起来。笑声变成海浪，一波随着一波打过来。她口中被海水塞满，惊恐尖叫："武鑫，武鑫！"武鑫仿佛没有听见，摇桨走开。

温莹莹带着满脸的汗从梦中惊醒。她转过头，武鑫在一旁睡得正熟。突然，他动了动，迸出一串陌生的方言。那音调柔和暖糯，像是新鲜出炉的蛋糕，让她感觉温馨且安全。

大三下学期，她搬进武鑫在学校外面的出租屋。这一学年开始，他们几乎不再有什么功课，剩下大把大把的时间，或者找实习单位，或者待在家。学校举行了多场招聘会，温莹莹只去过一次。那天，人多得像是下水管堵塞。温莹莹汗津津地贴着人群走过来，走过去，感觉身上黏满了猪油。不时有人发出抱怨声。他们转头看到她，停止抱怨，嗤笑着继续往前走。

她在一个汽车公司投简历。面试官是个长相刻薄的女人，一字眉，两道法令纹将她的苹果肌衬托得尤为突出。她这样问她：“同学，我们公司是招秘书，秘书的话，形象要好。你觉得呢?”她的话像是问句，又像是肯定句，温莹莹不知是否应该回答。面试官见她不应，长久地打量了她一会儿，随后咧嘴一笑：“有消息我们会联系你的。”

温莹莹被她的笑容刺痛了。她想扔下简历，头也不回地走掉，但她没有勇气。她的脸烧起来，天气太热，让她觉得喘不过气。为此，她不得不把自己的胳膊抬起来，敷在脸上，好让热度能快点降下来。汗酸味儿从她的腋窝冒出来，旁边立刻有人皱起眉头，四下张望。温莹莹赶紧放下胳膊，紧紧夹住。末了，她小心翼翼地弯下腰向面试官行礼，说：“谢谢，我保证会很勤快，做好所有的工作。”

周围的人，无论是面试官，还是在附近等待应聘的学生，商量好似地同时笑出声。很快，他们互相用手肘戳向对方，降低声音，窸窸窣窣起来。温莹莹觉得尴尬，顶着一头火热从人群中挤过去。她觉得自己像是堵塞在水管当中的一堆垃圾，紧紧地塞在人群当中，散发出恶臭。她每往前一步，身边都会有人不耐烦地抱怨起来。温莹莹无法前进，更无法后退，她着急地快要哭出来了。她不时地说着对不起，不住地向身边的人低下头去。

她不敢再去招聘会。

她待在家里，对着电脑一部一部看韩剧。看到剧中的人物开始吃午餐，或者晚餐，温莹莹的胃又抽动起来。她想了想，从收集好的众多外卖单中抽出一张，开始打电话。

武鑫面试回来时，看见在桌子前坐得稳固的温莹莹，突然有些恼火。他忍住了，走进房间，默默关上门，坐上床，靠着床头半躺着。温莹莹坐在离他两三米的地方，但他却感觉空间逼仄。此刻，她正安详地坐在电脑前，偶尔往嘴里递送零食。她的背影有种如棉被般的蓬松、柔软。

最近她总是待在家里，也不再拉着他饭后散步，仿佛认命了一般，任由脂肪囤积起来。老实说，他并不介意她长胖。她胖乎乎的样子一度让他觉得可爱。但现在，一切仿佛都变得不一样了。她稳固地坐在那里，坚实得像一块巨石。她的身体把整个电脑桌都给遮住了，让武鑫觉得拥挤。他能看见，从温莹莹身上有一股团状的热量逐渐蒸腾起来，向整个房间里弥漫着，把他逼到墙角。他热得快喘不过气了。

温莹莹给他的第一印象相当深刻。那天晚上，她坐在KTV包厢角落，不参与唱歌，只是静静地注视着其他人。偶尔她会叫来包厢服务员，让他们给水壶续水。温莹莹双手抱着胳膊坐着，神情落寞，偶尔又突然提起精神来，看起来像是在安慰自己。这让武鑫想到过去，他也曾习惯这样的姿势。幼年时他因为体格瘦弱，被男生们嘲笑说像个女孩。没有人愿意和他玩儿。大部分时间，武鑫总是独自一人。当他孤独一人时，他抱住自己的肩膀，想象这是另外一个人伸出手来，从背后环抱住他，给他温暖。他的父母从来没有发现过这一点。

武鑫注视着温莹莹，觉得她身上散发着他过去曾有的波长。他突生冲动，想要走上前去拥抱她，保护她。

温莹莹注意到武鑫正在看她，离开电脑桌，跑过来，靠近他的脸，用圆乎乎的手抚弄他的胳膊。她身上一股热而浓重的咖喱味让武鑫感觉头疼。武鑫扭动了一下身子，拨开她的手，好离她远一些：“别闹，今天挺累的。”

温莹莹身子僵在半空中。“哦，那你休息吧。”她抖着声音，畏缩地站起身，走开。

武鑫转过身去，闭眼假寐。他听见房间里传来窸窸窣窣的声响，迟疑，胆颤。有时像是愣住了一样，房间里安静片刻，很快又冒出鼠齿啮咬的声音。他有些不耐烦，睁开眼睛。温莹莹正在弓着腰收拾房间。她蹲在地板上，小心翼翼地用废纸巾擦去地上残留的灰尘，仿佛那瓷砖地板是珍贵的宝物。她看起来心烦意乱，仿佛未知的处罚正在逐渐靠近她。武鑫看着她，突然厌烦起来。他起身下床，走到温莹莹面前，一把拽起她。温莹莹没反应过来，手中的纸巾掉落在地上，里面包裹的渣滓如头皮屑般洒落，让她啊地轻叫出声。

“别弄了。”武鑫烦躁地说。

温莹莹抿住嘴：“还有一点点，我很快的。”

“我说别弄了！”他甩开她，摔门出去。温莹莹愣在那里，不知道做错了什么。她的脑子被关门声震得嗡嗡作响。熟悉的场景一幕幕奔袭到她眼前，如一部剪辑混乱的电影。人物形象各异，但目的总是一致的。他们冲她笑起来，指指点点。温莹莹大叫一声，想将脑中所有的人影喝退。房间以沉默回复着她。她不知道自己是否该继续打扫。她失神地站了一会儿，走到床前，面对着墙壁躺下。墙壁已开始发黄，显出时间的痕迹。温莹莹突然注意到，墙角处有一条暗红色的线。她凑过去看，用手摸了摸，又闻了闻，猜想这大概是上次例假时不小心蹭上去的。它在墙上闪烁着，异常刺眼。温莹莹惊惶地跳下床，冲进厨房去找湿抹布。她用抹布裹住手指，贴在墙上，用力擦拭。暗红色的斑点渐渐被水晕开，变成猪肝色，面积越来越大。她着急地扯来纸巾去抹，仍然没有办法除去。温莹莹看着它，着急地哭了。

温莹莹简单收拾了些东西，搬回宿舍。起初武鑫打过一次电话，间歇地发来几条短信，问她什么时候回去。温莹莹心酸酸的，忍痛按掉。武鑫再没电话进来。一个星期过去，温莹莹忍不住焦灼，想回去看看。刘佳说：“不能回去，回去就认输了。”女性朋友们一致站在温莹莹这边，不支持她和武鑫联系，要她给武鑫点颜色看看。温莹莹得到鼓励，觉得她们似乎是对的，心里逐渐安稳了。

时间过得并不安稳。温莹莹待在宿舍，除了看电影、韩剧，再没其他活动。看得无聊了，嘴又闲起来。温莹莹考虑再三，略带歉疚地拆开一包，小心翼翼地吃上一点，放下，再吃一点，又放下。反复几次，她变得稍微坦然些。她偶尔翻看手机，没有信息，她就赌气地将电话关掉，过一会儿又重新打开，期待开机时会看到未接电话的提示短信。电话每天开开关关好几次，始终没有动静。

又过了一个星期，温莹莹开始心慌了。宿舍的几个女生一同吃饭，温莹莹说起这事，刘佳突然想起什么，问："会不会他在外面搞上花头了？"

温莹莹愣住。"不会吧？"她把三个字又念一遍，觉得气短。胸腔里一阵飘缈的气飘过去，心被高高地吹起来，飘飘荡荡。

"还是小心点。上次给你说的，有很多女生都盯着武鑫的。"

"对啊，有人还跑来问我，说武鑫怎么找这么一个……"舍友识趣打住，说："莹，我不是那个意思啊，我只是学人家说的话而已。"

温莹莹失神地摇头："我晓得的，没什么。"

她悄悄回到出租屋，没有人。她看看时间，估计武鑫还在外头奔波找工作。温莹莹在房间里扫视一圈，发现没有其他女人的痕迹，松了一口气。她四处张望了下，看到桌上摆了几包薯片。她随意打开一包，在电脑桌前坐下，小心翼翼地输入武鑫的QQ账号和密码，点击登录。密码没有换，温莹莹高兴起来。温莹莹顺手点开一个对话框，看看时间，已经是一个星期之前了。看来是太忙了才会没给她回消息的。温莹莹想着，脸上露出笑容，原谅了武鑫。

QQ滴滴地响起来，显示是新消息。温莹莹将鼠标滑到任务栏，看到一个女人的头像在闪烁。她点开头像来看，头像的照片被放大。照片上的女子年纪和她差不多。她的皮肤如同剥壳鸡蛋，肤色呈现出略带橘色的光芒。温莹莹边看边翻白眼，认定照片必然美化过。她看向对话框，几行对话跳入眼眶。

“好几天没见你上线了。”

“你和那女的分手了没有？”

“都什么时候了，这种事情，总是越拖越糟的。”

“你怎么不说话？”

温莹莹看得胸口憋闷。她站起来，又坐下去。她感觉口渴。她晃晃水壶，空的。温莹莹站起身，去厨房接水。水流注入水壶时她才注意到，自己的手在抖，水壶重得快把她的手压在水池里。她半托半举地将水壶放到插座上，按下开关。她深吸一口气，尽量控制住手指的颤抖，嗒嗒敲下一行字：“我是武鑫女朋友，你是谁？”

她推开键盘，不敢直视屏幕。对话窗口上不停显示“对方正在输入”的字样，始终没有再弹出新的消息。温莹莹感觉心底好像破了个洞，风从洞中吹过去，从远方传来呼啸的回音。

提示音响起，将温莹莹吓了一跳。她哆嗦着打开新消息。

“我知道你，武鑫和我说过。劝你早点和武鑫分手吧，不要耽误他。”

不知为何，温莹莹感觉到对方在笑。嘴巴微微咧开，却只有一边翘起来，像是不屑，嘲弄，可怜。电脑主机里的风扇呼呼作响，吹来一阵阵热风。温莹莹脚底出汗，却是冷的，她将鞋子脱掉，用脚靠近电脑主机。过了很久，脚心依然发冷。她缩回脚，奋力敲打键盘：“你是谁？你和武鑫是什么关系？”

对方应：“这个你不用管。我只劝你一句，你们不合适，好合好散。武鑫和我讲过你过去的事，我也很同情，但这不是你胡闹的理由。武鑫早就想和你分手，只是心肠软，一直拖到现在。现在说破也好，你自己想想吧，人生还很长，别那么幼稚了。”

“你到底是谁?”

对方发来一个笑脸表情，不再说话。温莹莹觉得这是默认了。愤懑在她的胸腔中如爆发的火山，眼前的一切都被火焰烧红，烧热。她看得到火。温莹莹大口大口喘着气，感觉到脑袋上有什么正在突破薄脆的皮肤，在身上铺出青紫的纹路。温莹莹用力握紧手，再张开，敲打键盘：“说呀，你到底是谁?”

对方的头像呼地灰掉，没有再回应。

温莹莹给武鑫打电话，响几声就被挂断。她心慌了，一个接着一个打过去，不断重拨，又不断被挂断。她按得手指疼了，把手机放在一边，稍稍喘口气。等平复过来，她再次拨打电话，提示音告诉她对方已经关机。

恐惧蔓延上她的心头。他是和别的女孩子在一起吗？与其这样，她宁愿武鑫是出了事故，比如边看手机边过马路，被汽车撞倒送医，或者是街上突然遇到飞车贼，他去帮忙，结果被强盗刺伤。这类型的恐惧再多，再大，都抵不过一种“他不爱我了”的恐惧，甚至比“他死了”这种恐惧还要厉害，要扎人。

她口渴了。水已经烧开，温莹莹四处翻找自己的杯子，终于在餐桌底下找到。杯子没有被清洗过，杯壁上已经落了浅浅的一层灰，还有上次她喝咖啡时留下的残渣。温莹莹突然觉得心里一酸。她拿过水壶，用开水烫洗水杯。咖啡的残渍被一点一点地溶解掉，呈现出光洁的表面。她挤上一点洗洁精，揉搓杯壁，放水冲洗。杯子重新恢复崭新的面貌。温莹莹对着阳光检查杯子，一道阳光反射在杯子里，露出寒白的亮光。温莹莹心里一冷，感到一种风吹过落叶的萧肃。

她在武鑫的出租屋一直坐到晚上六点。时间把恐惧拉长，它渐渐变薄，变细，最后等待被稀释干净。温莹莹想，等武鑫回来，应该先发制人，斥责他搞花头，还是假装冷静，慢慢套他的话？想法陆续跳进她的脑子，又很快被温莹莹否决掉。她感觉有些紧张，直冒冷汗。不知不觉中，出租屋内最后的一点零食已经被她吃光。但她依然感觉饿。

钥匙孔沉重地转动几下，武鑫背着包走进来。他没怎么变，看起来略微有些物理上的疲态，但容光焕发。这让温莹莹感到愤怒。武鑫看见她，简单说了句“你来了”，算是招呼。

温莹莹坐在椅子前不动，腿却是抖的：“今天，那个……”

武鑫不语，将包放在床上，坐下来。出租屋里的空地将两人隔开，让温莹莹感觉不适。她想叫武鑫过来点，刚要开口，被武鑫抢先打断：“我知道了。莹莹，这段时间我们分开，我也想清楚了，我觉得我们不合适，两个人分开比较好。”

温莹莹愣住，脑子里嗡嗡作响。这一幕她不是没有想过，可是，被武鑫抢占先机，这种被抛弃的感觉让温莹莹更觉得耻辱。她瞪着武鑫。武鑫看起来像是一尊僵硬的雕像，没有表情，没有热度，只剩下冷。她猜想那女人肯定已经给武鑫打过电话。她对武鑫说了什么？温莹莹的脑子飞快地转着。突然，她感觉喉头抽动，似是有痰，于是咳嗽了两声，嗓子顿时清晰了许多。温莹莹觉得气势足了些，重复道：“是谁？”

“你说谁？”

“QQ上那个，叫什么小螃蟹。”

武鑫笑了笑，说：“啊，慧慧啊。”

是武鑫的前女友。

“她说我们不合适？”

“和她没关系，是我自己的问题。”

“是不是我什么地方做错了？你告诉我，我改，好吗？”

武鑫不再言语。对话被掐断。吵架变成了单向沟通。温莹莹的话抛出去，被无形的黑洞吞没。她讨厌被漠视。小时候是林美凤，现在是武鑫。她爱的人一个一个都漠视她，急着要逃跑，仿佛她是细菌。

她站起来，胸口被愤怒和耻辱占满。她的目光在房间里兜兜转转，想找个东西，却又不知道自己究竟要找些什么。温莹莹能感觉到，武鑫的目光并未集中在她的身上。他的目光是空的，越过她，飘到窗外，也许是在看远方，也许什么也没看。窗外，余晖仍然刺眼，偶尔有飞鸟回巢，经过窗口，短暂地留下影子，消失在天空当中。

温莹莹打了激灵。她突然清醒。武鑫像是一块橡皮，将她耻辱的过去擦洗干净。他让她不再想起自己的过去，不再担心没有人爱。如果他离开自己，她的过去将会如同被重新被揭开的伤疤，慢慢渗血，溃烂，用疼痛来提醒它的存在。

温莹莹软下来。她快步走到武鑫面前，拉起他的手：“是我错了，我以后都改。我努力减肥，努力找工作。”

“我说过了，不是减肥的事。你为什么总提到这个？”他重复道，“我们不合适。”

他站起身，她仍然停留在原地。一站一坐的姿势，让温莹莹感觉低人一等。她赶快站起来，跟在武鑫身后。武鑫走到电脑桌前，她也跟着走过去。她看见武鑫拿起杯子，看样子想要喝水。温莹莹赶紧把水壶提了起来。武鑫看了她一眼，把杯子放下了。他吸了一口气，又吐出来：“这次算是我的错吧，莹莹，我们还是分开一段时间吧。”

温莹莹举着水壶，怔在原地。她的手指搭在壶面上，被热水烫到，打了个激灵。她突然反应过来。她看了看水壶，又看了看武鑫。最后，她掀开壶盖，把整壶水向武鑫泼了过去。

好几天了，手机没有动静。温莹莹晚上会被噩梦惊醒，梦见警察找上门来，向她出示证件，说她犯了故意伤害罪。她不敢将这件事情告诉舍友。其间，刘佳曾问她和武鑫进展怎么样。温莹莹被武鑫这个名字吓到，回答时声音略微颤抖：“还好的，还好的。”

她努力回想那天在出租屋里的情景，却怎么都没办法清晰地记起来。水泼了出去，她不知道有多少水落在了武鑫的脚上。温莹莹只记得，当时武鑫穿了一双塑料凉鞋，没有穿袜子。不锈钢的壶子跌落在地上，水流出来，在武鑫的脚部周围冒着热气。她仿佛听见武鑫嘶地吸了一口气。她不敢看他，往后退了两步，一直退到墙边，摸索到门把手。像是突然来电一般，她的脑子突然一亮。温莹莹立刻旋开门，奋力跑了出去。

温莹莹想着，脑袋疼起来，胃跟着抽痛。她打开抽屉，发现里面还有许多之前买的巧克力和蛋黄派。这是她减肥前买的。开始减肥后，她不再碰它们，渐渐把它们忘记。现在，温莹莹看到它们，仿佛看到救星一般。她拖出抽屉，将所有的零食倾倒在桌面上。塑料袋发出哧拉哧拉的响声。温莹莹来不及想，随便拿起一块巧克力，撕开包装纸，大口大口将巧克力塞进嘴里。滑腻的甜味迅速占满口腔，滑进喉咙，由食道逐渐下滑。胃部感受到食物，开始蠕动，让温莹莹感觉到饿。胃像是一个空洞，怎么也填不满。她顾不得那么多了。她站起身，扑在桌子上，一个接着一个地拆开食品包装袋。她将它们机械地塞入口中，感受食物在胃里停留时带来的短暂的充盈感。不够，还是不够。她来不及细嚼，只顾着把食物塞进嘴里。蛋黄派细腻的蛋糕渣和巧克力融液混合在一起，形成厚重的浆液，缓慢地下滑，将胃部填满。

她打了个嗝，爬到床上躺下。胃里鼓胀的甜蜜感让温莹莹感觉安心。血糖开始上涨，让温莹莹有种摇晃又温暖的倦意。她想起小时候。那时候她还处在胖被视为可爱的年纪。林美凤将她放在床上，用嘴轻轻啜咬她的屁股。她格格地笑出声来。偶尔有人来探望她们，来客捏捏她如藕节一般的手掌，或者捏捏她的圆脸，充满爱意地说："我们莹莹真可爱。"林美凤将她抱在怀里，轻轻摇晃，眼睛笑成一条线。

温莹莹不知道，这究竟是自己的记忆，还是她的幻想，抑或是来自林美凤记忆的转述，曾经在某个时刻，她将这些过往从记忆场合中拣出来，当做是珠宝一般，和温莹莹一起细细观察品味。但温莹莹确定的是，小学之后，林美凤的脸上再也没有出现过这样的神情。她只是说少吃点！控制不住脸上的厌恶。

她沉浸在这样的温暖中，渐渐下沉。短信提示音将温莹莹唤回现实。她拿起手机，看到一个陌生的号码。点开之后她才知道是武鑫。他换了号码，告诉温莹莹想和她晚上见一面。

"你没事吗？对不起，我一直给你打电话，但是你关机了。"温莹莹软着口气说。

过了片刻，武鑫回复："我把电话换了。"

"为什么换电话？你烫得重不重？"

"我没事。晚点见。"

他们约在市民广场。

温莹莹提前一个小时到。星期天晚上的市民广场，人意外地多，或许因为明天即将展开工作，因此都来享受一周最后的狂欢。许多对情人从温莹莹身边擦身而过，亲密，嬉笑。她认真观察每一对情侣中的女孩。她们身材细长，有些甚至瘦得并不拢腿。她突然想起那个和她对话的女孩。武鑫说她的名字叫慧慧。看她的脸，估计她也会是这样一副身材。瘦长，讨喜，符合审美。她闭上眼睛，深吸一口气。

人们拥挤着走入电影院。仿佛是有新电影上映。温莹莹向电影院的售票台看了一眼。有许多制作好的招牌广告顺着售票台的两侧排列，人们在这之间排起长龙。温莹莹有些忐忑，将目光收回来，不停看表。

手机再次响起。武鑫说不来了，朋友找他有点急事。温莹莹将电话打过去："你大概什么时候好，我在这里等你。"她能听出自己的语气微微颤抖。

"不用等我的，以后我们再说吧。"

电话被挂掉。风吹起来，将灰尘吹进温莹莹的眼睛里。风中带有湿热的酸气，让温莹莹慌张起来。直觉告诉她武鑫在说谎，她想质问，又想扮可怜，好让武鑫同情她，这样才能挽回局面。各种念头争前恐后地涌出来，又如退潮一般全部消失。最后，她发短信过去："我会在这里等你的。一直等。等到你来为止。"

她等了一会儿，将电话打过去，响了几声，挂断了。再打，始终是忙音。

温莹莹看着手机，一阵恼火，将它摔在地上。很快，她又将她重新捡起，拨打电话，看看是否还正常。她打开通讯录，一个一个扫视下来。通讯录里的人少得可怜。林美凤、温学新、快递电话、大学老师、舍友，武鑫。不超过十个人。她愤怒删掉武鑫的电话，通讯录中的人又减少一个。她想找个人说话，但瘦弱的通讯录让她迟疑不决。她想了想，最后拨通林美凤电话。电话一遍又一遍地响着，温莹莹站在影院台阶上，不停跺脚。

"喂。"

"妈。"

"哦，莹莹啊？有事吗？"

"没事。妈，你吃过了吗？"

"刚吃完，你吃过没有？吃的什么？"

"吃了点蛋糕，还有巧克力……"

电话那头说了什么，像是杂音，又像是林美凤啧啧咂嘴。“别吃这种垃圾食品，都是糖，糖堆多了就长肉。跟你说多少次了，胖不好找工作的……”林美凤止住话头，似乎不想再说。

温莹莹挂断电话。她想把电话摔在地上，又怕电话坏掉，万一武鑫待会来了，电话给她却找不到人。她翻找通话记录，找到武鑫号码，发短信：“我在电影院门口等你。”怕武鑫是把自己设成黑名单，又在QQ上给武鑫留言。她将电话紧捏在手里，像是等待审判一般关注着手机的动静。人们从她身旁走过，说说笑笑，走进电影院。温莹莹低头看看时间，站起身，也跟着走进去。

温莹莹看看屏幕，询问售票员有什么可以马上入场的电影。售票员看了看电脑，指着一部电影说，这部《朗读者》，最近很火的，还剩两个位置，太偏了，是最后一排的角落，要不然等下一场吧。温莹莹说，就这一场吧。她看看时间，离放映还有半个小时。

她在影院里闲逛着。大堂充盈着爆米花的气味，香甜的味道让人感觉安稳，温暖。她咽了口口水，忍住想吃的冲动。为了分散注意力，她走到候影区，观看电影海报。她找到自己要看的那部电影，《朗读者》。海报分成三个正方形小格，露出一个男人和一个女人的侧脸。温莹莹仔细注视海报上的女人，觉得她有些面熟。她拿起手机，上网搜索这部电影的演职员名单。她看到了：主演，凯特·温斯莱特。

温莹莹大惊。是《泰坦尼克号》，胡兴华口中的那个把船压沉的女人。她瞪大眼睛看着她。海报上的温斯莱特垂着眼睛。她更瘦了。她的五官立体又分明。温莹莹走上前去，抚摸温斯莱特的脸。她有些惊恐。温斯莱特的脸，林美凤的脸，影院里所有女人的脸。她们无一例外，瘦长，纤薄如纸片。她们以灼灼的目光注视她，目光充满嫌恶、同情、厌烦。

一阵大风灌入影院，将海报刮倒许多。风正打入温莹莹的眼中，辣辣地刺激出一汪眼泪。恍惚中，她听见有人叫自己的名字。温莹莹朝着声音传来的方向看过去，不远处，一个女人将胖孩子抱在怀中，偶尔将他抛起来，接住，孩子格格笑个不停。她集中注意力看着那个女人，觉得她颇似林美凤。温莹莹眨眨眼睛，向前快走两步。人不见了。她慌张起来，四处寻找，仿佛看见女人已经走出影院。温莹莹追了出去。

又是一阵风。温莹莹眯着眼睛。口袋震动起来。温莹莹掏出手机，是武鑫的电话。她心里一动，有些高兴，但又紧张。她犹豫一会儿，把电话接起来。"喂?"

"你在哪儿?"

"你呢，你在哪儿?"

电话那端是沉默。他好像说了一句什么，风太大，温莹莹没有听清。

"你到底在哪儿?"

她强撑气势，忍痛喊出这么一句，两行泪迸了出来。电话那头是呼啸的风声，很快，又被忙音切断。她还未来得及摔电话，就听见背后有人喊她。温莹莹顺着声音回过头去，黑暗中，仿佛是武鑫，冲她挥着手，慢慢地向她走过来。

温莹莹愣在原地。她抬起脚，向前走了两步，又退回来。她揉揉眼睛，仔细辨认，武鑫的影子却远了。她大叫等等，加快速度快跑起来。她跑下台阶。潮热的风在两耳呼呼作响。汗顺着温莹莹的鬓角流下来，混合着灰尘，在她的耳朵两侧结成黏腻的两缕。她穿过人群，跑过散发海报的人们，跑过路边的小吃亭。有人被她撞到，在背后大声叫骂起来。温莹莹脚底发热，她感觉自己从来没跑过这么快。小学时她考五十米，从来没有及格过。同学们说，肥莹肉太多了，跑得动才怪！温莹莹擦了一把眼睛，张开双腿，向前跑去。她感觉自己像一头鹿，张开四肢，用力腾空一跃。

温莹莹脚底空了。她跌了下去，胃部受到猛烈的一击。喉头突然往后一缩，一股酸水冒上来，接着是一股洪流。

她首先吐出来一道棕黑色的黏液。温莹莹在眩晕中想了半天，记起那是巧克力。接着是略微发黄的蛋黄派渣。还有一些牛奶白的液体。消化了的、未来得及消化的食物搅合在一起，一团恶臭，像是她的过去和现在。周围的人尖叫着掩蔽走开，留给温莹莹巨大的空间。有人捂嘴匆匆走过，脸上露出嫌恶的表情。有人在不远处张望，似乎想打电话，思考片刻，又止住。一个小孩想要走过来看看，被母亲狠狠拉住，打了一巴掌，小孩放声大哭起来。

温莹莹醒了醒神，双手撑地，站了起来。她用手抹了一把衣服上的秽物，没找到纸巾，就干脆擦在衣服上。人群中传来一波嫌恶的叫声。她向前走了两步，前面的人群迅速往后退去。她向左边踉跄，左侧的人又匆匆躲闪开。她记起小时候自己常玩的一个游戏。一个人做鬼，其他的孩子则围成一圈。鬼扑过去，孩子们叫着笑着四散开。温莹莹笑起来。她定定地看着周围的人们，大叫一声，突然向前冲过去。围观的人们尖叫起来，鸟兽般四散。她又向他们追过去，又是一阵尖叫。她像风一般驱动着人潮，她去即潮起，她走即潮落。温莹莹笑起来，她的笑声让整个市民广场显得过于空旷了。她正欲再次扑过去，不知是什么东西突然伸向她的脚下。温莹莹重心不稳，狠狠地，响亮地摔倒在地上。

又是一阵恶心。温莹莹胃部抽动，吐出一滩黏液。她已经闻不出味道。一行人尖叫地跳开，捂住鼻子。她知道，那秽物的气味一定很恐怖。她感觉抱歉，心沉甸甸的。这么美好的一个夜晚，她躺在这里，制造垃圾，自己也像是一团垃圾。她像蠕虫一样扭着身子，挣扎着想站起来，跟周围的人认真地说一句抱歉。温莹莹用双手撑住地面，手却像面团一般，软了下去。又是一声尖叫。脸上黏糊糊的，刺鼻的酸味钻进温莹莹的鼻子，让她想吐。这是她的味道，酸、臭、腥，令人从生理上厌恶。她想哭，又觉得自己本来就有错，还有什么脸哭呢。她抬了抬头，筋被后颈扯住，头不受控制地跌进了她的呕吐物中。惊叫四起。温莹莹感觉自己意识模糊了，似如溺水，她感觉自己在下沉，虚弱无力地沉下去。在未名的地方，有一只手从黑暗深处伸出来，拉扯着她，将她往海底深处拽去。温莹莹最后一次，用力地强撑起脑袋，将目光投向围观的众人。年轻人，老人，小孩；男人，女人；时尚的，不起眼的。突然，她看见一个和自己身材差不多的女孩。她穿着一件宽松的大花连衣裙。裙子刚过膝盖，露出女孩两条坚实的大腿。温莹莹感到一阵安慰。她努力地抬起手，向女孩伸去。女孩愣了愣，看看四周，惊慌起来。人们顺着温莹莹手的方向，向女孩看去。嗤笑声响了起来。女孩不安地皱起眼睛，愤怒地看了温莹莹一眼。她嫌恶地拍拍臂膀，转过身，逃命一般，加快步伐消失在人群中。

温莹莹突然觉得如释重负。她翻转过身，张开双臂。她安稳地沉了下去。

天涯海角

他读完了传单，又读了读女儿的绘本故事。接着他读了放桌上的住户须知和电视机遥控器使用说明。放遥控器的盒子里有一张手绘地图，他读了一遍，发现想去的地方都太远，懒得打车。他读完了整个房间几乎所有带字的东西，读完之后感觉沮丧：没有一样东西能刺激到他，让他想要去哪里或者写点儿什么。

窗外阳光正烈、天空亮得发白，像是刚下过一场暴雪。从窗口往外看去，不远的地方就是海。海滩上挤满了人，像是一块沙黄色的布上布满了泥点子。他的女儿贝贝和妻子刘恬就在那群斑点之中，太远了，看不清楚谁是谁，只能看到一群人如出巢的蟑螂一般潮涌而出。出门时贝贝穿上了蛋黄色的连体泳衣，腿上套着一个橘红色的鹅型游泳圈。贝贝说："爸爸，你为什么不和我们一起去?"他没说话，但刘恬说："爸爸要工作。"贝贝说："爸爸你爱工作比爱贝贝更多吗?”她的小脸上出现了一丝畏缩的忧愁的神色，是失望，但她又隐约地觉得失望是不对的。贝贝撅起了嘴。她嘴上的伤口还未长好，让她看起来像一只兔子。如果要看起来更自然些，她还要经过两次或者更多的手术。她很乖，知道自己要做手术时没有哭闹，还努力做出一个笑容安慰他。她的眼角弯弯的，看上去似乎无时不刻都藏着笑意。贝贝说：“爸爸，贝贝很勇敢，贝贝不哭。”她笑盈盈地躺在床上被推进了手术室。到手术室门口时贝贝说：“爸爸你不要走，在这里等我啊。”手术室的大门像一张大口吞掉了她，随后，门顶上方亮起了红灯。他站在走廊上，感受着消毒水一层一层地腐蚀着他的皮肤，灼痛了他的心。他捂住胸口，扶着椅背含胸坐下去。他坐了一会儿就起身走开了，一直走到闻不到消毒水臭味的地方去。

这地方叫天涯海角。他记得三亚也有一个天涯海角，很出名，但他没有去过，只看过一些照片。沙滩上零散地站着形形色色的人们，椰子树和椰子壳随处可见。女人们戴着遮阳帽和墨镜，一个劲儿地往身上涂抹防晒霜。椰子树的树冠上堆积着草绿色的硕大果实，看起来像一团团发了霉的瘤。这是在热带地区才会有的场景。他在塞林格、海明威的小说里看到过这样的场景。有人铺着垫子躺在遮阳伞下，有人躺在折椅上。他们的皮肤闪着小麦色的光泽。孩子们光着脚在沙滩上奔跑跳跃，可乐和冰淇淋洒了一地。所有人心无旁骛地躺在那里，等待太阳渐渐将皮肤染成深棕色。

远远望去，水天连成一线。海的尽头是天，天的尽头是海。海浪从天的尽头滚滚而来，又从沙滩上滚滚而去。每一波巨大的浪花都能引起沙滩上的人一阵尖叫。其实他常来这里，朋友远道而来时，他总是建议先到这儿来看一看、玩一玩。如果朋友们有兴趣，除非实在没空，他都会陪同着一起前来。那时刘恬会说：“去那么多次，你不觉得腻吗?”他知道刘恬话里有话。她其实想说，你有那么多时间陪你的朋友，为什么不陪陪我和孩子？但刘恬从来不会把这些话说在明面上，即便你猜透了，当着她的面问她，她也总是会笑笑表示否认。这一点贝贝倒是很像她。但他宁愿刘恬把话说出来。她什么都不说，倒像是在假装好人。她要让自己看起来更像一个好孩子，这样他就会为她的体贴而感到愧疚。接着，她再利用他的这种愧疚，把他牢牢地捆绑在自己身边。

其实他对刘恬没什么感到愧疚的，他似乎爱过她，然后又不爱了。他们的分手并不难看，两个人坐在一起，喝了杯茶，好聚好散。唯一让他感到愧疚的人是贝贝。小小的贝贝，听话乖巧的贝贝，唇腭裂的贝贝。

分手后过了一年，刘恬打来电话说想和他见一面。他也就抱着分手了还是朋友的心理去了。在约定的咖啡厅里，他看到刘恬怀里抱着一个正在熟睡的婴儿。他问刘恬："你的？"刘恬点点头。紧接着她说："也是你的。"

刘恬给他看了孩子的出生证明，日子对得上。算算怀孕日期，那一天他们都喝了很多酒，多得他们两人都不知道究竟是怎么回的房，又是怎么把那事干完的。他们分手时刘恬不知道自己怀孕了，后来知道了，但没有告诉他。为什么还要把孩子生下来？刘恬的解释是，我太爱你了，不能和你在一起，有一个你的孩子也行。那为什么现在又来找我？语落时她把婴孩从包被中剥了出来，这时他看见了孩子的豁嘴。她的唇腭裂程度很深，可能有三度？伤口触目惊心，像一道断崖。

他上网查了查，造成唇腭裂的原因多种多样：遗传、药物、营养、不良习惯。他和刘恬的家族都无此病史，不存在药物和营养问题。他想起，他们那天都喝了酒，也都有抽烟的习惯，刘恬抽得比他还凶。他用手握紧喝了一半的可乐杯。杯面上渐渐渗出了水珠，缓缓地落下来，在杯底凝成一小滩水。现在他知道了，人在这样的情景下是什么样的一种感受：湿漉漉的，头脑里空无一物，旁人说话的声音像是从海的那一头缥缈而来。

他应该从哪里说起？先去做DNA鉴定，找人调查一下刘恬离开他的一年中都跟哪些人交往过？这孩子是筹码吗？这个想法短暂地在他的脑中闪了过去。但当他与孩子对视的时候，觉得她就是他的。看她，热乎乎又软绵绵地躺在他的怀里。她的手掌只有他手的三分之一大。他不敢碰她的头，头是软的，他害怕如果一用力孩子的头就会变形。他像是捧着宝贝一样将孩子架在双腿上捧着，端详了许久，心想，是你的。他对刘恬说，没别的办法了，结婚吧。

刘恬长得不赖。她看过很多书，风趣，也很有欣赏力。还有很重要的一点是，她的性子不疾不徐，像他印象中的日本主妇——不会和他产生什么矛盾，也不会想要说服他，控制他。从这一点看，刘恬就很适合做他这种人的妻子。

苏洋就很不一样。他们俩在一起的时候总是吵架，吵得天翻地覆，吵完架又抱在一起疯狂做爱。和苏洋在一起时他刚大学毕业没多久，进了一家私企，先是在营销部门干了两年，很快被提拔成总经理助理。总经理很擅长骂人。他骂人时酷爱脏字，怎么脏怎么骂。骂得久了，他甚至开始怀疑自己，没错，你就是个蠢货。你是个什么东西？你什么都不如。

有一次他和经理顶撞起来，他出了办公室就打了一封辞职信，转回头扔到领导桌子上，扭头就走。当晚，他和朋友喝了一场大酒。酒散后，他沿着河边的观光道慢慢地走。他的头脑很清醒，但身体不受控制。眼前的幢幢灯影虚了焦，全是模糊的斑点。走到一个石凳旁，他坐了下来。河边吹来极凉的夜风，凉得他骨髓也发酸了。他向左看看，又向右看看，不知道自己走到哪儿了，更不知道自己将要到哪儿去。他吹了一会儿风，掏出手机给苏洋打电话。

电话响了很久才被人接起来，是苏洋的父亲。他的语气听起来很不耐烦，说，苏洋洗澡要睡了，你明天再打吧。苏洋爸爸一直不喜欢他，主要原因可能在于他不是公务员，也不在事业单位。他年薪有二十多万，但在苏洋爸爸眼里这屁用也没有，甚至比不上一个月工资三千多块的事业单位科员。“小宁，工作还是要稳定、要有保障，在企业，说炒你就炒你，钱再多有什么用？再说，说不定哪天就倒闭了。”这都是什么理论？他看着苏洋爸爸那种趾高气昂的样子，心想这个人若真成了他的岳父，那还真是有的是架吵。但他当时说：“您说得有道理。”

十分钟后苏洋把电话拨了回来，他一肚子的话突然不想说了。

苏洋说：“怎么啦？”

他说：“没什么，就是想听听你的声音。”

苏洋说：“出什么事了吗？”

他说：“没。对了刚才电话是你爸接的。”

“我刚才上厕所去了，他为难你了？”

“没有。”他说，“就是挺想你的。”

苏洋的声音柔柔的，软软的，隔了遥远的电波，那声音像是她喃喃地在他耳边说出来的。“我明天去你那儿，好吗？”

他刚要说好，电话那头传来苏洋爸爸克制着的愠怒的声音，苏洋，怎么还打电话，还有客人在呢，一点都不懂礼貌。他立刻警觉起来，说：“那个牙医又来了？”

“……嗯。”

“那个牙医帅吗？对你好吗？”

“你别这样。”

一股血气冲上了他的头顶。他笑了，说：“他行吗？你觉得他能满足你吗？”

苏洋咕哝了句什么，把电话挂了。他打过去，手机关机了。他在河沿上站了一会儿。不远处，绿得发黑的河水快速向下游奔流而去。有一团什么东西浮在水上，可能是水草。他突然抬起脚，一脚踹在护栏上。牙医牙医，什么牙医！开了诊所又怎么样，不就是个研究牙周的吗？牙周是什么东西，连个器官都算不上！他提起腿又给了护栏一脚。这一脚踹歪了护栏，他把脚给扭了。

他靠着护栏坐下来，掏出手机握了半天，最终给领导发了短信。领导，我年轻不懂事，请您原谅。过了一会儿，领导回复说，明天准时上班。他看着这条短信，反反复复地看，看着看着，笑了，然后哭了。

第二天凌晨，他还迷糊着房门就开了。模糊中他看见苏洋向他走来，她双肩颤抖，看起来像一只初生的鸡崽儿。他伸出手，伸到苏洋的脸上，用指背轻轻刮掉苏洋脸上的泪水，说，别哭……

他们搂在一起做爱，仿佛末日已经到来，一切都要来不及了；又像是恶狠狠地痛恨对方一样。苏洋哭了起来。她叫破了音，声音像深夜中的紧急刹车一样凄厉。他捂住她的嘴，却被她咬了一口。事后，他们静静地在床上躺了一会儿，他起来洗漱，准备去上班。临出门时他回头看了苏洋一眼，又看了一眼，突然有一种不好的预感。

事实上什么也没有发生，他们又撑了一年。但该来的总是会来。和苏洋吵架的原因现在他已记不太清楚，仿佛有不少次是因为那个牙医，但也许这只是借口。是苏洋首先提出来要分手的。她说：“和你在一起我感觉透不过气，好像有人在一直不停追着我跑。”他沉默了一会儿，说：“你是不是爱上那个牙医了？”这句话他一说出口就后悔了。苏洋的表情很复杂，像是在笑，又像是同情他。她什么也没说，但他宁愿苏洋说点什么，给他一巴掌也行。苏洋走了。她把钥匙放在桌子上，她脱下了戒指，拿在手中打量了一番，最后也放在了桌子上。

这些都是陈年往事了。后来苏洋去了美国留学，令人作呕的是，一同前去的还有那个牙医。再往后，苏洋杳无音讯。也许她和那个牙医结了婚。想到这个，就令他咬牙切齿。刘恬应该庆幸自己是在苏洋之后才出现的。因为他再也不会和谁吵架了。他对什么都感到厌倦，也不会再愤怒了。愤怒没有任何作用，它什么也改变不了。想到这些，他反而感到轻松。只要你厌倦够了，到头来一切都变得相对容易。

他和刘恬是工作时认识的。刘恬是图书策划编辑，当时她所在的出版社刚好要出一本他的书。刘恬很喜欢他写的东西，羡慕他在小说里写下的一切“他”的生活。那时两人住得很近。书写得不太顺利，刘恬催稿时也不打电话，而是直接到他家里来，来了之后她像个女主人一样打扫房间，买菜，做饭，轻车熟路。她很擅长做鱼。饭桌上，他看着刘恬围着围裙小口吃饭，很自然地把菜夹到他的碗里。这时，他心里冒出来这么一个想法，如果能一直吃她做的饭，也许他能够支撑下去，支撑一辈子的时间。

他们很快确定关系，同居。这个过程太顺理成章，像阳光普照，边边角角都能一眼看个清楚，毫无刺激。一年之后，在同一张桌子上，他看着刘恬围着围裙以同样的方式吃饭、夹菜，他感觉有什么东西从体内飘了出来，徘徊在肉身之后注视着这一切。刘恬将菜夹到他碗里，低声和他说着什么。但他听不到，仿佛坐在那儿的不是自己。刘恬对面的那个男人动作很慢，更多的时候像是在发呆，而她时常在提醒他。

原来这就是他生活的样子？这个女人是从什么时候开始成为自己的一部分的？或者说，她自以为成为了他的一部分？她给他夹菜的方式让他有一种被侵略感。于是，一些细枝末节的东西如水漫金山，让他烦躁不已。刘恬很困惑，不知道自己究竟做错了什么。她愤怒、悲伤、也不知所措。有时她的额头上暴出青筋，有时两只眼睛布满了血丝，仿佛下一秒她就会伸出手揍他一顿。更多的时候则是无奈："我到底是哪里做得不好？你说啊，我可以改的。"

"也没什么不好的。"

"你不说我怎么会明白呢？"

"真的没有。"

"你的意思是单纯地看我不顺眼？"

"我没那个意思。"

她哭了起来："……是因为苏洋吗？"

"别无理取闹。我不想和你吵架。"他更烦了。

从那以后，他的冷淡就直接放到了台面上。但他知道，他的冷淡和刘恬无关，和苏洋无关。如果眼下站在他面前的不是刘恬而是另外一个人，也许他的感受也是如此。渐渐的，刘恬不再追问了。她可能也已经厌倦了，厌倦了另外一个人对她的厌倦。

分手那天他约刘恬到咖啡厅等他。她似乎早有预感，在他说完了时间和地点之后，刘恬在电话那头笑了，这是我们最后一次一起吃饭了是吗？

他直起身子。手因为搭在窗子上太久，手臂处被窗槽压出两条红色的长坑。阳光照得路面发白。眼前的景色微微颤抖，快要融化了似的。他把窗子打开得更大了些，身子探出去半个。相邻的民宿里，一个男人趴在窗台上吸烟。右侧的窗子和他所在的房间属于同一家民宿，刘恬和贝贝就住在隔壁。这是刘恬要求的，她对贝贝说，我们这是女生宿舍呀，爸爸是男生，要住男生宿舍。贝贝不明就里，反而为着诱人的"女生宿舍"一词兴奋不已。

他转过头，看见左侧的一个房间窗子敞开着，窗子里伸出一个戴着草帽的女人。她穿了一件柠檬黄的吊带连衣裙，露出两截被晒得粉红的手臂。她仰着头，向着某个方向，仿佛有风正从那里吹过来。他真的感觉到了一阵风。风中有腌渍的柠檬皮的味道。他的头皮突然一紧，接着身子短促地颤抖了一会儿。汗从背脊上流了下来，他感觉凉快多了。

从身形上看，女人不会超过二十五岁。她的皮肤有年轻女子特有的那种紧致。一阵风吹过，女人将帽子摘了下来。她用左手握住头发根部，右手在发尾上打着旋。很快，一截长发在女人的头顶盘成了一个丸子型的髻。女人露出了白而细长的脖子。一缕没梳好的头发落在脖子上，那里的皮肤因出汗而发亮，有种莫名的挑逗意味。她的背很薄，背上两根骨头高高地凸起来，把皮肤顶得发白，仿佛下一刻就会破皮而出。

女人身上嶙峋的骨骼总是很美，像一幅遒劲的山水画。他看着那个女人，右手拇指不断在手上摩挲。他的手指白而修长，中指处有一个厚实的茧，看起来有点像骨质增生。过去苏洋喜欢用手来回抚摸这个茧，像是抚摸一只小猫一样温柔。这只手抚摸过许多女人，也被许多女人抚摸过，但唯有苏洋的抚摸像是一种考量，一种交流，一种理解。许许多多的文字碎片就在她的抚摸下流淌而出，逐渐汇流成河。

好一段时间，女人的头一动也没动。她似乎正看向某个地方，也许是某个人。这种有目的的感觉令人羡慕。远方的天空中有几只小如飞蚊的海鸥，在发白的天色中，它们看起来越发的单薄、瘦弱。一朵巨大的暗云缓缓地飘了过来，阳光减弱了。他注意到有几只鸟从天空中俯冲下来，停留在沙滩上，慢慢地走着。孩子们边跑边叫，仿佛沙滩烫痛了他们的脚。

其实就在几星期前，苏洋没头没脑地给他发过两封邮件。时隔十多年之后，苏洋给他发来了邮件，他不知道她是从哪儿弄来自己的邮箱地址的。大约真的想找一个人总是有办法。面对第一封邮件时他考虑了半天，还是没删。好不容易将邮件打开，他既庆幸又有点失望。邮件太过简单，只有四个字，看起来像电脑屏幕般克制、冷静："生日快乐。"但随后一种被惦记的快乐占据了他，苏洋还记得他的生日。他回信表示了感谢。一个星期后，苏洋发来了第二封邮件。这次她说："如果我回来找你，我们还能重新开始吗？"

有什么东西在他体内跳跃起来。他脑子里有一个声音在说，只要你回来，我们就重新开始。我们可以当过去什么事都没有发生过。我会尽一切努力让你爸对我满意。无数个句子在他的脑海中流淌过去，他有好长一段时间没有感觉过这样的流畅。

他已经很久没有写出令自己满意的作品，也许他不会写了，将来也写不出来。过去他乐于打量遇到的每一个人，猜测他们年纪几何，什么职业，背后有什么故事。现在他对这些完全提不起兴趣。

有六年了——每天早晨他起床，看到的第一张脸是刘恬的。那是一张没有任何表情而又停止了生长的脸。她煮饭，收拾碗筷，他出门后她会送贝贝去幼儿园，接着买菜，继续煮饭，收拾碗筷，一天三次。到了傍晚，他们面对面地坐在桌子前吃饭。他知道周一至周日的菜谱，一直没变过。他将那些菜送进嘴里时，感觉有些恍惚。饭桌上方的吊灯发出朦胧的橘光，像玻璃罩一样笼罩在刘恬和贝贝的身上，把他隔在外面。那种感觉很奇妙。他仿佛是一个她们看不见的人，而他正在用这种方式凝视她们的生活。这是他的妻子，他想，这是他的女儿。这是他们的生活。就是这样了吗？

一切都没用，他早就失去了好奇心。他再也不会写了，不会写这日复一日的生活。没有惊喜，更没有想象。一切就在他和刘恬这种一般的相处中耗尽了。他现在唯一感觉到的只有疲倦，还有无奈：他能看见自己脑中的河渐渐断流，枯竭，而自己只能干看着。不过这样也好，他再也不用经历苦思冥想、求而不得时的那种强烈的自我质疑与否定了。接受自己才华已尽是一件难事，但也是一件好事。

和苏洋相处时那种又吵又闹的日子在他的脑子反而从不卡顿。为什么呢？

他坐在电脑前，一手将水笔的笔帽拔开又盖上。头脑热过之后空空荡荡。他站起身，走到门口停了一会儿。房门外，贝贝和刘恬玩笑的声音不断漾进房内。贝贝说话仍不甚清晰，有些漏风，像是刚蜕掉乳牙。他站在门口听了一会儿，突然感觉到胸中一阵剧痛。贝贝。他想到贝贝就会心痛。她总是让他心痛，她的笑容，她一出生就被撕裂的嘴，她的笑容其实并不好看，甚至吓人，但他喜欢她那种笑容，看到她在笑他也会不自觉地笑起来。这真是一种奇妙的感觉。他坐回到了桌前，对着电脑屏幕发了一阵呆，然后把邮件删掉了。

他没有回复苏洋，却又期待她发来新的邮件。过了一天，两天，一个星期。他有点失落，怀疑苏洋发来消息是因为她当时正在遭遇什么，而现在遭遇已经结束了。坐在桌前，他的脑海中出现了一个夜晚的海边。他和苏洋刚在大排档吃完海鲜，在海边溜达了一会儿，闻着海水翻滚上来的海草海带混合的腥味。在夏天，他们手拉着手，感觉到对方的手逐渐把自己的手温热，濡湿。黑蓝色的海水与墨蓝色的天空浑然一体，在似乎是尽头的地方有一两个星点，苏洋说那是星星，但他觉得那是船上的灯光。

他们踩着仍在发热的沙子走到岸上。商业街上人声喧哗，店铺的灯光从店内蔓延至店外。他们穿过购买特产的人群，经过一家家店铺。在一家慢递明信片店前，苏洋拉住他。她说，进去看看嘛。他任由她拉着自己进去。店员热情地给他们推荐一款十年后寄到的慢递服务，说你们是情侣吧，寄给十年后的你们不是很浪漫吗？他在心里说其实你推荐这个，不过是因为这项服务最贵。苏洋问店员要了笔，趴在一个小桌子上慢慢写。她偶尔抬起头来看他，笑一笑又埋下头去。

写完明信片，苏洋握着他的手，像是执行仪式一样将明信片放在标记着十年后字样的抽屉里。她站在柜子前面，双手握在一起，闭上眼睛。她站了一会儿，转头看向他，眼睛亮晶晶的："十年。十年后不知道我们会怎么样？还会在一起吗？"

他莫名有点烦躁："想什么呢。"

苏洋的脸上出现了一种复杂的神情，他说不清楚那是什么，但感觉像是有一层厚厚的树影落在她的脸上。

十年已经过去，十一年，他没有收到苏洋写给他的明信片。他想去看看那家慢递店还在不在，质问他们究竟把明信片寄到了哪里。他对刘恬说自己要写一个关于海的小说，必须到海边采风。刘恬难得地开口答应，挺好的，去了说不定会有点帮助。临行前夜，刘恬走进书房里来——他一直睡在书房里了。那时候他们已经很少说话，三个人住在同一间房子里，更像两家合租的人。

"全家一起去吧，"刘恬说，"你做你的，贝贝我来带。"

他没有说话。刘恬说："其实也不是非去那么远才行吧？北海也有海。"他的心抽搐了一下，脸热了起来。"那就当你同意了。"随后，她像是自言自语地说："这是最后一次全家旅行了吧？"

隔音不好。他听见隔壁笃笃的脚步变成了沙沙声，猜想这是女人脱了高跟鞋，换了拖鞋。不一会儿传来了开门声。房间安静下来。他呆了几秒，很快就站起身，趿拉着鞋子跟了出去。

女人在前面走着。她步子很轻，走在水泥地上似蜻蜓蘸过水面。她应该快有一米七了，腰极细，像是被抽走了肋骨。裙子几乎盖过了脚踝，把她的身影拉扯得越发的长。从这个角度看，女人的背影又很像苏洋。

她先一步进了电梯。他想了想，没有追上去跟她乘坐同一趟。下到一楼时，他看见女人慢慢地向咖啡厅走过去，他跟在后面，在女人身后的一张桌子上坐下来，同样点了咖啡。

整个咖啡厅里只有他们两个客人。还有一个孩子，和贝贝差不多年纪，大约是老板的小孩。他们二人先后点了咖啡。女人啜饮咖啡，转头看向窗外。窗台外摆了一溜多肉植物，户外桌椅空着，偶尔有一两个路人经过，探着头往咖啡厅里张望一眼。其实看不到什么，房间很暗，旧式小楼的灯光昏黄得像是灯泡坏了。一只猫从他的脚下蹭了过去，窜上沙发，越到女人坐的那一桌去了。

她也许在等人。他已经饿了，喝了一口咖啡，有点想吐。可能不仅仅是饿，而是因为他看到一个和苏洋有着相似背影的女人，跟踪她，尽管他清醒地知道那不是她，却又不愿上前确认。他在许多女人身上寻找过苏洋的影子，她们或多或少都会有些相像，鼻子、眼睛、嘴，每一个女人都会加重他对苏洋的想念。他记得有一次在某个文学沙龙上，一个穿着长裙的女人坐在高脚椅子上朗读里尔克的诗。于是他和苏洋做完爱、两人都各自处在短暂又惬意的空档中时，苏洋就会顺手拿起放在床头的一本书，随意翻开一页开始念。有时是诗，有时是小说。她喜欢读海明威。他们的床头长时间放着一本《流动的盛宴》，是苏洋带来的。他那时不怎么喜欢海明威，但喜欢听她读。

“春天来临时，即使仅仅是虚假的春天，除了找寻个去处使人过得最快乐，就再没别的问题了。唯一能败坏这一天的就是人……”

他从她口中流转着的文字中看到巴黎繁忙的街道，河岸阴暗沉郁，寒风阵阵。他躺在苏洋的双乳之间感受着呼吸间带来的颤抖的温暖，重新入睡。

她那时候为什么会读书呢？她读书时脸上露出的平静表情，像是一场霏霏的太阳雨。她的眉色很淡，淡得像并不存在。她有一双极大的眼睛，倾听别人说话的样子总像吃了一惊。其他的呢？他苦苦搜索，却只记得这一双眼睛。这么多年，他从来没为苏洋写过什么，哪怕仅是在小说中任意一个角色上描摹她的脸。他很想知道，如果苏洋知道自己成为一个作家将会是什么表情。

刘恬则更喜欢特雷弗——这和她的个性倒很相像——那种行针密密的人生，不透风的人生。她也从不诵读小说，只是默默地看，默默地把喜欢的词句誊抄下来，像小学生。较之几年前，刘恬变了很多，变得更沉默，更空旷——但也可能一直如此，只是他从来就没有认真地了解过她。贝贝第二次手术后他们的话就越来越少——日常必须的那些除外。有时候他会冒出种冲动，想要坐下来好好和刘恬谈一谈，什么都可以，艺术、人生、时局，哪怕明星八卦也行。但真要这么做的时候他又却步了，也许是害怕和她说话，不过其实也没什么好说的。

她应该有很多话想要和他说。贝贝已经六岁了，这意味着刘恬和他在一起已经有六年时间，但仔细回想，六年中两人几乎没有有效的对话。更多的时候他们通过眼神和身体交流，像任何两个熟悉透了的人。他们也做爱，做得很专注，专注得像是要解决什么问题。他问刘恬，舒服吗？刘恬用呻吟回应他，却总好像心不在焉。一次事后，两个人各自靠在书房小床的床头。那时他已经从卧室中搬出来，因为刘恬说他的呼噜声太响，会导致她神经衰弱。他回过神，转身在床头翻找香烟。

刘恬的表情很放松，闭着眼睛，像感受虚拟的风从某个地方吹过来。有那么一瞬，他感觉又回到了两人最初认识的时候。彼时和此刻一样，他们亲密无间地躺在一起没有任何距离，和白天的他们相比，这一幕更像一个悖论。他们静静地待了一会儿。烟雾升了上来，弥漫了整个房间。过了一会儿，刘恬起身，笼头套上睡衣。

他说："不留下啊？"

刘恬说："算了。"

像任何的一种客套，他们彼此都明白这一切，所以刘恬毫不犹豫地关上门。多么令人满意的和谐。

要不是贝贝后来说漏了嘴，这和谐也许还会继续下去。贝贝说："我过生日的时候有个叔叔送我蛋糕，奥利奥的，可好吃了。"接着，她又像是自言自语地补充道，"那个叔叔很和气，说话很温柔。"

贝贝说："爸爸你讨厌妈妈吗？"

他大力地将椅子拖到桌前："怎么会啊？"

贝贝说："那妈妈讨厌爸爸吗？"

"妈妈怎么会讨厌爸爸？"他在裤子的口袋中摸索着，找到了烟盒，却没有火机。他向贝贝挥了挥手："去玩吧，爸爸想抽支烟。"

后来他时常回想和刘恬躺在床上的时刻。那一刻她想的是什么？她对他已经没有爱却仍和他做爱，仿佛用身体就能羞辱他。她和那男的睡过了吗？不，不会，她不是那种人。那男的是干什么的？长什么样？比他更好吗？他问自己爱刘恬吗？好像不是，又好像是。无数问题在他脑中如悬浮的幽灵，而他唯一想到的只有为什么？他们在一起已经六年了，有节奏地生活，通过眼神就可以确认彼此想要或者不想要的。她想要别的吗？想要的是什么？难道她将贝贝带到他面前来的时候，他们不就已经达成共识了吗？

好像是从那时候起，他的脑子就开始真正断流了。原来还如细流一样偶尔流淌过他脑中的那些文字完全消失了，再也不见了。他感觉愤怒，又困惑不堪。他从外头回到家里的时候，看见房间被收拾得越来越干净，却让人感觉越来越空，他知道，过去生活的某个部分已经逐渐被刘恬拆除，不可能再为他重现了。

苏洋又发来邮件之后，他常常会想到一个问题，如果生下贝贝的不是刘恬而是苏洋，她会像刘恬一样干枯吗？这些年，茫然和悲哀渐渐吞没了其他，承担了刘恬脸上的大部分神情。在夜晚，她长时间待在浴室里，像饥饿的动物一样在身上涂满橘子味沐浴露。当她从浴室走出来，那层味道也逐步稀释，消失，仿佛她也如橘子一样正在脱水，败坏。

咖啡厅进来了一对带孩子的夫妇。两个孩子尖叫着向靠窗的位置跑去，父母喝止不住。门口的风铃停了又响，人渐渐多了。人声嘈杂，杯盘流转之间发出叮叮当当的响声。呼叫侍者的声音如波浪般不断漾进他的耳朵。他坐在他们当中，感觉自己被一道屏障剥离开了。这感觉像在坐在家中的客厅里，电视机响着，吵得令人头疼，但播放的内容和他与刘恬无关。刘恬没有将声音调低，直接说："宁超，我想了一段时间了，我想离婚。"

他以为是自己没听清楚："你说什么？"

"我要和你离婚。"

电视机的声音就在这一瞬间如泼洒的颜料般灌入他脑中。那些带着色彩的声音如同烟云在他脑中氤氲着，变成了真实的一部分。他闭上眼睛，感觉眼皮在不断抽动。

过了好一会他才对刘恬说："离婚可以，但贝贝你不能带走。"刘恬说："那打官司吧，让法院来判。"他说："打官司我也不会放弃的。"刘恬似乎笑了。她说："贝贝这个年纪，法官会倾向把孩子判给母亲，何况你没有稳定工作。"他警觉起来："你找到工作了？"她真的笑了："对啊。我一定会带走贝贝。"

她早就做好了准备。她是什么时候做好准备的呢？他想起在许多个夜晚，在贝贝睡去之后，客厅里的灯仍然暗暗地亮着。刘恬低低地打着电话，偶尔笑出声来。有一次他从房间里走了出去，刘恬看见他，脸上的笑容突然就暂停了。她对电话那头说：“一会儿发微信吧。”

他问她：“这么晚了，谁啊？”

刘恬轻描淡写：“朋友。”

现在想来，也许电话那头的就是贝贝口中那个“温柔的叔叔”。一切都像是一场预谋。苏洋准备好了，于是她去了国外；刘恬也准备好了，于是她要带贝贝离开。苏洋给了他最好的年华，刘恬也给了他能够给的最好的一切。但是当她们需要安全感的时候，他给不了任何能切实安慰她们的行动。安慰她们就能改变现状吗？他告诉她们一切都会变好的就真的能好起来吗？不会的。她们早就看清了这个事实。相比浮云般的一句“会好的”，握在手中的生活显然更实际。比如牙医，比如给了刘恬工作的那个男人。

他用手摁了摁太阳穴，无法止住神经跳动。他不断地吸气又吐气，最后才向刘恬问出口如果离婚她要去哪儿。刘恬笑笑，说：“你真想知道吗？”

她曾说过想要移民——到任何一个发达国家，那里的手术水平更高。

这是他们都无法越过的一个障碍。他和刘恬在很久之后才发现贝贝在学校里遭受同龄孩子的嘲笑，但贝贝从未提过。她告诉他们她喜欢学校：老师很漂亮，每天下午都带着他们玩游戏。这件事还是有一次刘恬去接贝贝放学时发现的。在路上，几个拖着鼻涕的孩子跟在贝贝后面喊“烂嘴巴！烂嘴巴！”刘恬扇了那几个孩子耳光，家长闹到派出所。从派出所出来，刘恬抱着贝贝走在前面，他跟在后面。贝贝趴在刘恬的肩上看着他笑，眼睛忽闪忽闪的，瞳色深得像一个湖。他这时候才想起来，贝贝从来没有和他们说过她的同学、她的朋友。他哭了，第一次有种禽类被剪翅后的虚脱感。

这件事加重了刘恬移民的欲望。他父母也赞同刘恬的想法。他们向朋友们打听移民的方式和价钱，卖掉了一座大面积的江景房，搬回到当初单位集资时买的无电梯小楼，每天一步一停地步行上下楼。卖房的钱他们给了刘恬，刘恬又把钱存进银行，名字是他的。刘恬则开始疯狂地做微商。她的朋友圈里每天都充满着各种商品广告。刘恬被许多朋友拉黑了，但她毫不在乎。刘恬说，人活着是为了自己，而不是为了别人的嘴。

提出离婚后，刘恬把存折交给他，他不要，她就把存折放在书房的床上。刘恬说，我不会要你爸妈的钱。“你爸妈”三个字从刘恬的嘴里说出来，冷漠得像一把刀。她更努力了，房间的灯总是亮到很晚。有一回她在客厅里就睡着了。她侧着身子，脸紧紧地贴着沙发，双手戒备地交叉缩在胸前。毯子从她身上滑了下来，她丝毫没有察觉。他走过去想把毯子重新给她盖上，她则像热锅中的一滴滚油般跳了起来。

半个月前，他和刘恬带着贝贝回父母家吃饭。席间，刘恬让母亲抱走了贝贝，告诉父亲说她已决定跟他离婚。他没想到她会说这个，刘恬是办事周到的人，会顾及老人的情绪，他以为就算离了婚她也会把事情继续瞒下去，至少不会主动说出来。父亲问她，两个人究竟发生了什么。刘恬说，我们两人本来不该在一起，这孩子一开始也不该出生。刘恬带贝贝走后，他和父母坐在客厅里沉默无言。父亲一个劲儿地抽烟。他坐立不安，伸手去够烟盒，也想拿一支。父亲长长地看着他，将烟在烟灰缸里恶狠狠地摁灭了。然后，他将烟灰缸摔在了地上。

下午的阳光渐渐开始变色。亮得发白发硬的阳光渐渐软成红色，然后是橘红色。前座的女人似乎有些累了。新点的一杯莓果冰沙被她推向一边，杯壁上渗着水。她俯下身趴在桌子上，脸转向窗外。咖啡厅里的门快速被打开又关上，店门上挂着的铃铛跟随着发出叮叮当当的响声。他给刘恬打了一个电话，无人接听，他又发了微信，告诉她他在楼下的咖啡厅，让她回来后就带着贝贝来这儿吃饭。他预先点了吞拿鱼沙拉、华夫饼、可乐鸡翅和两份意面，告诉服务员等人齐了再上菜。刘恬很喜欢吃西餐，但结婚这么多年，他们吃西餐的次数屈指可数。

从海边退却的人群浪一般涌进岸边的各式餐厅里。服务员在桌子间穿梭着，带来烤鸡翅或者黑椒汁的味道。一个戴着围裙的服务员走过来，给他的杯子里添上了柠檬水。服务员说："先生，现在点菜吗？"

"我刚点过了。"

服务员说："那还要菜单吗？"

"先放这吧，我再看一下。"他说。

服务员把菜单重新推到他面前。他随意地翻看着。菜单用纸有点粗糙，像是纹路不平的明信片。他捏住菜单的一角，轻轻摩挲着。他仿佛看见前一天，贝贝大睁着眼睛看着他，随后将斜挎在身上的小包转到身前，从里面掏出了一张纸。她用手将那张纸展了展，动作很慢、很轻，像是这样就能抚掉纸上的褶皱。随后，贝贝将那张纸放在桌上，缓缓将纸片推到了他的面前。他在贝贝拿出纸片的时候就已愣住，从它的大小，他已经猜到那是什么。

他颤抖着手接过那张纸。纸的边缘已经出现了大小不一的黄点，显示出时间的纹路。纸上那些细长又熟悉的字体已经褪色、模糊，但他仍然能清晰地识别出书写它们的主人。他没有仔细去辨认那究竟写的是什么，只希望自己装糊涂的声音和僵硬的笑脸多少不要露出破绽。他深吸了口气，握住明信片的手紧了紧："贝贝，你告诉爸爸，这是谁给你的？"

贝贝颤抖着眼睛，说："我从妈妈包里拿的，她不知道。"

他没说话。显然刘恬已经收到这张明信片很久了。从上面的痕迹可以看得出来，这张明信片被人揉皱过。边缘有几道短而粗糙的裂口，她曾经试图把它撕掉，但看样子并不容易。她为什么没有丢掉它？这样更容易解决问题——像她一直以来所做的那样：当做什么事也没发生过，然后用耐力将这一切熬过去。

过了好一会他才回过神。他将放在贝贝面前的焦糖布丁向前推了推："吃吧。"

贝贝将嘴含在杯子的杯缘上，用舌尖试探着去舔结了细泡的焦糖。她抬起眼睛看他。他问她："怎么不吃啊？"

贝贝说："爸爸，妈妈说要带我走，她要带我去哪里？"

他顿了顿："妈妈今天带你玩了什么？"

贝贝说："我们在海边挖螃蟹。有一种小螃蟹，透明的，专门挖隧道……爸爸，你爱妈妈吧？"

他的头疼了起来。他用手将太阳穴往上提了提，说："贝贝，你还小……这话是妈妈教你的吗？"

贝贝咬了咬下嘴唇，谨慎地说："爸爸你不爱妈妈了吗？妈妈看到这个就哭了。她要带我走是因为这个吗？"

他的眼泪流了下来。他好多年没哭了，贝贝做手术的时候他没有哭，他走到远离手术室的地方，逃离了那些刺鼻的消毒水味儿，他的眼睛就干了。现在他无处可逃。贝贝的眼睛亮得像聚光灯。一切都安静了下来。他唯一能听见的是贝贝毛茸茸的呼吸。

贝贝说："我听妈妈说我不该被生下来。爸爸，是因为我不乖吗？"

他感觉透不过气。他感觉到自己的嘴动了动，但没说出什么。事情发展到了一个阶段，就没那么容易一刀分明地回答。他用手抚摸着明信片上的那些字，又用手将那些字遮住了。贝贝注视着他。她的眼睛很深，深得能埋葬他。现在，明信片上究竟写了什么已经不重要了。

贝贝说："爸爸，我和妈妈都爱你，你也是爱我们的，对吧？"

他答不上来。六年前刘恬离开他之前问他，我们现在这样难道不好吗？好，他在心里回答她，但又没有那么好。这两者之前究竟差了些什么他也说不清楚，但他看得见那个缺口。他的太阳穴跳着疼，感觉头快炸开了。

他看了看手机，刘恬没有回复。侍者端着盘子走来走去，收走空盘，带来新的菜点。有一家三口在他斜对面的桌子坐了下来。“你们的招牌菜是什么，”女人问，“我想吃点清淡的。”细瘦的侍者帮女人翻开菜单，在上面指着。侍者的声音很小，他听不清楚。女人翻了翻菜单，指着上面的什么给她的丈夫看，丈夫哈哈笑了起来。女人侧过脸看向身边的孩子，轻轻摸了摸她的头。女孩转过头向窗子的方向看了一眼。见他在看她，她不好意思地笑了。女孩的眼睛纯澈透亮，能反射出室内斑驳的影子。

他喝了一口水，他嚼着口中的柠檬籽，感受着苦涩的汁液刺激他的舌头。他吐出了残渣，不想再喝水了。音乐响了起来，是节奏愉快的乡村音乐。阳光透过玻璃照进来，拉长桌上杯子的影子。旅游传单上说这里的夕阳是一切景色中最迷人之处。但他看见人们渐渐从海滩边退去，没有人等待最美那一刻的到来。

昨天吃过晚饭，他跟在刘恬和贝贝身后在海滩散步。夜深而蓝，刘恬和贝贝穿着深色T恤的影子渐渐融进夜色。走到一半时他父亲打来电话，问他移民的事情有没有进展。父亲说：“钱够不够？不够我们再想想办法。”他说不出所以然。两个男人用呼吸和电流感知着对方，很快，电话被母亲接了过去。母亲说：“再劝劝刘恬，你们不能离婚……离婚对孩子伤害太大了。赶紧想办法移民吧，离开这里，两个人到新的地方好好过，换一个地方什么都解决了。”

真有这么容易吗？他没告诉母亲自己已经想好了，等从海边回去，他就同意和刘恬离婚。他也不想再和刘恬争夺贝贝抚养权。把父母卖房的钱交给刘恬，让她带着贝贝移民，去任何一个她们想去的国家。作为丈夫和父亲，除了给她们带来永恒的伤疤，他能为刘恬和贝贝做的最后一点弥补就是离开。再过个几年，他就到海边买一座房子，反正这儿有的是房产泡沫后留下来的空房间。做个渔民，补网，打鱼，再把鱼放回大海，靠消耗力气维持生命。夜晚打开灯，在充满咸味的房间里读海明威。他现在爱读海明威了。他想给刘恬读一读他，给贝贝读一读，如果还有机会，他想给苏洋也读一段。

这就是他告别她们的方式，没有眼泪，没有争吵，没有谁会受到伤害，一切都干干净净。再也没有人会受到伤害了，他想，一切应该在还不算太晚的时候结束，这样大家的告别会相对体面些，在多年以后他们彼此想到这段时光时就不至于充满愤怒。但其实有什么关系呢，时间总会磨平愤怒。

他长长地吁了一口气。这时候，坐在前方的女人叫来了侍者买单。侍者将桌上未吃完的半个蛋糕打包装好，递给她。女人站起身，转身向他走过来。这回他看清楚了。女人留着如帘的刘海。眉毛很细，两只眼睛像两条小小的海豚。这一刻，苏洋模糊的脸在他脑中逐渐清晰了起来：女人和苏洋完全不像，脸上的任何一个器官都没有苏洋的影子。她是个长相普通的女人，淹没在人群中，也许就没有人能把她认出来。她从他身边走了过去，像任何的一个陌生人。

他站起来，快走两步，拽住了女人的手。女人愣了愣，但很快回过神，将手甩开了。她的困惑中有愤怒和鄙夷："干吗?"

他头皮发麻。有人向他们的方向看了过来，很快又收走目光。女人站在离他不过一臂长的地方，眼睛像燃烧的天空一样灼热。他怯懦了，萎缩，干枯，变成灰烬。

他小声说："我叫……对不起。"

女人笑了。她上下打量他，鼻子里哼出一口气。她用鼻子笑他。她没有骂他，而是转身向门的方向走去，鱼一样地融进了人流之中。

他站了一会儿，坐了下来。他感到有什么东西正从他体内流泻出去。头又痛了起来。他将身子往窗边挪了挪，将头靠在落地玻璃上。穿着清凉的人们陆续从窗前经过。窗外的藤桌上，有一只猫正趴在上面。

像一道眼前流过的水痕，他的眼前逐渐变得清晰了。没有苏洋，苏洋在十多年前就已经消失了。当他试图抓住那些幻影，强行将刘恬改造成失去的苏洋，用以来改变当初未完成的情境时就已经错了。一开始刘恬勉强自己配合他，但现在她退却了。这一切是他自作自受。

他看着窗外的一切，迷迷糊糊地自我揭示，否定又确认，下意识地明白了一个真相。他注视着门口的方向，看陌生的人不断进出。终于，他看见刘恬一手牵着贝贝推开了门。她假装用力推门的样子把贝贝逗笑了。他也笑了。这一切不好吗？他问自己。

他冲她们招了招手，叫来了服务员说可以上菜。刘恬和贝贝走了过来，脸上因日晒而透着黑红色。那种颜色幸福得令人羡慕。

“点了什么？”刘恬问。他告诉了她，问她要不要加点什么。刘恬叫来了服务员，新点了两份牛排，把还没上的意面和沙拉去掉。“最近胃胀气，吃面总不舒服，”刘恬漫不经心地说，“贝贝不能吃凉的，昨天喝了椰子汁有点拉肚子。”

胃开始痉挛。他深吸了一口气，感觉额头如螺丝在拧紧。

刘恬抬了抬眼睛，说：“我带了胃药。”

“……”

“我带了胃药，”她重复道，“你不是胃不舒服吗？”

他摇摇头。刘恬笑了笑，将目光转向贝贝。她们没在看他。刘恬和贝贝开始说起下午的见闻，说到隐晦处，两人会心地哈哈大笑。他也笑了，却又莫名地渴。他给自己倒了一杯红酒，一饮而尽。酒没有醒好，味道发涩。此刻，他的内心一片清澈，想通了却又懊悔过去为什么没能早一点发现。他想告诉刘恬，她说要离婚后的这段日子他是怎么度过的；告诉她，在她准备离开之前，他和六年前的她头一次达成了共识，认清了彼此往后需要走的一条路。有些事总是需要更长的时间来思考。他不知道结果，但总会有办法来解决，他想，就像苏洋还能找到他的地址一样。但当下，或许他们可以先尝试着去牢牢相伴，然后等待；等待某一个时刻，有什么东西会不可思议地降临。

门

1

时间一到六月，阿梅住的这个城市就陷入了高温的火海。每天不到七点，天就全白了。太阳晃过树顶暴晒在鸣蝉身上，把它们早早地叫醒，由它们持续不断的叫声开始，撩拨起整个城市人一天焦虑的、节奏不停的生活。几乎每天都是一样，天空白刺刺，看不到半点云彩。太阳把高温投到地上，地面把这温度吸收了，又着急着把所有的温度全部喷发出来，人走在这当中，好似夹在三明治当中的火腿，两头都要受热。

刚开始发布今夏高温预警的时候，阿梅就已经在网络上买好了各种款式的T恤和超短裤、超短裙，西瓜红、宝石蓝、玫瑰紫，各种各样的颜色都有，就像小孩子吃那种彩虹糖，还没有张口就能感觉到一股甜滋滋的味道，况且价格也不贵，所以她一次买了很多。等到气温微微露出上升的苗头，阿梅就迫不及待地把“彩虹”穿到自己身上，大摇大摆地招摇过市。每天都穿这么一身亮丽的颜色，心情也会跟着变好。阿梅办公室聚集了一群大妈，成天除了嗑瓜子就是扎堆在一起讲人家的私事，一个个搞得像怨妇，整个办公室负能量超标。阿梅觉得和她们在一起待久了，自己肯定要提早步入更年期。这些衣服可以说是因为这些大妈买的，用这种鲜艳的颜色逼退她们身上的更年期“霉味”。阿梅一边想一边吃吃地笑起来。

结果那些大妈看见阿梅这样穿，就把话题中心转向她。等阿梅从她们身边走过去之后，她们就把头扭到一边窃窃私语，阿梅晓得她们在说自己是妖精，夏天穿衣服这里也露那里也露，恨不得把两只乳都露出来给人看，天生一副下贱相。不过，只要阿梅把目光转向她们，她们就会立刻装出很友好的样子冲着她笑。阿梅看见她们这样，恨不得走过去把她们僵硬的嘴角往上提一提——拜托喔，你们要假装也要自然点。

这些大妈不喜欢她，阿梅一点也不感到意外，反正她也很习惯不被别人喜欢。她妈美凤不就一样。美凤根本就没有把生小孩放在自己的人生计划里面，话讲回来，她的整个人生都没有什么计划，日子过得浑浑噩噩的，想到什么就是什么，莫名其妙就被人搞大了肚子，想了半天也不确定孩子的爸爸是谁。阿梅的到来搞得美凤措手不及，况且一个小孩生下来要吃奶要换尿布，她连自己都搞不掂更不用说阿梅了，于是她对阿梅的感情就只剩下讨厌。后来有一个跑物流的老板居然看上美凤，也不介意美凤有小孩，愿意帮她养。只不过美凤和他在一起之后还是没改变，整个人就像一滩泥巴，该打牌打牌，该逛街逛街，家事一点也不沾手。物流老板从失望到绝望，最后忍受不了干脆跑了。美凤觉得这一切都是因为阿梅，正是因为这个野种，她才没有办法抓住这个有钱人。现在美凤五十几岁了，照样会念，要不是自己当年命衰怀上阿梅，自己早就可以去和富家子弟享清福，哪里用在这种贫民窟里混吃等死。

阿梅从小就没有得到过美凤的疼爱，反倒是那个印象里早就已经变得模糊的物流老板才像真正的阿爸一样疼过自己，谁像美凤，除了丢点钱给托育中心的阿嬷，基本上都见不到人。所以阿梅对美凤也没有什么感情，只要美凤一这样念，她也会张口骂回去，齐美凤你做人有点良心，话不是长了嘴就可以随便乱讲的！

每次阿梅的话还没有讲完，房间的另一边就响起很吵的电视购物的声音，一个男人和一个女人在电视里面充满激情地推销胸罩，U 型罩杯，可以让你的身材更有型！欸，阿梅欸，这个胸罩很好看，可以托胸，你要不要买，不然我帮你买怎样？我看你整天除了上班也没有别的事嘛，不做别的事又不交男朋友，都不晓得你在干什么。美凤的声音晃悠悠地从沙发那边飘过来，好像阿梅刚才讲的话她什么也没听到。她最擅长装傻充愣，每次都是这样。不过阿梅真的不晓得美凤怎么可以这么不要脸，五十好几岁的人了，给人的感觉还是个十六七岁的细妹，根本就不懂事。阿梅有时候想，自己上辈子是不是欠美凤的，所以要用这辈子来还债。每每想到这个，阿梅都会觉得自己命衰。她觉得自己像妈美凤像女儿，两个人刚好颠倒过来。

至于办公室里的大妈们为什么不喜欢自己，阿梅觉得不用想也知道。阿梅每天穿得花红柳绿的在她们面前招摇过市，她们看见阿梅，被迫害症就会齐齐发作，觉得阿梅是一个潜在的二奶。这也很好理解，大妈身上的雌激素一天一天地减少，甚至子宫也开始萎缩，而阿梅乳房很挺也没有下垂，整个人就像反义词一样揭着她们的伤疤，所以她们看到她，个个都会提高警惕。阿梅讨厌那种眼光，但是也懒得去质问她们，好麻烦，反正迟早都会习惯。习惯了之后就会觉得没什么，反正又不会掉块肉。阿梅刚来的时候还有点战战兢兢，毕竟是新人，想到以后还要和这些大妈们处好关系，于是一开始的时候，阿梅在这群女人的注视中过得好似过街老鼠。可是转念一想她又觉得凭什么，自己什么都没做错，干吗搞得像是见不得人一样。这样想开了之后，阿梅的态度就立刻转过来，甚至开始刻意和大妈们交恶。既然知道没有人会喜欢自己，也就直接摆明了态度和她们所有人为敌。

2

阿梅进到办公室，第一件事就是把冷气机打开。她最受不得热。一到夏天阿梅就觉得自己好像变成了甜棒冰，只要一遇热，就算穿得再少，也会哗哗地往下滴水。如果有汗水黏在身上，阿梅就会觉得自己没有洗干净，这里碰一下那里碰一下，越碰身上越痒，感觉就像起疹一样全身上下没有一处是舒服的。所以，一有入夏的征兆她就开始开冷气。整个夏天，阿梅家里的冷气机都在呼呼地运转，电费也似打了催生素，蹭蹭蹭地直往上蹿。阿梅才不管这么多，为了省几块钱把自己热到半死，那才是真的蠢。不过这才是六月，连端午也还没有过，气温就已经这么高，不知道到了七八月会怎样。现在臭氧层年年都在被破坏，气温不晓得是不是一年要比一年高。不过这都是科学家的事，就算要担心也轮不到她。

老板还没有来，趁着这个机会，阿梅用钥匙打开了老板房间的门去偷拿他的速溶咖啡。那个速溶咖啡好像很高级，听说是在国外买的，阿梅不晓得是真是假，反正上面印了一排外文，她看不懂。不过阿梅很喜欢那个味道，咖啡和奶精配合得刚刚好，而且入口的时候会感觉很顺很滑，一口喝下去的时候就好像有一根丝带落进喉管，不仅如此，那个咖啡还有一股很长的余香。冲着这个味道，阿梅总是喜欢趁着老板不在的时候去拿他的速溶咖啡，接着就在回味中度过一个滑溜溜又有余味的上午。

等阿梅拿了咖啡包去茶水间冲好水出来的时候，正好撞见老板晃晃悠悠地从门外进来。老板看起来和美凤年纪差不多，是个秃顶，肚子也很大，估计是平常喝酒太多的缘故。他推开门，一眼就盯住阿梅的超短裙和坡跟鞋，眼睛随即眯成一条缝。阿梅能够感觉到老板平日里呆滞的眼睛亮了亮，她在心里“呸”了一声，装作没看见，埋头继续喝咖啡。结果老板挺着肚子向她靠过来，还一边伸手趁机在阿梅的屁股上捏了一把，阿梅，你又偷我的咖啡了是不是?

嗳哟，就喝一点点嘛，老板你不要这么小气嘛。

阿梅冲老板做了个谄媚的笑容，再用肩膀撞了一下他作为回应。老板的眼睛眯得更细了，整个圆圆的脸上就只剩下两条线。阿梅一边僵硬地继续笑着一边在心里骂，老不死，你作死啦，小心到时候报应到你女儿身上。

老板一脸油腻地靠近阿梅，顿时，有一股热乎乎的烟臭混着胃里飘出来的嗳气喷到阿梅脸上，就算办公室里开了再大的冷气，也没有办法吹散它。阿梅的胃立刻开始翻滚起来，好想吐，但是又不能吐，酸酸的味道在她的喉咙里来回翻搅着，甚至带动神经都开始跳着痛。老板趁机又摸了阿梅一把，感觉好像很得意，脸上的褶皱也全都笑成包子皮。不过还好，老板没有停留多久，笑了几声之后便带着一股中年男人特有的腐朽气息闪入了他的房间。

等老板进了他的房间，阿梅胃里翻腾的那股味道才算停下来。不过每天都要经历这么一次，久而久之，也是会习惯的。刚开始阿梅觉得更恶心，老板的手陌生又油腻，硬要贴到自己身上来，阿梅每被碰一下都想要干呕。她想辞职又不太舍得这份薪水，于是又咬牙做下来。经过这一遭，阿梅总算明白为什么都把男人乱摸的手叫“咸猪手”，真的跟猪手一样，抹在身上就好像生吞了一块猪油，时时都想吐。后来日子久了阿梅连恶心的感觉也没有了，老板说什么她也直接应，有时候也会迎合他调戏嬉笑，老板一高兴，说不定又发点奖金给她。这样想来也就很容易理解那些大妈为什么会在背地里骂她是贱货。阿梅作为秘书，总在老板面前晃，是个女人都会觉得那是一只狐狸，就算真没味道别人也会帮你闻出一股骚。不过这和她有什么关系。女人真是奇怪的生物，虽然阿梅自己也是女人，但是她怎么也想不明白她们为什么总喜欢把责任归咎于同类。拜托咧，老板那么贱都没见她们哪个出来说几句，那句话怎么讲的，女人何苦难为女人。阿梅猜想，要是大妈们看见刚才这一幕，不晓得又要生出多少事。果然，等阿梅斜着眼睛看出去的时候，一群女人就在办公室外面指指点点，一迎上阿梅的目光马上就不自然地速速退散，假装什么也没有发生过。看到这个顿时有一股火窜到阿梅头顶，直冲进她的太阳穴——讲什么讲，有胆你们到我面前来讲，不要在背后装模作样！

阿梅怒气冲冲地把咖啡杯用力往桌上一放，咖啡溅出来一点，但她的怒气并没有散。阿梅烦躁地打开电脑来看，期待着能平静一下，结果网上全是乱七八糟的新闻，这里出交通事故又死了好多人，那里又检验出来有食品安全问题，再不然就是哪个明星夜晚私会情人当场被狗仔拍到。世界真是没有一天能安宁，每天只要一开电脑，就会有无数乱七八糟的事情跳出来。阿梅看得心烦意乱，即便这些都不关她的事，也总让人感觉没希望，就好像她和美凤在一起拉锯一样的生活。拉过来又扯过去，然后僵在那里，不晓得什么时候才是尽头。阿梅想到这里，情绪直接跌进了低谷。她的脑袋里有个声音一直在嗡嗡地响着，像是进了一只蚊子在不停地振翅。阿梅赶紧喝了一大口咖啡，想平复下心绪，没想到这一口喝得太猛，不仅烫到舌头，还被热气呛到，马上被闷出了一身汗。

她赶紧把冷气机调低了些，可是仍然觉得热。阿梅从文件里找出一叠，对折起来扇着风，另一手搭在鼠标上，不自觉地用食指不停地按着左键，滴滴，滴滴滴，于是，网页一个接着一个被弹开了。阿梅也不晓得自己究竟看到了什么。这种感觉让她觉得心里好似有无数个猫爪在挠，她只晓得自己心里乱糟糟的，让她感觉不得停歇。

扇了一会儿风，咖啡带给她的那股热劲终于过去了点。要是再有个冰棒吃就好了，阿梅想着，脸上又露出笑容来。谁晓得，手机在这个时候突然响了起来。“呜咦——呜咦——”，铃声是特设的救护车声，像催命一样，一浪高过一浪，不用看阿梅也晓得是谁打来的。还能有谁，不过就是美凤。阿梅买手机回来之后就特地把美凤的来电铃声设成救护车的叫声，让人一听就感觉是要急匆匆地奔去救命。从设置好铃声的那天起，阿梅就祈祷美凤不要打电话来，她打电话来能有什么好事，还不是真的就和那个铃声一样，叫阿梅赶去救自己的命。就因为这样阿梅才会觉得自己像妈美凤像女儿，美凤拉屎要阿梅跟在后面全部替她擦干净。

手机的呜咦声还在响不停，手机上的光波也跟着铃声一起不停地闪。美凤在那边还没有死心。这声音真是让人头痛，整个人听了就会莫名焦虑，全身随之也会燥热起来。阿梅觉得好热，干脆把冷气机的温度调到最低。风呼呼地吹出来，但感觉却是热的。阿梅看了看遥控器，确认是最低温没有错才又放下。汗水顺着她的头发流下来，黏嗒嗒地贴在两鬓和刘海上，猛地一滴落进眼睛里，就一阵刺辣地疼痛。阿梅揉了揉眼睛，把手机反过来扣在桌子上不去看它，任凭它自己在响。手机呜咦呜咦地响了一阵，断了，很快又继续响起来，这种声音让本来就很焦虑的阿梅感觉更加焦躁，感觉像是在催债，把人逼到墙角了根本没有退路。

阿梅抄起手机狠狠地按下接听键，吼道，齐美凤你一大早又搞什么！

电话那头传来美凤讨好的口气，阿梅呀，你来东台派出所一趟好不好，你来接我啦，你听我讲噢……欸你不要生气嘛，都是秀丽啦，谁叫她那么八卦，要不然我不会……

美凤接下来在讲什么，阿梅根本没有听进去。她的声音随着电流一起嗡嗡地传过来，又和电流一起迅速消失掉。又是派出所。一年到尾阿梅都不晓得要接到美凤多少个救命电话，十个有八个都是让她去接自己。这个时候的美凤就好像突然记起了阿梅是她的女儿，也不再念她是衰星，把架子放得好低，为的只是阿梅快一点把她接出去。过往的那些画面在阿梅的脑袋里快快地闪过去，刺痛着她的神经。她只感觉美凤好像是一个巨大的吹风火炉，把热风全部都往自己吹过来。好热，已经是最低温度了，可阿梅还是觉得热。阿梅摸了摸后背，衣服紧贴着皮肤，早就濡湿了。她伸手去拉，衣服肩带似乎带着很多水，又黏又长，像鼻涕，邋邋遢遢的，总是擤不干净，和美凤一样。

齐美凤，你自己搞出来的事情自己处理，不要扯上我！阿梅喊着，直接按掉了电话。电话一挂掉，阿梅感觉好像甩掉了一个包袱，顿时轻松了许多。冷气机呼呼地往外吹着白雾，阿梅一头汗迎上去，冷不丁打了个喷嚏。

3

等阿梅想起来要去派出所领美凤的时候，已经是下午快下班了。这期间美凤没有再打电话来，可能是怕阿梅接起电话后会继续骂她。老板很早就走了，大妈们见状也都开始消极做事，计划要提早下班。阿梅坐在办公室里，用眼角的余光看见她们又聚在一起讲七讲八，估计内容无非还是别人家的三长两短，谁家的老公又搞了外遇，昨天晚上老婆大闹了一场，等等。大妈们讲得慷慨激昂的，看起来个个都很愤怒，阿梅在心里“嘁”了一声，真的愤怒的话，怎么不去主持公道，跑来这里消费人家的事情，分明是幸灾乐祸。阿梅不晓得她们到底有什么好讲。不过这已经深入她们的骨髓成为她们身体的一部分，就好像每天要呼吸要吃饭，否则的话，一天都会过不安宁。

阿梅一点也不想提早下班，想想看，下了班回去，转几班公车辛苦回到家，人还没来得及喘口气，美凤就翘个脚在那边喊，阿梅呀，今天吃什么。她自己倒是从来饿不着，家里面的客厅地板上，从来都是满满地堆着美凤叫来的各种外卖的盒子。每次阿梅一听到她讲这句话，就真的好想把那些盒子全部按到美凤脸上。齐美凤，你白天在家里想吃东西都会叫外卖，晚上都不会叫一点东西上来吗！结果美凤见阿梅动气了也不起身，只是一脸堆笑地瘫在沙发上，声音仍是慢腾腾的，年轻妹仔怎么这么大火气，阿梅你一定是肝火大，发火太多仔细以后肝会坏掉。我跟你讲哦，街市口有家新开的刘乐仙凉茶，效果超好的，你去喝喝看。美凤一这样讲，就算阿梅想吵架也被硬生生地堵回来。吵架好歹也是两个人的事，另外一个人装傻充愣不要脸，她一个人怎么骂得下去，没意思。到了最后阿梅也还是得自己跑去叫外卖或者煮饭。美凤又得逞了，一个人翘着脚窝在沙发上，开始抱着电话订东西。

已经六点了。大妈们都在陆陆续续收拾东西回家。阿梅坐在转椅上一边看着她们，一边漫无目的地摇着，思虑到底要不要去领美凤。好烦，每次都要面对这样的问题。如果没有美凤的话就好了。阿梅私下里不晓得这样想过多少次，是啊，没有美凤就好了。这样的话她就不会有那么多的麻烦。她才二十几岁，应该做的事情就是谈恋爱逛街吃东西，结果她现在在干什么，好像每天都是在帮美凤擦屁股。天底下哪里有一个妈会是这样的，阿梅想不出来。她在电视剧里看到的阿妈个个都好温柔，美凤的话，不给你找麻烦就算给你面子了。

阿梅又看了一眼时钟，如果再在这里捱下去，估计会打不到车吧。

到时候美凤肯定又在那里念个不停，与其听她到时候跟念咒一样在那里啰嗦个不停，还不如领她回来算了。阿梅这么想着，于是起身收了东西，锁了门也离开了办公室。

傍晚的阳光一点也没有变柔和，反而变得更加毒。阿梅在路边招出租，没站多久又被热出一身汗。再加上这时候正好是出租交接班，好多空车不顺路的话都不会停，阿梅在路边等了很久，好不容易才招到一辆。她一坐进去就让司机把空调温度调到最低。冷气顺着出风口往外呼呼地吹，一波又一波的，阿梅听着这个声音才觉得自己身上的温度往下降了一点点，心里的那种焦躁也慢慢消散。

被堵了三个红灯，又转进了几个巷子之后，阿梅才来到了美凤电话里提到的东台派出所。阿梅最讨厌来派出所，就算是来领美凤感觉也很差。她穿成这样，每个人都会意味深长地注视她，好像她真的做了什么见不得光的事。现在谁不是要避免和派出所扯上关系，只有美凤，把派出所当娘家一样，每隔几天必须来这里报到。阿梅家附近派出所的一些年轻仔因为美凤都和阿梅变得熟络起来，每次在街上看到阿梅都会打招呼，偶尔也会请阿梅出来喝茶。阿梅虽然没有什么朋友，但她也不想以这样的方式去结识，感觉总是很怪。

阿梅问了半天找到前面的窗口，一个新来的小女警接待了她。小女警听阿梅讲来领人，手忙脚乱地开始翻记录，又说要登记，结果也不晓得要先做哪件。阿梅干脆坐下来看她慢慢翻。傍晚了，派出所里还是哇啦哇啦的，声音好似一锅煮开的浑水，咕嘟咕嘟地不停翻滚，一边滚一边往外冒着浑浊的臭气。在这里，人人的嘴里都能喷火，只要他们一张开嘴，吹出来的气肯定是热的，就算派出所开了再大的冷气也抵不过这么多人一同放出的二氧化碳。小女警手很生，一边翻着档案一边抬头起来跟阿梅讲不好意思，阿梅点点头之后百无聊赖地继续环视周围。有一个女人坐在那边哭诉，好像是被人抢了钱包，警察问她具体情况是怎样，结果她讲了半天也没讲清楚，只顾着在那里哭，好像要把自己全身的水都哭干一样。现在真是乱套了，就连派出所也像菜市。阿梅看着听着，觉得头昏脑胀起来。阳光从窗子照进来，落在派出所里的不锈钢栏杆上，反射出一股刺眼的光。阿梅的眼睛被闪了一下，半天睁不开。这时候小女警突然从档案里面抬起头来讲，你是来接齐美凤哦？她上午就已经走掉啦。

阿梅听见这个，太阳穴的两根神经突突地跳起来，美凤回去了也不晓得讲一声，害自己大热的天还要绕远路跑过来一趟。她从包包里掏出手机来按了美凤的电话，电话那头响起的声音始终都是“您好，您所拨打的电话暂时无人接听”。电话的提示音不缓不急，好像美凤平时跟她说话时那种无所谓的态度一样。阿梅觉得更加火大了，用尽了全身力量去按电话的按钮，恨不得把那些按钮全部按下去，搞什么啦，齐美凤，快点听电话呀！

按了很久，美凤的电话一直也没有人听。阿梅恼火了，索性把电话甩回了包包里面。她觉得自己真是有病，其实她一早就该想到，美凤在自己这里救不到命自然会打电话给别人，她怎么可能安心在这里待。美凤的电话没人接，不晓得她又跑到哪里去了。阿梅站在原地，不晓得是要继续打电话还是应该先回家。有些进出的人从阿梅身边经过，看见她的吊带上衣超短裙，眼神就变得意味深长。看什么看，没见过来派出所哦，阿梅斜着眼睛狠狠瞪他们一眼。就因为这样她才更加讨厌美凤，她只会不断地给自己找麻烦，而且阿梅骂她，她也全部都应下来，不断地说好啦好啦，可是到头来又不会改，把一切都当作耳旁风。有时候阿梅真的很想把美凤的脑子破开，看看她的脑子里到底装了什么、在想什么。

还是回家好了，美凤这么大个人反正也不会丢。阿梅这么想着，扯了扯包包肩带，走出了派出所。天色已经晚了，气温终于开始往下降了些。阿梅衣服上的汗早就被冷气吹干，结成一块块地粘在衣服上。阿梅总觉得背后不舒服，好像有什么东西在硌住自己的背，时不时要去扭一下肩膀。可是这样一动又会招来路人很古怪的目光。这种注视让阿梅心烦意乱，她看见巷口有几辆停靠的摩托车，车主坐在上面抽烟讲话。她晓得那是摩的，于是冲其中一个走过去。她想快点离开这个倒霉的地方。摩的老板让阿梅坐上车，把车子架起来一脚用力压住发动档踩呀踩，踩呀踩，一直踩到他的身上发出一股馊酸的汗味，车子依然没打着。汗水顺着摩的老板的头流下来，滴到他的眼睛里，害他不得不空出一只手去擦。阿梅看着他，觉得有一股热蒸汽从他身上飘了过来，接着把自己团团罩住，蒸出一身汗。阿梅用手擦了擦，可是却一滴汗也没有。太阳已经落下去了，可是阿梅的头顶还是笼罩着一股刚出浴室的热腾腾的熏热感。树上的鸣蝉被天气闷得停歇不下来，继续狂叫喘气，阿梅看着这样的天气，觉得它越看越似办公室里的那些邪恶的大妈，又憋闷又意味深长，让阿梅生出一股无名火，恨不得给她们一巴掌让她们直接当面就讲。到底好了没，你倒是快点呀！小姐呀，我已经很努力了好不好，你自己都有在看嘛。不想坐你出去换出租嘛。

阿梅看着长长的巷子，不晓得走出去还有多远才能招到出租，于是只好从车上跳下来看着老板继续在那里踩。西边天空逐渐变得黑起来，好像是在积攒力量暴发一场大雷雨。空气似乎也越变越稀薄了。阿梅站在下面，觉得胸闷，想喊却又喊不出来。从早上美凤打来电话之后阿梅就觉得一天都不顺。她听过一个讲法，说这种感觉是一种气，会聚集的。如果你一早晨开始就不开心，那么这种不开心就会把所有负能量都一起吸引过来聚在一起，搞不好的话就要倒霉一整天。阿梅觉得这种讲法还真是准。美凤一早来了电话之后她的心里就一直憋了一股气，结果一天都在触霉头。阿梅抬头望了一眼天，天上的云越积越厚了。鸣蝉在那头起劲地叫着，一直撩拨着她的心，她的汗水从额头上落下来一直洇到眼睛里。阿梅被辣得直跳脚，心里一股火就窜起来烧到头顶，叫什么叫啦！要下雨就快点呀！

4

等阿梅拖着沉重的脚步走到家门口，钥匙还未掏出来，隔着老远就听见从自己家里传出来的熟悉的、充满激情的电视购物推销员的声音。齐美凤，原来她还真的在家！阿梅不用看也能想得到，美凤肯定又是整个人窝在沙发上，眼睛忙不迭地盯住电视，然后快速记下商品名称，按照电视上面提供的号码打电话过去。想到这个阿梅就觉得窝火。她拿出钥匙迅速扭开门，然后一脚把门踢开。果然，门一打开，阿梅就看见沙发周围乱糟糟的外卖盒子撒了一地。美凤在沙发上露出半个头，嘴里嚼着炸鸡一样的东西咬得咯吱咯吱响。美凤听见声音连头也没有抬，一边嚼着东西一边含糊不清地打着招呼，阿梅你回来啦。

房间里没有开冷气，美凤买回来的外卖被高温一熏，在房间里形成一股暖烘烘的屏障，让人有点反胃。阿梅本来就憋着一股气，经过这股味道一催化，让她感觉火气更盛了。她一脚甩掉了鞋子，用脚把盒子踢开，以便让自己能够有地方可以站，然后直接把包甩到美凤坐的沙发上，张口就喊起来，齐美凤，你倒是会享受！叫我去接你，打电话你又不接，耍人哦？

美凤没有起身，只是慢手慢脚地把包放到一边，慢声慢气地讲，阿梅你又这么大火，你自己说不要管嘛，我就找一个朋友去接我出来啰，反正又不可能在那里待一天嘛。

阿梅被美凤的话噎住，气得在一旁翻白眼。她怎么可以这样，感觉好像都无所谓。美凤对什么都无所谓，但是却要连累这么多人跟在她的屁股后面像傻瓜一样地跑来跑去。难道就她天生就是来糟蹋自己的吗？阿梅不晓得美凤打了电话给谁，她认识的人没有几个。美凤这种个性连阿梅都受不了她，还有几个人能够忍得了。除了和固定的牌友打牌之外，美凤其余的时间都是宅在家里电视购物。日子一长，她的性格也就变得更加古怪，只要一出去就会和人家吵，闹到派出所，然后打电话给阿梅。这次无论美凤打电话给谁，阿梅都觉得不会有什么好人。物以类聚，美凤的朋友能是什么好人。阿梅见过美凤的几个牌友，一个叫阿英，一个叫慧秀，还有一个让别人叫她英文名字Stephanie。她们的年纪和美凤差不了多少，五十几岁了却依然穿得很暴露。阿梅每每看到她们，总是特别能够明白那些大妈看自己的眼神。

阿梅突然觉得好累。每天的日子好像都一样，工作、回家然后和美凤吵架，她真的想停一停，可是美凤天生就有那种把人惹火的能力。阿梅每次看到美凤一副什么都无所谓的表情，就会感觉自己被挑衅。美凤她是故意的吧，用自己独特的这种方式和阿梅打着消极战。反正阿梅拿她没办法，只能干瞪眼。阿梅想到可能一辈子都没有办法甩脱美凤，就觉得很苦恼。她除了生下自己之外根本就没有给过自己什么，况且，就算她生下自己又怎样，她有没有问过一声自己是不是愿意被生下来？

阿梅懒得管了，直接绕过沙发去拎了包包往房间走。谁晓得这时美凤突然从沙发上跳起来，一把拽住阿梅，然后把一罐面霜递到阿梅手里，用讨好的口气讲道，阿梅你看，我还以为自己运气有够衰了，谁晓得回家就发现电视购物有大特价！你看，这个防晒乳，可以防辐射，你每天坐电脑前面，那么多辐射线都射在你脸上，人家不是讲什么皮肤癌什么的，年轻人嘛就要会保养才好。

阿梅这个时候才发现，美凤面前的桌子上摆满了各种各样的瓶瓶罐罐，几乎没有位置可以放别的东西。不用讲，这又是电视购物买来的了。可是才不到一天的时间，她怎么就能买得了这么多。美凤就好像多脚蜈蚣一样，什么东西都往家里拿。阿梅弯下腰，伸手从那些众多的护肤品当中拿了一罐来看。美凤以为阿梅也喜欢，顿时很兴奋，于是又弯腰拿了好些，一罐一罐地给阿梅介绍。她的声音嗡嗡的，在阿梅的耳边一直叫着，吵死了。阿梅忍住胸中马上要冲上来的一口气，打断她，齐美凤，你总共买了多少？

美凤愣住了，模样有点尴尬，没有买多少啦。

那到底是多少。

就买了四套，美凤一边小心地看着阿梅的脸一边赶快补充，阿梅你听我讲，这个真的有优惠，一套300，买足1000减100……

齐美凤，你有病吧！阿梅指着美凤就骂起来，就算是优惠不是一样还是要花钱买！我拜托你，你乱买东西也要有个限度！你都五十几岁了，能不能像其他的妈一样正常点！我也想过正常的生活，结果你每次都刷卡来买这么多东西，我的卡全部用来还债！你让我喘口气行不行！

美凤的模样很委屈，声音也压得低低的，我真的没有买很多啦，你看，我这个月都比上个月买得少了……

她的话还没有讲完，阿梅把刚拿起的包包直接摔到美凤的身上。她受不了了。这算什么？炼狱吗？人家讲要成为一个成功的人肯定要经过很多磨难，阿梅不想太成功，她只要平淡地过日子，不要像现在这样受折磨就好。美凤她算什么，以为自己生了阿梅，就可以用这样的姿态来任意做一切事情吗？

齐美凤我告诉你，你搞搞清楚，你要是再买的话，我就和你断绝关系！讲老实话，我真的不想有你这个妈！

美凤傻了眼，睁大了一双眼睛看着她。她的眼睛亮闪闪的，像是想要哭。看什么，装可怜我也不会给你继续买。不过她这样的神情阿梅看在眼里也会觉得很不爽，因为总觉得好像自己是在欺负她，就算有理也占不到上风。电视机还在哇啦哇啦地响着，阿梅也懒得去关，直接绕过美凤去拎了包包往房间里面走。美凤被落在后面，一直站在那里没有动。阿梅往房间里走着，突然觉得美凤有点可怜。是不是骂得有点太狠了？阿梅一边走一边琢磨着，结果美凤突然想起了什么似的在背后叫起来，阿梅呀，今天晚上吃什么？

阿梅心里刚才涌起的那点怜悯被这句话驱散得一干二净，她有什么好可怜的，美凤就是这样的货色！

爱吃什么吃什么，你滚远一点就好！阿梅快步地走进房间，嘭地一声摔上了门。

5

不晓得几点了。阿梅想。

手机早就没电了，她也懒得去充电看时间。阿梅房间里的冷气机叶片喀拉喀拉地响着，感觉像是被堵住了。冷气开了有一段时间，可是房间里仍然暖烘烘的，可能是快没氟利昂了。窗外像是起风了，老旧的窗子被风吹得砰砰直响。阿梅想起来自己从警局出来的时候就看到天边有一团黑云，估计着不久可能会有一场雨。下一场雨也好，这么热的天，无论是人还是物都感觉焦躁。一场雨落下来，会让一切都冷静些。阿梅躺在床上，从窗子看过去，能看到对面公寓里的情况。两幢公寓只是隔了一条巷子而已，却感觉住在楼里的人们根本就是生活在两个世界。阿梅一个人的时候，常常这样躺在床上窥视对楼的情况。她常看到一个面貌和蔼的女人，应该是单亲妈妈，每天下班回来都会给她的小孩做上满满一桌的饭菜。小孩总是一脸兴奋，缠在女人的身边又笑又闹。阿梅看着他们吃饭的样子，似乎都能闻到从对楼飘来的香味。对面房间里的光线是橘色的，一看上去就是暖烘烘的，让阿梅觉得心都快要融化了。这种感觉和小时候那种模糊的记忆相似，也许是躺在摇篮里，摇晃着摇晃着就睡着了。

同样是女人，不晓得美凤为什么会是这样。和对楼的女人一比，阿梅会觉得美凤的人生就是个讽刺。

阿梅的记忆里美凤没有对自己这样温柔过。她似乎总是很忙，年轻的时候忙着骂人、打牌还有逛街，到了现在年纪大了不常出门，也没有几个朋友了，就整天忙着电视购物。阿梅小的时候学校开家长见面会，美凤一次也没去过，老师给美凤打电话的时候她就会讲，老师，我很忙的啦，对不起哦，我们家阿梅拜托你多照顾。从那以后阿梅就觉得那个刚从师范出来的女老师看自己的眼神都会不一样，目光里充满了同情和怜悯。阿梅看不到美凤，有点想她，但又不是很想见到她。她有点害怕美凤。因为不知道为什么，美凤看到自己总会很火大，待不了几分钟就会开骂，骂她扫把星，都是因为她自己的运气才会全部散掉。阿梅不明白，既然美凤这么讨厌自己，干吗要把自己生下来。她想着想着就开始哭，美凤听见了就会一个瓶子朝着她扔过来，哭什么哭，哭丧啊，你妈又还没有死！阿梅又赶紧把哭声缩了回去，她怕再哭的话，美凤的声音会把房顶掀掉，就不敢哭了。于是，她只能跑去角落里躲起来，缩在那里祈祷有个人能快点把美凤带走，最好是美凤能自己消失掉再也不要回来。阿梅谁也不敢告诉，她真的在心里面诅咒眼前这个被叫作妈妈的女人能够死掉，无论是什么方式，只要她死掉就好。她死掉的话，可能收留中心会把自己带走，这样，自己还有机会到一个一直都没有小孩的家庭里面去过幸福的生活。什么叫幸福？阿梅从来就没有尝过。幸福是不是也有味道？可能是布丁那种滑溜溜又香甜的滋味吧。阿梅记得有一次美凤从外面回来，看见躲在门后面的阿梅，从手里的塑胶袋里掏了掏，拿出一个布丁丢到她身上。阿梅把布丁当作宝贝似地看了半天，最终小心翼翼地揭开布丁的塑胶盖子，用配备的小勺子一点一点地把布丁舀到嘴里，甜滋滋、滑溜溜的，她还没有来得及仔细品尝，布丁就顺着她的舌头滋溜一下直接滑到她的喉咙里去了。阿梅一下子就爱上了那种细腻又甜蜜的味道，也许这就是她想象中的关于爱的或者是幸福的感觉。

不过只有那一次而已。

房门外面电视机的声音渐渐弱了下去，阿梅竖起耳朵听，很快发现电视机的声音逐渐消失了。接着，美凤的鞋子趿拉趿拉地拖过地面响了一阵，也消失了。美凤出门了。阿梅觉得松了一口气。只要美凤在身边，阿梅就觉得好像暴雨即将压境，周围的气压全部变得低下来，让人觉得胸闷。只要阿梅看到美凤，就会觉得心里面闷闷的，憋着一口气堵在那里，上也上不去，下也下不来。她们可能生来就是一对冤家，注定是要相互讨债，除了这个之外阿梅真的找不出合适的理由来安慰自己。

阿梅觉得有点饿了，打开房门去找东西吃。客厅里美凤吃过的那些外卖盒子还是扔在那里，她也懒得去收，反正客厅属于美凤，她自己看不下去了也会去收，自己何必去管。阿梅一脚踢开盒子走到厨房里拿泡面，用水泡开以后就拿到电视前开始吃。泡面很热，再加上客厅里很热的环境，即使阿梅在房间里吹得稍微凉了些，也马上被闷出了一身汗。不过这种热和之前的热不一样，感觉就像是洗三温暖，人在那个环境里面全身上下的毛孔全部都张开，很通透，不似之前站在外面暴晒一样出一身黏腻的汗水。这样出一身汗，待会儿再去冲凉，是再畅快不过的事了。

面吃到一半，窗子噼噼啪啪地响起来，开始下雨了。阿梅顺着声音看了一眼，发现窗子一片全部被雨水打得花掉了，水直往下灌。是场细雨。活该美凤这个时候出去，下雨了，在外面不晓得会怎样。阿梅想着，有点幸灾乐祸。反正她也会找地方躲，不用自己去管。她就跟蟑螂一样，还有谁能比她强悍。说来这也算是美凤的一种本事，要不然她当年都没工作，怎么还有能力把阿梅养活大。即便如此，阿梅也不想美凤这样像鼻涕一样地黏着自己，她自己的生活已经够焦虑了，再加上一个美凤，这种感觉就好像火上浇油。

其实就算美凤像鼻涕一样黏着阿梅，阿梅也大可不必完全顾着她，可以一个人一走了之，何况她和美凤也没有什么感情。可是阿梅还是像个烈女一样一直守着美凤，连她自己也不晓得这是为什么。阿梅总结起来觉得自己就是犯贱，觉得所有烦恼都是自找的。想到这些她就觉得真正命衰的那个是自己，不仅生下来不晓得亲爸是谁，还要养住这样一个人事不懂的妈，有够倒霉的。不过美凤倒是很认得清形势，阿梅骂她什么她从头到尾全部收纳进去，时不时还装可怜讨好她，让阿梅常常感到气瘪。从年轻到现在，美凤整个人的个性好像转过来，突然变得特别能忍。换作以前的美凤，一定会直接爆炸。阿梅不是不记得美凤当年指着自己大骂的样子。可是美凤越这样，阿梅越想去挑战她的极限，于是她骂美凤的狐朋狗友，骂美凤整天乱买东西，不爽的时候故意把东西摔得很响给她听。她想看一看，美凤会不会有一天知难而退然后自己走掉。谁知道，美凤每一次都把阿梅所有的怒气怨气吸收起来，第二天又摆出一张无辜的脸问阿梅今天吃什么。阿梅不晓得美凤是存心还是无意，但这种态度总是能够挑起她的一股怒火，让她的血压蹭地一下蹿上来，直接冲到头顶，把整个大脑烧的一团火热。于是她就再也忍不住，对着美凤就破口大骂起来。

阿梅觉得自己在无形中，变得越来越像年轻时候的美凤。

她想到这个，觉得很丧气。她怎么可以变成美凤。阿梅年轻，长得又好，而且有学历，以后大好的前途可以挣，哪里像美凤，整天懒散得像一滩泥浆。如果是走在街上，阿梅都会装作不认识美凤。阿梅真的不想认识美凤，如果可以的话，阿梅真的想洗白血液里和美凤的关系。她觉得血液里的东西有一些可能是无法改变的，那是在还未出生的时候就已经决定好，阿梅生为美凤的女儿，就算她再想怎么撇干净和美凤的关系，但是在骨髓里和美凤里同样的味道永远摆脱不掉。她迟早会成为美凤，只是时间早晚的问题。这才是她最痛苦的。

雨越下越大了。偶尔会有一两道闪电划破天空映在阿梅的窗子上，很刺眼，让她感觉一阵心悸。美凤不晓得现在在哪里，她这么想着又厌恶起自己来，关我什么事！她爱怎样就怎样啦！阿梅拉过毛巾被捂住了头，把闪电、雨声都隔离在外，以便自己能够快快睡去。

6

第二天早上阿梅是被热醒的。晚上睡觉的时候阿梅没有拉上窗帘，第二天太阳出来就正好照在她的脸上。一场雨过后，太阳好像变得更强了些，整个天都是一片刺眼的光。人抬起头去看一眼天空，再低下头来的时候，眼睛里只会感觉有充血的痛感。阿梅被热醒之后便像弹簧一样跳起来，心里大叫一声不好，她到处摸，终于摸到手机，一看时间，果然要迟到了。阿梅赶紧胡乱找了衣服套上准备出门。临走的时候她特意看了一眼，美凤没有回来。阿梅心里冷笑一声，五十几岁了还真是会玩，居然学人家搞通宵。她没有时间考虑太多，匆匆锁了门出去。

昨晚虽然下了雨，但天气却一点也没有变凉爽。阿梅好不容易赶上去公司的车，天气热又加上心急，阿梅沤得全身都是汗。阳光晃到她的眼睛里，让她觉得血压冲上来，脑子都快充血了。明晃晃的光亮照得阿梅眼前一片空白，热浪也一波接一波地侵袭过来，整个人都快要晕了。

阿梅只觉得她眼前有好多五颜六色的斑点不停地落下来，像是病毒一样，她使劲晃一下脑袋，结果脑子嘭一下就膨胀起来了。还好，在阿梅没有完全被热晕之前车子到了站。阿梅赶紧从车上跳下来，三步并作两步冲进公司大厅。

她气喘吁吁地冲上楼，这个时候大妈们已经纷纷到齐，用目光齐齐注视着阿梅从她们面前走过，和往常一样带着假笑。如果在平常，阿梅也一定用目光一一瞪回去，可是今天阿梅没有空管这么多。都要迟到了啦谁还有空管她们那些面具脸。阿梅闪过大妈们闪进办公室，抬头一看时钟还有五分钟，马上松了一口气。还好还好。都是齐美凤啦，要不是她，自己昨晚怎么会睡不好今天又怎么会起晚。

老板似乎今天也迟了，往常这个时候，他早就坐在办公室里和不知道谁打着暧昧电话。他的表情扭在一起，一副口水都快流下来的样子，阿梅想这肯定是他真的小蜜。大妈们如果知道的话一定会傻眼吧，真的小蜜没有抓住，却整天对着阿梅在这里唧唧歪歪。真是没大脑。

阿梅坐下来，打开冷气想要凉快一下，但不晓得冷气机哪里出了问题，按了好久也没反应。可能是遥控器没电池，阿梅想着，给遥控器换了新电池，冷气机还是安安静静地保持着原样。办公室的门关着，整个办公室就变成了一个蒸笼一样。阿梅在里面待得又热又急，把遥控器往桌子上一摔，结果遥控器落到地上，背后的电池后盖都被摔得掉下来。你也来欺负我是吧。阿梅看着外面的大妈们很悠闲地吹着冷气讲着话，心里老不爽，但又没有什么办法，只好从众多的文件里随手抽了一份就拿来扇凉。她坐的这间办公室四面都没窗，只有一个门可以通风。冷气机一坏掉，阿梅觉得自己坐的地方就变成了蒸笼。她呼呼地拿着那些文件快快地扇着，可是扇出来的风也是热的，让阿梅憋了一头汗。人家说心静自然凉，阿梅觉得说这话的人简直是胡扯，让他来试试看，这种情况下哪里还有心思去镇定。阿梅热得不行，赶快去把办公室的门打开，让外面中央空调吹出来的冷气进来点，不然的话接下去真的会熟掉。

这个温度下，阿梅也不想喝咖啡了，热水冲咖啡只会让人感觉更加热。好不容易等温度渐渐降下来点，阿梅才有心思坐到电脑前面来做事。不过经过了刚才那一场热，她总觉得心里有点不安定。冷气机昨天还好好的，但是今天莫名其妙的就坏掉，阿梅总觉得不是个好兆头。但是想想又能有什么事情发生，那不过是台冷气机，可能只是因为时间太久了出点问题，自己干吗要想这么多。可是不知道为什么，一想到这个，阿梅的心突突地狂跳起来，一直也没有办法安定。这感觉像猫爪一样一直挠着阿梅的心，她坐不住了，拿了杯子，想去茶水间接杯水静一静。

外面的冷气开得好大，阿梅真想直接把办公桌搬到这里来。但是这群大妈整天都在外面说别人的私事，嘴巴好像上了弦一样停不住。阿梅更想不通，老板为什么会请这么多大妈来这里工作，他倒是不怕在这群老妇女里面变成妇女主席。阿梅快快地从她们身边走过去到达茶水间，到了茶水间才猛吸了一口气，她们身上不晓得为什么都散发着一种膏药或者药酒的味道，不过好像这才是她们这个年纪的女人应该有的味道一样，谁像美凤，整天擦很重的香水，又不知道是从哪里买的，总之感觉很劣质，阿梅远远都闻得到那种很刺鼻的香精味。

阿梅倒了一大杯水，快快喝了下去，好爽。她迫不及待地又倒了一杯很快灌下去，这才满足了。阿梅把水杯重新倒满，慢悠悠地走出茶水间，晃进自己的办公室。水的快感让阿梅一早的焦虑一扫耳光，阿梅拿着水杯晃悠着进了办公室，老板也还没有来。不来也好，阿梅打开电脑看了几个八卦新闻，觉得没有什么可看的，干脆就点电影来看，反正老板也不在。谁晓得电影没看了几分钟，那个令人心悸的声音又响了起来。呜咦——呜咦——

阿梅神经突突地跳了起来，她觉得紧张，是美凤！早知道就不设这样的铃声了。现在她一听这个声音就会神经过敏，觉得催命的要来了。那个声音在她的脑子里搅啊搅，神经被它向四周撕扯着，快要裂开了。阿梅实在受不了这声音，赶紧把电话挂断。但是很快电话又响起来，声音一波接着一波，似乎比之前的铃声更加强烈。阿梅再挂断，电话再响起来。两个人就好像博弈一样，不停地挂断、重拨，挂断、重拨，阿梅怀疑美凤是不是开始有了强迫症，一定要等她把电话接起来才算甘心。

终于，阿梅还是斗不过美凤，在电话的尖叫声里面把电话接起来喊道，齐美凤，你昨天晚上不回来，一大早的又发什么神经啊！

电话那头愣了一愣，传过来一个低沉的男声，你是齐美凤的家人吗？

阿梅也愣住了，但是很快就反应过来，赶紧在这边讲，不好意思喔，齐美凤是不是又在外面惹了什么事情？

哦，不是的，齐美凤昨天被车撞了，肇事人逃逸了。伤得很重，你快点到医院来吧。

阿梅手里拿着的电话，啪地一声就掉到了地上。

7

即使时间过了很久，阿梅也还是会做同样的一个梦。

她在梦里听见有滴水的声音，就顺着水的声音走过去。谁晓得越走气氛越诡异。阿梅觉得不对头，于是俯下身子摸了摸积在地面上的水，黏黏的，带着一股腥味。她仔细一看才发现那是血。阿梅被吓了一跳，猛地一抬起头就看见美凤站在不远的地方，身体正滴滴答答地往外淌着血。齐美凤你流血了耶，你知不知道，我在叫你耶齐美凤，你有没有听见啊有没有……

阿梅一直叫着，但美凤却没有回头，她带着淌着血的身体往前走了，现在走得倒是很爽快，也不想想当初是怎么像鼻涕一样黏着阿梅的。阿梅在她的背后喊呀喊，怎么也喊不出声，胸口憋着一口气，始终喊不出声来。阿梅用尽了全身力气，用力地大喊一声，结果她自己啊的一声从床上坐起来，惊醒了。

天已经开始有些微微的发白了。不晓得现在是几点了。月亮还没有落下去，微朦的月光透过玻璃照在阿梅卧室的地板上，白晃晃的，有点冷。阿梅打了寒颤，决定起身去喝杯水。离美凤出事一个多月了，她一直都在做同一个梦，她也不晓得这是为什么，可能是上天用这样的方式惩罚她，要她一直照顾美凤到死。

阿梅喝了一口水，好凉，从喉管一直凉到胃里面。这种感觉好像是胃里面落进了一块有棱角的冰，把她软软的胃壁割得刺痛。冷水让阿梅打了个冷战，她一下子清醒了。阿梅再也没有睡意，估计再过几个小时就会天亮。阿梅想想干脆看一看电视把时间熬过去好了。直到这个时候，阿梅才猛然想起来，好像从美凤出事以后，电视就再也没有开过。以前美凤总是坐在沙发上翘着一只脚看电视，常常一手抱着电话一手抱着外卖的零食，回头看见阿梅回来了就会软塌塌地问一句，阿梅你回来了啊，今天吃什么。阿梅真的不想看见她，她每天乱刷卡让阿梅不停还债还要惹事生非，阿梅在心里不止一次暗暗诅咒过让她出门的时候被车撞飞，这一次阿梅真的如愿了。

阿梅坐到沙发上，发了一下呆，总觉得沙发上面还有美凤身上常喷的那种劣质而且刺鼻的香水味道。阿梅呀，今天吃什么。她连忙抬起头来看，结果房间里仍然只是她一个人。阿梅有点想哭。齐美凤，看来你真的是和我有仇，不然的话怎么会用这样的方式来报复我。美凤在家的时候总是抱着电话不停电视购物，刷干净阿梅的卡，现在好了，她倒是没有机会刷卡了。美凤倒下了，安安静静地躺在医院里，身上插满管子，每天都有各种仪器监控着她滴滴答答地在响，不知道什么时候能够醒过来。阿梅每次看到美凤这个样子，心里都会往下沉一沉，她宁愿美凤醒过来继续刷她的卡刷到爆，也不愿意美凤死赖着躺在这个地方。齐美凤，你听见没有，你快点醒呀！阿梅想着想着，就哭起来。

她突然害怕自己会变成孤零零的一个人。人一旦变得孤单，就像站在黑暗的房间里面，怎么喊都没有人应声。阿梅小时候常做这样的梦，梦见美凤在前面走她在后面追，怎么喊美凤都不回头。阿梅觉得好害怕，她没有爸爸，这回连这个她叫作阿妈的人也不要她了，她是个没有人要的小孩。阿妈阿妈你不要阿梅了吗，美凤还是没有回头。她越走越远，直到被黑暗吞没掉。阿梅再一哭就会被惊醒。她醒过来总是很害怕，偷偷从床上爬下来去看美凤还在不在。每次阿梅看到美凤穿着一个短裤坐在沙发上看电视，闻见整个房间里飘满了浓重的泡面酱包的味道，就会觉得很安心。美凤还在，她没有走。可是现在不一样了。美凤不会再坐在客厅里。她躺在医院，看上去气若游丝，感觉随时都会死掉。阿梅穿着防菌服坐在美凤身边，看着她熟睡的面容好像婴孩。她以前从来没有仔细看过美凤，甚至有时候都记不起来美凤的样子。现在她倒是能够仔细看她了，不过没想到是以这样的方式。

阿梅看了看时钟，五点半了。等一会儿还要去医院看一看美凤。她走到浴室去洗脸，才发现洗脸池的管子坏掉了，放水的时候总是有水喷出来，溅到阿梅的脚上，感觉很恶心。估计用胶带粘一下的话还能再撑一段时间，反正现在也没心情去管。不过以前好像没遇到过这种事。这是一幢老屋，东西坏掉应该很平常，但是阿梅似乎从来没有遇到过。阿梅的脑子里突然闪过一个念头，鼻子猛地酸了起来。是美凤吧！美凤也把这些东西收纳起来，悄悄弄好，然后变回原来的样子。阿梅一直都没有发觉。

去医院的路上，阿梅买了美凤最喜欢的奶茶和蛋挞，即使美凤不会醒，她还是每天都带过去。清早的时候出租很少，阿梅只好坐公交。天还没有完全亮，阿梅坐在车上，只有她和司机两个人，车晃晃悠悠地开着。等到医院的时候，阿梅已经又睡了一觉醒来。

护士小姐已经对阿梅很熟悉了，看到她也会很自然地打招呼，跟她讲今天的情况也很好唷，你要加油。阿梅点点头。阿梅穿好防菌服以后走进美凤的房间，坐下来，拉住她的一只手。美凤好像在动，又好像不动。她是活着的，仪器显示她的心脏还在跳，而且很正常，滴答滴答，血压不高不低。但是现在看起来，美凤和死了有什么区别，阿梅不晓得什么时候美凤可以醒过来，可能美凤一辈子也醒不过来，那时候阿梅要怎么办。医生跟阿梅讲过，对这样的病人，要经常跟她讲话才有可能尽早地恢复意识，你是病人家属，就要跟她多讲一点话。阿梅听了觉得很尴尬，反问医生道，我讲什么。医生愣了一下，翻起眼睛来看了看她，好像听到这样的话很不可思议，你们是亲人欸，当然是讲亲人之间该讲的话啦。

阿梅心里面就焦虑起来，美凤真是会给自己找麻烦，就连现在撞车昏迷，也还是要丢一堆事情给她。阿梅她自己平时和美凤都不讲几句话，现在却要她来唤醒美凤，感觉真的好讽刺。医生还强调说，你们要说一些有共同回忆性的东西，你别以为他们什么都听不见唷，其实他们都能听见只是不能动，等到能动的时候就完全清醒过来了。阿梅觉得那个医生真是啰嗦，但是碍于他是医生，阿梅只好使劲点头。她一边点头一边觉得自己真是惨，之前的那种抱怨又全部翻回来，自己为什么要被美凤牵住，她都没有认真照顾过自己。

房间里面好安静，除了仪器的滴滴声外，阿梅只听见自己的心跳。她有点紧张。她也不晓得自己为什么会紧张，可能因为是这样面对美凤的关系。欸，齐美凤，你怎么还不醒。你快点醒啦，你这样会耽误我很多时间欸。阿梅在这里念着，美凤躺在床上，仍是一脸无所谓的样子在那里睡着，和往常的态度一模一样，把什么东西都收纳起来，但是做不做是另外一回事。她就连撞车了也不会变。阿梅想到这个心里就会一股恨。

她其实很想问一问美凤有没有爱过自己。阿梅有时候会想起小时候美凤在不经意之间丢给她的那个布丁，还有这些天她才发现的那些小细节。阿梅给美凤擦拭身体的时候才发现美凤的肚子上有一条裂痕，好大一条，像个蜈蚣，很丑陋的趴在美凤的肚子上。原来美凤是剖腹产生下她。不晓得美凤是一开始就剖还是产不下来才选择剖腹，估计是后者。美凤哪有那么多钱。想到这里，阿梅的心里颤了颤。这样看来可能就不用问了，应该是有爱过吧，不然的话打掉小孩多容易，何必生下来。

美凤住院以后她开始慢慢地习惯做这些事，洗衣、擦身、做护理。之前她为了方便请过护工，但是发现那个护工一点都没有用心去做事，只会在旁边玩手机，后来她就干脆辞了护工，自己多花一点时间来做。于是阿梅就没有那么多时间去打扮，好像从那以后，办公室的大妈们也对她慢慢客气起来。阿梅真的不晓得是该哭还是该笑。

阿梅看了看表，该上早班了。

她把奶茶和蛋挞放在她的房间里，齐美凤，我把奶茶放在这里喔，你快点起来啦，不然你都喝不到。她希望美凤能够感觉得到。

走出医院的时候阳光很耀眼地照着阿梅的眼睛。一早上医院就是满满的人流，每天看病的人都是这么多。有老人，有小孩，有儿女搀扶着父母。阿梅走到路边招出租，想着下午下班给美凤带些什么，可是想到美凤又吃不到，又觉得很丧气。不然来想想美凤醒来以后的生活吧。经过了这么一遭，估计美凤和阿梅的关系应该会改善很多。阿梅想自己要不要改口把美凤叫作阿妈，但是一想这样叫多丢脸呀，想着想着又觉得脑子里混乱起来。上了车之后，出租里面司机放着早上的交通广播，女主播的声音甜甜的响起来，接下来我们放一首曲子，给观众朋友们带来一天愉快的好心情。是最近在流行的一首新歌，女歌手刚出道不久，长得很甜，阿梅不太记得她的名字了。这种声音让阿梅想起布丁那种滑溜溜又甜蜜的味道。等美凤醒过来，两个人去吃布丁一定会很不错。阿梅想着，吃吃地笑起来。她把车窗的小窗帘拉下来遮住阳光，然后把头依靠在车玻璃上。出租车就在车潮中晃晃悠悠地继续前进了。阿梅觉得，在这样的颠簸下睡意又上来了些。她的眼睛有些睁不开了。她好像看见自己变得越来越小，小到自己还是幼稚园的模样，美凤从床上站起来，向她走过来，拉住她的手。她们两个人穿过一扇又一扇的门，旧的门关上，又有新的门打开，一直向远方走去。不知道为什么，心里有个声音告诉阿梅，打开最后一扇门，她们都会看远方有光。抱着这个温暖的感觉，阿梅在晃悠悠的出租里，愉快地睡去了。

百年好合

六月里，她有三次想要和丈夫离婚。冲动的次数比上个月又多了些，她一边回忆一边计算。第一次是女儿婚礼的前几天。女婿是空军的地勤，婚礼前无法回家，整个婚礼几乎由她和丈夫一手操办。那段时间她和丈夫几乎每天都在为女儿的婚礼争吵：喜糖应该选哪种，喜酒应该摆多少瓶。每一次，丈夫都能津津有味地和她吵上半天。那天她突然想起还未取回女儿的婚纱照，便让丈夫和她一同前去。出门前他们又吵了一架。丈夫坚持要开车，因为快下雨了。她则认为没有必要。婚庆公司在一家窄如鸡肠的巷子里，车不好通过。她也看过天气。天空中有一朵乌云在同一个地方待了好几天，但始终没有下成雨。她相信雨不会来。

他们拿好照片刚走出婚庆公司没十米远，一场瓣雨倾盆而至。她和丈夫退回到婚庆公司的门前，站在短短的屋檐下躲雨。他们都以为雨很快就会过去。谁知，那朵熟悉的乌云飘了过来，并如滴入水池的一滴墨水，迅速将天空染成了灰色。丈夫焦虑地从口袋里掏出香烟，将潮湿的过滤嘴含进嘴里。火机滑轮嚓嚓地响着，但未能将烟卷点燃。周围的人都看着他们。她突然意识到现在已经开始在公共场合禁烟。丈夫似乎也意识到了。他将烟卷潦草地从嘴中拔下来，撕成两截，恶狠狠地摔在地上。出租车在狭窄的巷子里缓慢地驶过去，没有一台亮起空车的红灯标志。她站在丈夫的身边，听见他的胸腔呼呼地膨胀着。果然，没过多久，他不顾场合地喊起来："我早就说开车，你说不用，现在怎样？照片全都湿了吧？你为什么总是不听我的劝，为什么总把别人的话当耳旁风?"

周围躲雨的人们再次将目光转向他们。她知道，丈夫是故意要出她的丑。越是人多的场合，他越是刻意这么做，像浮夸的表演。同乡聚会时，他总是和别人强调："打出来的老婆，揉出来的面。"他说得洋洋得意，仿佛只有这样才能证明他在家中的地位。但她很怀疑这一点。她觉得，丈夫这种劣质的性别观只会成为别人的笑柄。

她没有回应，低头看了看女儿的婚纱照。就在刚才，在他们拿到照片即将出门的时候，婚庆公司的工作人员好心地追上来，在婚纱照外面裹上了一层厚厚的塑胶垫子。偶尔有几滴雨水打在塑胶垫上，留下星点的水珠。她将照片拎起来，把相框垫在自己的脚面上。雨渐渐小了。有些不怕淋雨的人已经离开。她抬头看了看，发现天边的乌云里有一道橘红色的金边。她知道雨快停了。她没有犹豫，拎起照片走进了绵绵的细雨中。她听见丈夫在后面气急败坏地叫着，但她没有回头。走到路口时，她迅速钻进了一辆刚卸客的出租车。坐在出租车里，她想，她不该和他结婚。

大约是在七〇年吧，那时她在园艺场当工人。她十五岁就进了工厂。

进工厂前，父亲语重心长地对她说："要好好干革命。"她对革命的印象很模糊，只知道这概念在当时很流行，让人有种沉甸甸又令人骄傲的气势。父亲还告诉她，园艺场里有一个名叫李海的年轻人，是他朋友的儿子，他已托付李海照顾她。进工厂不久她就见到了李海。那是一个稍显矮小的男人，比她大三岁。他有一双如同鹿眼一般深情又明亮的眼睛，仿佛随时都能从眼窝里滴出水来。不知是出于父亲的交代，还是他自己的真心，他对她颇为照顾。工友们都说他对她有意，她嘴上否认了，心里却很甜蜜。可是他并没有明确地说过什么，她也没有胆量去做更深的猜测。在那个年代，过度的猜测是一种耻辱，她所受到的教育是这样告诉她的。

后来工友们给她介绍了现在的丈夫。她对他没有太大的好感，但也听从了朋友们的意思，当作是交一个朋友。他们正常地交往着，偶尔出去看场电影。直到丈夫和她求婚，她才惊慌地感到了一丝措手不及。她答应他考虑一段时间。她想着和李海之间未道破的感情，不太甘心，于是，她找到李海，将一切告诉了他。李海看着她，眼睛在黑暗中如波浪一样闪闪发光。他没有说话，只是点了点头，然后站起来走了。那天晚上，她躺在床上时，听见从远方的山头上传来一阵悠长的笛声。笛声断断续续的，有时发抖，有时低沉，带着一股无法言说的伤感。和她同宿舍的工友们都在黑暗中坐起来，走到窗前去寻找笛声的来源。她知道那是李海。她曾经在他的包里看到过笛子。她的心底涌起一股既甜蜜又酸涩的感觉。他是一个怯懦的人，她失望地想。

笛声持续了快一个星期。在白天，她仍然常常见到李海。他似乎没有改变什么，仍一如既往地照顾她。她也装作不知情地继续接受他的好意。直到有一天，李海在节后返回园艺场，告诉她他要结婚了。她第一次发现，他的声音如同他的笛声一样，低沉中夹着颤抖："是爸妈给我介绍的，村东头老王家的闺女。”不知是否是自己的错觉，她总觉得李海在说这句话时，有意将“爸妈给我介绍的”加重了口气。他的脸上充满着如孩童一般的慌张，似乎有意要向她解释什么。她在脑海中捕捉着李海对象的样子。她曾经见过他对象一面，好像是在集上。那是一个典型的泼辣的农村妇女，有一双比普通男人都要大的脚。在她的故乡，人们还保留着以脚为准绳的审美观。她想象着李海对象的一双大脚，还未来得及错愕，一句带着酸味的话就脱口而出：“什么时候吃你的喜糖啊?”

他吃惊地望着她，眼睛因吃惊而变大了。她期待着他能说点什么，但他没有开口。李海的态度刺痛了她。她转身离开了。几个月后，园艺场关闭，她去了供销社工作，李海因为父亲的关系去了百货公司做营业员。他们没再联系。生活变成了两条岔路，越到远方，分岔越大。后来，她与丈夫订婚。不久后丈夫在部队提干，她随军去了一个南方小城，离开了故乡。

她后来听说李海过得并不好。他的妻子早逝，没给他留下儿女。李海没有再婚。直到她女儿要结婚时，时隔这么多年，他才第一次打电话给她。电话里他的声音几乎没变，只是听起来更沙哑，更低沉了。她用手指环绕着电话线上的线圈，想象着李海现在的模样。突然，她脑海中模糊了多年的影像又渐渐清晰起来。一双如鹿眼般深情的眼睛，随着时间的流逝，这双眼睛已经蒙上了一层黯淡的灰色。也许他的脸和她一样，早就布满了深深浅浅的沟壑。丈夫现在就是如此。他似乎和丈夫是同年的。想到这里，她的脑袋像吃了一闷棍，懵了。她想到自己稍显漫长的婚姻，不由得叹了口气，心里刚漾起的一点柔情很快又被压下去了。她客气地告诉他自己女儿婚礼的时间，并邀请他来参加婚礼。他在电话那头客气地表示祝福，也告诉她有机会他一定会来。她知道他不会来，她从他们彼此的语气中能感受到，即便多年以后，他们也会重新坐在对面，他们所讨论的话题将刻意地绕过那段朦胧的往事，绕过与那段往事有关的一切，将目光落在他们各自的生活上。云淡风轻，他们礼貌地微笑着，如同两个首次相见的人一样客气又约束。他们将如那朵一直飘浮的乌云一样，被风一吹便轻轻散去，始终无法下成雨。

每每和丈夫吵架的时候她都会想起李海，并忍不住拿丈夫和李海做对比。越是对比，她越觉得心塞。如果当初她或者李海都能够再往前一步的话，那么也许他们的生活会有很大不同。究竟有什么不同，她阻止自己继续想下去。

回到家，她向女儿抱怨丈夫的所作所为。女儿满不在乎地坐在沙发上填写请柬，似乎根本没将她的话听进耳里。她冲上去扳过女儿的肩膀，叫喊起来："你到底有没有在听我说话？"

女儿翻了个白眼，如同划清界限一般一字一句地说："你自己找的好老公，有什么可抱怨的，过不下去的话，离婚吧，没有人会拦着你的。"

"你有没有良心？要不是为了你……"

女儿冷漠地打断她："我不用你为了我。"

她被噎住了。她没有想到女儿会这么说。从年轻到现在，有许多次和丈夫吵架过后，她一个人顺着河堤慢慢地往前走。曾有一对年过花甲的夫妇跟着她走了几天，直到确认她不是要自杀，他们才放心地离开。她坐在河堤的石椅上，闻着带有鱼腥味的风。风湿漉漉的，有如泪水一样咸。她下意识地用手去摸了摸自己的脸，是湿的。时间越长，她越能确定他们不适合在一起生活。如果不是为了女儿，她早已和他离婚。但她不想让女儿成为单亲家庭中的一员。她看到过许多因为单亲而被嘲笑的孩子，知道这样的背景会让女儿的成长倍加艰难。她没有权利给女儿的生活无端地增添一道坎。父母和朋友们不是也说吗，为了孩子……她想到这里，觉得自己高大起来，有种受到赞许而想哭的冲动。

女儿结婚的前一天，气温高达四十度。她一起床就将冷气打开了，将温度调至最低一档。几个小时过去，室温丝毫没有降低。房间里四处是被烧热的沥青味儿。想到女儿明天就要从这个家里离开，成为一名新妇，她的心里涌上来一股被剥离的失落感。这种感觉在女儿出生前也出现过一次。那时丈夫到外地操练去了，她一个人在部队医院待产。预产期已经过去了一个月，她的肚子却没有任何反应。军区医院里只剩下她一个产妇了。产科的大部分护士都已休假，只剩下两三个准备考军校的护士。那几个护士很年轻，十七八岁的样子。考试当前，每个人都很紧张。她甚至能从护士们密集的脚步中听出焦虑感。房间里每天都充满着火烧般的味道，她第一次知道，焦虑的味道是这样的。

她在床上辗转反侧，只觉得热。医院没有冷气，每天只有一顶吊扇在她的头顶缓慢地晃动。她看着风扇在被子上投下的黑影，总觉得有种被掏空的慌张感。她将手放在肚子上，感受孩子的心跳。这样的方式能让她感到平静。她要比一个月前活泼了许多。现在，她每天都会不定时地在她的肚子里伸展拳脚。她看着自己肚子上凸出来的皮肉，不自觉地笑出声来。

一个傍晚，医生走过来对她说："今天生怎么样？"

她知道医生要打催产素了。前几天他们和她商量过这件事。时间已经过去了太久，每个人都没有耐心继续等下去了。她冲医生点点头，说："好。"

很快护士们便来了。她们将她推向产房。她仰躺着，一路数着天花板上从她眼前掠过的白炽灯。也许是因为在医院的缘故，灯光让人感觉异常冰冷。她再次将手放在了自己的肚子上。这一次，孩子没有给她回应。她突然想到，下一刻，她就要从她的体内剥离出去，成为一个独立的个体了。她有些想哭。近一年来，她已经习惯孩子是自己的骨中骨，肉中肉，她的出生，就是骨肉剥离的过程。但是她知道，即便如此，她也必须接受这一次剥离。就如同多年以后，她知道自己必须坦然地将女儿推向另外一个男人。

女儿又在房间里试穿婚纱。婚纱一个星期前就从婚庆公司拿回家了。一开始，女儿兴致勃勃，没过几天，她的兴致就减少了许多，整个人全身上下散发着一股烧焦的热气。离婚期越近，这样的味道也越加棱角分明。这是她所熟悉的焦虑的味道。她不知道该怎样缓解女儿的焦虑。在女儿昏暗的房间里，她想起了女儿出生的那天傍晚，她在恍惚中看到的风扇阴影、寒冷的白炽灯以及热闹争吵的知了。医院的走廊里充满着带着火烧味的热空气，她穿的病号服已经被汗濡湿了。当进入产房，手术灯亮起，整个世界突然凉了下来。

她走进女儿的房间，帮助她将婚纱背上的拉链拉上。女儿回头看了她一眼，将目光转回到穿衣镜前。女儿皱着眉头打量着镜中穿着白纱的自己，似乎感觉很不适。很快，女儿艰难地伸手拉开拉链，把自己从白纱中剥出来，将婚纱踩在脚底。这时候，她才发现女儿的脸变成了病态的蟹壳青色。女儿看着她，长舒一口气，又低下头，说："妈，能不能不办婚礼了？"

"怎么能不办了？请柬都发出去了，你爸爸的朋友，我的朋友，还有你自己的老师、同学，特别是你爸爸的朋友，都是领导、战友，怎么能说不办就不办了？"

"……就是不想办了。"

"这种事怎么能由你自己任性？你自己想想，从你领证到现在，你除了拍照和写请柬，你自己究竟做过什么？你自己想想！"

"……"

"你凭什么不办婚礼？你让我们怎么去面对收到请柬的朋友？"

女儿抬起头，一个字一个字地说：“你的面子比我的感受还重要吗?”

“……这不是面子不面子的问题……”她感觉自己的思绪断裂成了碎片，这种断裂感让她惶惶不安。她突然觉得自己刚才说的一番话很勉强——什么都说服不了，更谈不上什么意义。她站在女儿面前，却觉得自己的腰不自觉地弯了下去。她感到前所未有的压迫。突然，她的脑袋里灵光一闪，她想到了最后一个无法被驳斥的理由。

“不管怎么样，我告诉你，结婚不是你一个人的事，是我们全家的事。你自己怎么样我不管，但是你必须对我和你爸负责!”她挺直腰，恶狠狠地说。

女儿没说话。她安静了一会儿，笑起来，笑得像一只怪物。女儿走到她的面前，按住她的肩膀，将她推出了房间，猛地摔上门。她一个没站稳，差点跌倒。她下意识地去拧房门的把手，房门已经被反锁上了。血冲上她的头顶，让她感觉脑子像失去信号的电台一般嗡嗡作响。她不停地拍打着房门，企图迫使女儿把门打开。女儿小时候就有这样的习惯。每次遇到不想面对的问题，女儿总是将门反锁。她宁愿女儿和自己大吵一架，至少这样她能知道女儿是怎么想的。但女儿是沉默的，像是一口深井，而她弱小得如同一粒石子。

她使劲儿拍打着房门，直到筋疲力尽，女儿也未把门打开。她气喘吁吁地走到客厅里坐下。丈夫也坐在客厅里。此刻，他正将一只脚搭在沙发上，弓着背在剥脚根处的死皮。他一边抠，一边龇牙咧嘴地挤出一个便秘般的表情。她看着他，恨不得抽他一个巴掌。她忍着气看着他将扯下来的死皮放在沙发上，像排列宝贝一样摆放整齐。她见他抬起头，说：“你生的好女儿！你看看，她是什么态度！你是她爸爸，你能不能管管!”

丈夫斜着眼睛看了她一眼，随手抄起了放在沙发上的小木槌。他弓起手背，用木槌朝着关节处敲打着。她知道这样很疼，从丈夫的表情就可以看出来。每次他这么做的时候都是龇牙咧嘴的，一边捶打一边倒吸冷气。从退休之后他就开始热衷于这样做。这方法是他从网上看到的，据说这样长期敲打能够清除掉身体里的毒素。丈夫在退休之前曾经脑梗过一次，他总是坚信自己之所以会这样，是因为身体里有太多的血栓。她和他说过多次，他手上出现的那些紫黑色的斑点不是血栓，而是皮下出血。丈夫从来没有听进去，反倒越发地上瘾了。每天只要闲着，他就会拿起木槌拼命地敲打着手背。木槌在他的手上发出啪啪的声音，密集得如同在砧板上剁肉。仿佛有一片灼人的阳光照到她的眼睛里，将她的双眼烧得火辣辣的疼。空调呼呼地吹着，没有半点凉意。她深吸了一口气，冲上前去夺下丈夫手中的木槌，将它扔到了飘窗上。玻璃发出砰地一声闷响。她愣了愣，但很快又回过神来："你能不能做点别的？你女儿今天这样子，都是跟你学的！你们一家都是自私鬼，从来不替别人想想！"她委屈地放声大哭。

焦虑如草原上的星火，被她的哭声点燃，迅速燃烧了整个房间。丈夫从沙发上跳起来："你是不是想吵架？是不是又想找事？"

"我说的是事实！你看看你的那些同事，退休前官都比你大，退休之后不都是每天帮着老婆做家务，你呢？你除了敲还会干点别的什么？"

"我一辈子为你们母女两个累死累活，我这还不是为了身体好，这样才能给你们多赚点钱？这也不许，那也不许，你还要不要人活了？"

他咧开嘴，看起来快要哭了。他总是这样，她愤怒地想。退休之后，每次争吵到自己无话可说的时候，他就会将脸挤出皱褶，如同刚出生的婴儿一般放声大哭。朋友们告诉她，这可能是脑梗的后遗症。她不知道这究竟是不是真的。丈夫的委屈像是有模式一般，每一步都可以预料。她知道，接下来，他就会抬起手来扇自己的脸，一边打一边骂：

“我不是人，我是畜生!”

他惯用这种耍无赖的方式恶心她。

“你能不能说句人话!”

他哭起来，鼻涕顺着他的鼻子流下来，流到他的嘴角上方。他使劲吸了一下鼻子，将鼻涕吸了回去。她看着丈夫嘴上方两条滑腻的痕迹，觉得如同生吞了猪油一般恶心。她看着丈夫这副模样，觉得他不像个男人。一个男人怎么能像女人一般耍无赖？不是说男儿流血不流泪吗，这种事在丈夫身上从来都说不通。她不该和他结婚，她这么想着，站起来，走到门口，关上门。她倚靠着门，觉得自己被抽空了。这一刻，她再次体会了生产时所感受到的那种剥离感。她感到无论是她和丈夫，还是她和女儿，像是密度不同的水和油，即使同处一处，也始终无法相溶。

第三次是女儿婚后的头一个星期。女儿婚后三天回门，她忙了一天。女儿回去之后，她感觉自己终于可以歇一歇了。她的人生终于再次结束了一个重要的段落，今后她可以为自己生活了。她一边想着，一边松了一口气。

人松懈下来，没想到，病却赶着来了。一开始她只是便秘。一连几天，她每天都在马桶前挣扎。肚子胀得很，却什么也排不出来。她很沮丧，自己是老了，连顺利的新陈代谢也变成了一种奢望。她听朋友说喝酸奶、吃芭蕉有助于排便，便将它们列入三餐。头几天并没有什么反应。很快，肚子就如同战败的军队，再也不受控制了。这样的状态持续了好几天。她以为简单地吃点药就能好。有一天，她坐在马桶上时，突然觉得有一团滑腻的东西顺着身体滑了下来。她身上的肉敏感地紧了紧。她意识到不好了。一定是肠子掉出来了，她惊慌地想。几年前她做过一次痔疮手术。手术的过程中医生发现，原来她患的不只是痔疮，还一并患有肠粘膜下垂。术后医生提醒她，不要再过于劳累，要注意休养。她的确也是小心翼翼地照顾着自己的身体的。没想到，女儿婚事一过，这场病就突然地暴发了。

她从洗手间里走出来，叫着女儿的名字。名字刚出口，她突然想起女儿已经去蜜月旅行了，要一个星期后才回家。她叫丈夫，没有人应。对了，以往这时，丈夫应该是和朋友在茶庄里喝茶。她拖着步子走到客厅中间的沙发坐下，给丈夫打了电话，没有人接。她看着空无一人的房间，觉得它异常的大，自己异常的小。悲戚感涌上她的心头，很酸，很涩。她站起来，向女儿的房间走去。房间里还有婚礼当天遗留下的彩纸碎屑。墙上的喜字是烫金的，在阳光下反射出一道灼人的金光。女儿出嫁才几天而已，房间里已经开始冒出一股淡淡的霉味儿。这让她觉得有点冷。

她走到衣柜前，将它打开。一股淡淡的奶香味扑面而来。女儿从出生的时候起就带着这样的味道。她原先以为这是婴儿所共有的味道。但随着女儿的长大，这样的味道并没有从她身上消失，反而成为了女儿特有的一种印记。这味道让她感觉亲切，仿佛女儿未曾离开，仍是她身体里的一部分。她将脸埋在女儿的衣服里，静静地嗅着这种气味。她突然悲伤地想到，这些气味将随着她打开衣柜而逐渐飘散、消失，最后将被一股陈旧的霉味所占据。她强烈地意识到现在只有她一个人了。她最亲近的人已经开始了自己新的生活，而丈夫，也许他和自己想的一样，都认为对方只是一个共同生活的伙伴。她想着，颓丧地坐下来，哭了。

最后是妹妹将她送进了医院。检查之后，医生告诉她需要住院。医生看起来病态、苍白，走进房间里坐下时摇摇欲坠。他请她和她的妹妹坐在自己的对面，详细地和她们讲述病情。术语太多，她们什么也没有听懂。妹妹焦躁地问着医生：“到底要怎么办，你倒是讲讲清楚嘛！”

妹妹的声音尖锐又粗糙，如同公鸭。这几年她们已经少有来往，彼此都有自己的家，谁也顾不上去问候对方。她上一次见到妹妹还是年初时，妹妹过来送年货。她没有进家，在门口站了几分钟就走了。妹妹说："阿姊，我来不及坐了哦，我还要去给囡囡的老师送年礼，你晓得的……"她点点头。从那以后妹妹就鲜少露面，甚至也没有电话来。她赌气似的也不和妹妹联系。然而她还是在病倒时想到了妹妹，毕竟她们是一母同胞。但是，眼前的这个叫作妹妹的女人也让她感觉陌生。妹妹的脸、身材、声音和她上一轮的印象相差甚远。也许并非如此，只是她对妹妹的印象仍停留在她刚从故乡来的那个夏天。妹妹刚和故乡的对象离婚，原因是结婚三年后她仍没有生孩子。她鼓励妹妹到这儿来。妹妹抵达城市的那天，提着一个简陋的皮包，里面只装了几件简单的单衣。由于长时间坐火车的缘故，她的身上散发着浓重的汗酸味儿。这样的味道阻止了她想要拥抱妹妹的冲动。妹妹似乎看出了她的心思，脸红了，怯生生地叫："大姐……"她的心颤抖起来，最终还是走上前去，轻轻地拍了拍妹妹的背。现在，妹妹的声音已不如过去柔和。她的脸也是一样，四处充满着龟裂的沟壑。生活的艰难让所有人迅速地苍老了，她如是，妹妹亦如是。

她的脑子如气球一般膨胀起来。妹妹的声音被隔离在外，发出模糊不清的嗡嗡声。消毒水浓重地冲进她的鼻腔，却没能让她的脑子更清醒些。她看着妹妹和医生，他们似乎在争吵什么，她听不清。她抬起头，发现天花板转起来了。紧接着，视线逐渐变得模糊。这感觉和每天早晨刚睡醒时一模一样。她不受控制地倒了下去，感觉自己坐的不锈钢椅子和地面发出令人倒牙的撞击声。这时她突然能听清了。她看见妹妹一脸惊恐地向她跑来，尖锐地叫着："大姐!"

她醒来时已经躺在病床上。丈夫来了，在房间走来走去。妹妹不知道去哪里了，她没有问。丈夫看见她醒了，走过来。她发现丈夫的脸上全是豆大的汗珠。他的脸有点黑。他时不时用手抹一把汗，然后将手中湿漉漉的汗液甩在地上。这是他的习惯动作。丈夫紧张的时候总是会这样。

她看到丈夫这样总是要骂的："你像不像个男人？胆子和鸡胆一样！"

倒不是她真的觉得丈夫胆小。而是觉得每每这时，丈夫脸上的肌肉都垂下来，太阳穴一跳，脸上的肉也跟着颤抖，像是中风病人。

她还未来得及开口，丈夫就先开口责怪了："哎呀，你什么时候生病不好，偏偏要这时候？"

生病还可以挑时候？她想骂回去，可是肚子却隐隐地发胀，最后整个肚子都拧起来。她痛得在床上打滚。丈夫的黑脸凑过来，汗水滴答直落："你怎么了？你怎么了？"

她痛得说不出话。丈夫仍然像影子一样紧追着她不放："哎呀，问你话你怎么不答嘛！"

她挣扎着从身下拽出枕头，奋力扔到丈夫脸上："滚出去！"

丈夫抹了一把汗。他嘴里嘟囔着出去了。她听不见他在说什么，还能有什么，无非在抱怨她脾气暴躁，是个恶婆娘。从他退休以后，每次争吵败阵，他总是要这样嘟囔一阵。若是吵架的阵势再大一点，他就要打长途电话到故乡她的妹妹们那里："你姐姐现在可有能耐了，成天就知道和我吵架。"

妹妹们小心翼翼地打电话来关心："大姐，年纪大了，有什么事情和姐夫商量着来，吵架伤感情。"

"你什么意思？"

电话那头吞吞吐吐的："……姐夫说你最近脾气不太好。"

她用力地摔掉电话。

她躺下来，听见丈夫在病房外大声地打电话："喂，小李啊，那个，你阿姨住院了，那个……"

他一句话总是要说上半天。即使说完了，别人往往也没听懂他在说什么。她知道这是脑梗的后遗症。可是，她每每看到丈夫说话时将脸憋成如公鸡一样的红色，嗯嗯啊啊的，她的心就如同火烧，忍不住冲他吼道："到底哪个？"

丈夫被她的吼声一惊，变得越发的口吃了："那，那个，那……"

他年轻的时候就有些口吃，由于说话慢，她也以为是丈夫面对自己有些紧张，竟将这一点忽略了。女儿还未开口说话时她一直担心女儿会受遗传影响，还好，担心没有成真。

很快，丈夫从病房外重新走进来。他的脸仍是扭在一起，仿佛遇到了很头疼的事。他走到她的床前，重重地"哎呀"一声，说道："求人实在是太难了，你不知道……"

他说了许多，她没有听进去。她知道丈夫说到最后，也还是会告诉她事情解决了。但他习惯在告诉她结果之前，说一大堆话作为铺垫，仿佛只有这样才能凸显他所作出的努力。一开始，她还会对丈夫说两句"你辛苦了"之类的话，待她发现这只是丈夫的习惯之后，她感到厌烦了。她在心里叹了一口气，问自己，为什么要和他结婚？

是日久生情吗？可能更多的是出于女人的虚荣心。她这样想。她和丈夫还没有确认关系的时候，丈夫已经在外当兵。他常给她寄照片来。照片上的丈夫穿着军装，身材挺拔，看起来很是英武。工友们看到照片，说话时夹杂着醋味："哟，你的对象是军官啊？"她只是笑，不置可否。实际上她还在心里思量着。她知道他脾气不好，身上还带着一股从骨子里散发出的土气。有一次她去办事，顺道去看他。丈夫的同事安排她在宿舍里等着。她在床上坐下来，觉得屁股下鼓鼓囊囊的，有些不对劲。

她掀开被子一看，天啊，被子下是一堆穿过的袜子！她强忍住想吐的冲动，跑出了丈夫的宿舍。当时她想，她绝不可能和这种人结婚。但是后来，她仔细打量着照片，想到朋友们那些艳羡的眼光，觉得丈夫愈发地顺眼起来。她的心微微地动了。

两天之后，医生通知她要进行手术。医生告诉她，因为她已做过一次手术，再加上她本身患有糖尿病，很可能在手术的过程中产生危险。丈夫在一旁，哎呀哎呀地叹着气，让她有将抹布塞到他嘴里好让他闭嘴的冲动。汗从她的背上流下来，浸透了她的病号服。医生交代她好好休息，走出去了。丈夫在她的病房里走来走去，偶尔在床边的椅子上坐下来，但很快又站起来在房间里来回走。病房里不允许抽烟，丈夫便走到阳台上，点上烟。她仔细打量着丈夫，觉得在烟点燃的那一刻，丈夫长长地舒了一口气。他抽完烟，走回病房对她说："那你好好休息，我明天再来。"

她突然打了个冷战。快六点了。六点时餐车会来送病号饭。他至少应该为她打完饭再走，她难过地想。女儿还要两天才能回来。她的蜜月还没有结束，接到消息时急匆匆地往回赶。她没有买到机票，只好连夜坐上火车。前几天，她听到丈夫给女儿打电话："你妈都病成这样了，你还过什么蜜月？你怎么这么不孝！"她听着丈夫焦虑的骂声，觉得他并不是关心自己，只是想要迅速找到一个人来接替他现在的工作。她很难过。她觉得，在丈夫心里，她可能就如同一颗高尔夫球——提起杆子，他希望将她打得越远越好。

她努力撑起身子，拿起枕边的手机，一个字一个字地写下遗书。眼泪掉在智能手机上，触不出字。她想，下辈子就算投胎成为一头猪，她也不会和丈夫这样的男人结婚。

那年，她和丈夫、女儿还有妹妹、外甥一家人正围坐在包厢的圆桌前，庆祝她和丈夫结婚四十周年。她和丈夫的生日均和结婚纪念日挨得很近，这样一来也算是做了寿。人们把四十年的婚姻叫做红宝石婚，以寓意这样的婚姻并不容易。她坐在丈夫旁边的位置上，看小辈们高兴地夹菜、聊天。天气炎热，包厢里的柜式空调温度调得很低。空调上的红色绸布还未去除，总是随叶片的转动发出呼呼的响声。这些并未阻止窗外传来的密集又令人心焦的蝉鸣声。她莫名地觉得热，心仿佛被猫爪抓出了几道热辣的伤痕。周围的小辈们时不时凑近来和她聊上一两句，或者客气地给她夹菜，她敷衍地笑笑，不时用手去揉搓被冷风吹硬的脸。

墙角摆放着女儿预订的四层蛋糕。饭店里的冰箱放不下，服务员只好将蛋糕摆在包厢里，并将空调温度调低，以防蛋糕融化掉。她不知道那几层蛋糕究竟是如何支撑起来的。她很好奇，也很担心。她总觉得那蛋糕的边角好像已经开始软化，仿佛随时都有可能因温度过高而倒塌掉。她想，可能生活也是如此。

丈夫有些过度的兴奋，他喜欢人多的场合。满桌子的菜，点的几乎都是他爱吃的。菜自然是他点的。他从来不考虑别人，她不高兴地想。每次进饭店，他总是大包大揽地将菜单从服务员手中抢先接过来，点上满满一桌。菜时常剩下，结帐时，他很豪爽地挥手："打包干什么！冰箱没地方放！"吃饭时，他习惯将嘴塞得满满的。汤汁顺着他的嘴悄悄溢出来，随时都有可能往下掉。甚至有几次他一边含着饭菜一边将酒灌进嘴里。酒喝得太快，他被呛得连酒带饭一同喷出来，溅得四处都是。她用筷子敲碗，尽量压住火气，平缓声调："慢点吃行不行，没有人和你抢。"

丈夫用腿背推开椅子，站起来："不吃了。"

她现在已经学会将丈夫的一切恶习过滤掉。比如他旁若无人地将鼻涕擤在地上，或者把脸埋在碗上，呼噜呼噜地喝粥。她以前总是要骂的。

现在，她更乐于将头扭开，将视线无限地往前方延伸，穿过墙，飞向室外，脑子里闪过一幕幕场景：飘雪的城市、橘红色的晚霞、辽阔的草原。微笑浮在她的脸上，她的呼吸逐渐变得平稳，就像在经历了筋骨酸疼的瑜伽练习后所做的休息术一样，她感到前所未有的轻松。

“我来敬爸妈一杯。”她看到女儿站了起来。

女儿在结婚前和丈夫并不亲近。人们都说女儿是父亲天生的情人，她和丈夫却好像生来相克。女儿对丈夫所做的一切都看不顺眼。在以往，女儿若看到丈夫吃饭的模样，眉头总是拧起来：“你几辈子没吃过饭了？没有人和你抢！”她觉得自己有了战友，忙不迭地补充：“他们家里人都是这样的，你像我。”丈夫不做声。

最近的一次吃饭，女儿的态度突然发生了变化。她在提醒丈夫时，女儿突然打断了她：“好不容易一起吃个饭，搞这么多要求做什么。他爱怎么吃就怎么吃嘛。”丈夫当时正在咬着一块排骨。她坐在他旁边，听见他故意将排骨咬得咔咔作响。她突然想到了前几天在电视上看到一个镜头，饥饿的美洲狮将羚羊拖到隐蔽的地方，用爪子抵住，用力地从羚羊身上撕咬下一块肉。咔咔的响声让她寒毛直竖。她闭上了嘴。

女儿的声音中带着微弱的颤抖，由强至弱，听起来底气不足。她能猜到女儿在担心什么。按理说，女儿已经过了那种幻想父母离婚、选择究竟与谁生活的年纪。女儿以前也不会这样，甚至会调侃她和丈夫的婚姻：“妈你每次都说爸不好，你怎么还和他一起过，如果换作是我，我早离了。”

她突然有些同情丈夫，为他辩解着：“你爸至少不赌不嫖……再说，我还不是为了你。”

女儿笑了：“要我说，其实你还是不想离婚。”

她的心前所未有地慌张起来。她在心里问着自己，真想离吗？一开始答案是肯定的，可是多问几次，心里越发地没底。她开始搜寻各种各样的理由来：“那还能怎么办呢？要是真离婚，你就是单亲家庭了，以后结婚人家会瞧不起的……”她的声音逐渐弱了下去。女儿看着她，笑得意味深长。

她现在想，也许女儿说得没错，她可能并不是真的想和丈夫离婚。有多少次了，她已经觉得日子快要过不下去，但最后也还是咬着牙忍受过来了。她的母亲就是一个很能忍耐的人。母亲常常告诉她，作为一个女人，最大的美德就是忍耐。她在心里鄙夷母亲，觉得她懦弱无能。她亲眼看到母亲对父亲的打骂忍气吞声，但她没有帮过忙，更没有去劝慰。她觉得，这是母亲选择的生活，她应该为自己的选择负责。她也暗暗在心里告诉自己，以后她绝对不能这样生活。

父亲与母亲的关系并没有造成她对婚姻的恐惧。她幻想未来的丈夫会是一个身材高大的男人，为了表达情意，他选择给她念诗。有了孩子之后，丈夫会在灯下辅导孩子做作业。在灯光的映照下，她感到自己正在逐渐融化，并且将继续融化下去。这些幻想最终形成了一个棱角分明、目光清澈的男人的形象，和她当年崇拜的一个男明星很相似。直到订婚后，她又突然记起了这个幻想中的轮廓。她用它和丈夫对比着，有一种吃了亏般的沮丧。不过她又安慰自己，她有足够的时间可以把丈夫打磨成自己想要的模样。当婚姻越来越长，她终于发现，自己正在重复经历着母亲当年所经历过的一切。她开始觉得，忍耐不仅是一种美德，甚至是一种智慧。每每在与丈夫的冲突之后，她都骄傲地想，她又一次给自己高尚的道德加了光彩。

小辈们随着女儿一起站起来，举起了酒杯。他们起哄让她和丈夫喝一杯交杯酒。丈夫带着愠气说搞这种东西做什么，坐在椅子上不肯起来。她站起来了。她依然是笑着的。她为自己的宽容与大度感到骄傲。丈夫挣扎了一番，还是站了起来。他粗鲁地举起酒杯，将手臂勾过她的手臂。小辈们开始起哄鼓掌。她仰起头，将酒一饮而尽。酒热辣辣的，将她呛出了一湾眼泪。她突然想起了四十年前她与丈夫结婚的夜晚，丈夫的战友们也是这样起哄让他们喝交杯酒，让他们共同咬一个苹果。他们的脸撞在了一起。哄笑声瞬间占满了整个房间。他们祝福道："新婚快乐！百年好合。"在闪烁的灯光中，她想到母亲。她知道，她将和母亲一样，与丈夫走向外人眼里的百年好合。

真 的

一年四季，只要凌萧愿意，总会约几个小姊妹到家里来打牌。她们当中闲人居多。都是接近四十的年纪，当初也几乎是在同一个年纪结的婚——二十七八岁，在最适合做空姐的尾巴上。婚结了；孩子生了，有保姆带着，自己也不愁吃穿，圆满了。幸福日复一日。在某一个清晨起床，不需要经过大脑、流水似地走完日常流程，在短短伫立的刹那，脑子里劈进了一道闪电。这一切，熟悉得像基因——长在血液里，不用思考，只需本能。人惊慌了起来。生活变成了一锅营养却永远也吃不完的粥，吃多了，人就要吐了。于是，打牌成了她们最日常的活动。逛街什么的她们不做，都是胡乱走走，到最后反倒觉得怪累的。不比打牌，多少有点目的，就算不是为了钱，心里也总还是想着要赢的。有个目的，日子也就不那么难熬。

凌萧所住的三层别墅在滨江路。一溜小院的尽头靠着步行道，和马路相通。步行道紧挨着院子的一侧种满了高大的景观树。据说房子建成时有人向纪委举报，所以，大多数小院都被处理掉了，一部分用来做拆迁安置，另一部分则被有钱人购买。凌萧的老公王先生就是在那时候把房子买下来的。

凌萧以前住的集体宿舍就在别墅区附近。每周大约有四五天，她都要在清晨打车途经此处去机场。那时间宇暧微霄，别墅区前的马路上灯光锃亮，仿佛是特地要人看清楚似的那么亮。凌萧忍着头痛打瞌睡，心想，拼一生，不知道要什么时候才能住得起这样的房子。住在里面，要么嫁给官二代，要么嫁个大款。到时候，空姐肯定是做不了了——看电视剧上，这两种人娶老婆都有一个共性：不喜欢她们太扎眼，所以，女人大部分是全职主妇。做老婆，是真的在做，当成一种职业地做。那该有多无聊。不过，所谓职业也不过是这样，日日都在重复，就如同她在飞机上端茶送水：欢迎登机，谢谢乘坐，再见。变成全职主妇，只不过是换了个服务的对像：路上当心，早点回来，欢迎回家。既然都是无聊，那还是全职主妇来得划算。

没有背景，官二代是攀不上了，但大款还有机会。三线城市中的有钱人就那么几个，报纸上见过，飞机上又遇到，时间长了，也就认识全了。一来二去，他们和凌萧熟悉起来，偶有空档，也拿荤笑话与她调笑。王先生也是其中之一。那几年，他和凌萧每周大约会遇上两三次。王先生长着一个狮子鼻，眼神飘忽不定，有点鼠相。他快五十了，相比同龄人，脸上没有油腻，也没有出现将军肚，整体看下来倒也还过得去。每次行程中他总是开着笔记本电脑，紧皱眉头，咬紧下嘴唇。凌萧看见了心想，有什么要紧的事非得要现在做，生怕别人不知道自己能干似的。但嘴上却说，先生您辛苦了，需要饮料吗？对于王先生，凌萧是轻蔑中又带着点敬佩的，他是个很重要的人，每天都有许多事情需要他去操心。

不像她，日日里机械地重复着推车送食与回收垃圾的工作，下了飞机，未必还有人记得她这张脸。也许只有坠机的时候，她才会显示出自己的价值。那时，她将比任何一个人都要冷静，用缓和的声音平稳机舱内的尖叫：尊敬的乘客们，请您戴上面罩。请不要慌张，听从机务人员的指挥。她坚定得如同海上的灯塔，众人瞩目，光芒万丈。

王先生追凌萧的招数很俗。送礼物，专挑贵的买。看到凌萧没有什么回应，就从她的小姊妹们下手。小姊妹们受了王先生的好，开口说王先生也全是好。凌萧嘴上说着俗死了，生怕别人不知道他有钱？但心里也还在盘算，王先生大她还不过二十岁，还可以算是哥哥辈。再说他长得不算难看。脸色红润，身材还算得益，最多有点商人们都会有的三高。最主要的是，大笔大笔的钱花出去，凌萧总有些心疼。不管是谁的钱，那也是钱啊，她心想，实在的钱。

凌萧问王先生为什么会选择她。王先生答："你长得讨喜，也就是旺夫，男人看了都喜欢。而且你们空姐基因总不会差，航空公司都挑选过的，万一要生孩子，小孩也不会有什么缺陷。仔细考量，上下权衡，只要最实用的。"凌萧想，足够坦白，也足够倒人胃口。王先生说罢，脸上飞起一点红润，露出和身材年龄皆不太符合的笑容说："还有一点，你长得有点像我的初恋。"凌萧心想，老男人都喜欢说初恋，老一套了。但嘴上还是说，王先生真是长情。王先生说："我没有要把你当替身的意思，只是到了我这种年纪，你这种年纪，谁的时间都很宝贵。"凌萧按照标准微笑着，道："说得好，我就喜欢坦白的人。"

求婚成功第二天，凌萧住进了别墅区。翌日清晨，凌萧习惯性地从床上跳起来，坐了数秒后，她突然捡了便宜似地想起，从今天开始，再也不必这时候打车奔向机场了。身子一侧，王先生依然带着倦意在睡。呼噜轰轰作响，偶尔张嘴，喷出来一股隔夜的臭味。她不去在意这些，翻身下床，打开窗户。湿漉漉的水汽迎面扑来。花香中透着鸟啭声声，一切都是活的。像是被水泡发的海绵，凌萧觉得，自己的身体也重新活了。她在窗前站了一会儿，泪突然流了下来。谈什么爱情呢，只有握在手里的，才是真的。

结婚的第二年，王先生查出有胰腺癌，从得知结果到去世，拢共不过两个星期的时间。葬礼是王先生的儿子小王先生主办的。王先生在世时很少提他，更不用说见面了。小王先生长得和父亲不太一样，两道一字眉，颧骨很高，是副刻薄相。追悼会上，小王先生一边鞠躬一边揩眼泪，扯着嗓子号哭。凌萧在旁边默默地看着，心里想，无论如何，眼泪总是真的。追悼会结束，一行人到饭店吃饭。吃饭的空档，凌萧走出来上厕所，看到小王先生在走廊尽头打电话。“终于死了，等了好久。”凌萧低着头走过去，却还是和他四目相对。小王先生很是尴尬，把电话挂掉了。他说：“我太太。”凌萧说：“不好意思，我要去洗手间。”小王先生让了道。遗产分配时，除了遗嘱中的两台汽车和公司股份，小王先生主动提出来将别墅让给她。他说：“你照顾我爸到死，这是你应得的。”凌萧想，是封口。眼泪是真的，欢喜也是真的。凌萧笑笑，说：“谢谢你。”

别墅的三楼原是茶室，后来被凌萧改成了棋牌室。房间约有三十平米大，楼梯延展而上，首先入眼的是一排黄花梨木中式座椅。房间正中，四只座椅簇拥着一张麻将桌，红木的，有了这个，自然也就不需要劣质的自动洗牌机。王先生还留有一套算得上古董的麻将牌。牌面比大拇指宽不了多少，摸上去温润，冰凉。每当凌萧将这套古牌倾倒在桌面上的时候，小姊妹们总还是忍不住要赞叹一番：到底是有钱人。怪不得你老公姓王呢。凌萧听了仍只是笑笑，不多说什么。

那几年，像一阵流行感冒似的，整个城市的富商都疯狂地爱上了中式家具。一夜之间，城市里开起了好几家中式家具博物馆。博物馆给人的感觉都差不多，进门是一阵扑鼻的浓郁香气，大约是檀香，用来除湿的。凌萧跟在王先生后面看着，觉得浓香之中透着一股尚未干透的油漆味，刺得她鼻腔、嗓子一起疼。她用手抚过那些家具，有棱有角的，刻板，肃穆，让她想到黑白分明的祖先画像，心慌慌的。

凌萧说："原来你喜欢中式家具啊。"

王先生说："也谈不上喜欢不喜欢，生意人嘛，要紧的是合群，不喜欢也要撑个姿态。"

凌萧嘴上应和着，心里想，做人真是没意思，处处都要做戏，不知道哪一样才是真的。

东西自然是真的，但品位是假的。如果小姊妹们留点心，就会发现房间布置当中的异样。中式茶几上，摆的茶具却是欧式的。茶杯表面是波涛汹涌的花纹，即便价格不便宜，看起来却依然显得廉价。奶白的墙壁上有几幅有木框镶好的画，都是外国女人，圆润得似婴儿。和瘦骨伶仃的家具相比，一个生机勃勃，一个充满尸气。人们都说有时不和谐才能造出特别的美，但凌萧是真的看不出来，她觉得怪土的，但又懒得改。

王先生去世快十年了。凌萧也即将跨过四十岁，进入这个被人们称作中年妇女的年纪。这几年下来，生意在做，日子也在过，但总感觉身体空空的。人从早到晚总是感觉饿，像是永远也吃不饱似的。有时她会想，是不是早年间该用的荷尔蒙没有用，现在干枯了，所以，身体也就越发地渴了。

"找个小男生呀"，艳萍说，"地勤的那个离婚之后不是找了个年轻仔，人我还见过的，九一年生的，九〇后呀。"

子枫道："哪能那样，伤天理，要遭雷劈的。"

阿辉端起茶来抿了一口，悠悠地说："装什么正经。身体需要才是真的。”

这句话像是一支准箭。最近，凌萧越发觉得自己像是因焦渴而龟裂的土地，等着一场暴雨将她滋润，填满。夜里洗澡时，她站在镜子前庄重地、严谨地打量着自己的身体，从头到脚。她眉眼依旧，不过在眼角处开始沾上了星星点点的黄斑，像是白衣服上洗不掉的油点子。鱼尾纹早就起来了。身材不算特别坏，唯小腹像是晒化了的蛋糕奶油，是塌的，一直流淌到私处上方。她扯了扯肚皮，心麻麻的。待水放好，凌萧走进浴缸里坐下，看着水渐渐淹没自己。

于是麻将打得越来越多。一张张牌堆叠起来，一打一打的欲望也如波浪般潮涌。被握在手里的欲望和被感知的欲望，在一张四角的桌子间考量着，筹划着，流转着，人生就这样被精心地打出来，欲望就这样毫不遮掩地被亮出来，推倒，酣畅淋漓的胜利。一波欲望倒了，再用一波新的欲望来填充。买衣服，买黄金，买各种各样能够触碰得到快感的东西。整个过程像是一种特殊的并发症。身体是虚的，但物质总是实的，用实的填补虚的，那一瞬间就好像嘭的一声拔掉了香槟的木塞，惬意啊。

花钱买爽只一时。等物欲过去了，罪恶感像一团大雾似地包围了她。凌萧站在储物室里四下打量着。房的四周堆满了包裹，有许多还未曾拆包。她走上前，用手一一抚过那些盒子。一个包裹落了下来，撞在地上，很响，响得她心里一阵欢喜。凌萧干脆抬手一挥，将那些堆积的包裹推倒了。噼噼啪啪的一阵响声，像爆竹一样热烈。热闹过后，她坐在包裹山下，用双手抱住自己，总觉得很冷。一股悲伤如南方的寒流般轻轻入骨，等她反应过来，孤独像是癌细胞，已经迅速扩散，占满了她身体的每一处每一寸。

在凑不成一桌牌的下午，凌萧会打开电视。阳光正浓烈。南风天气，即便有太阳，天也是雾蒙蒙的，一切看起来都像是飘浮在半空中一般。模糊不清的阳光黏稠地在地面上流淌着，拉长屋里家具的影子。房间很凉，摆在床头柜上的几枝百合已经开始凋谢，散发出一股甜而涩的味道。那是一星期前买的了，她还没来得及去换。在暖熏的空气里，凌萧渐渐打起瞌睡。电视里放着一个讲神仙恋爱的连续剧，没什么看头。女主角欲言又止，紧接着，一段温柔的音乐响起来。凌萧软在沙发上听着这乐声，渐渐地困了。声音越来越飘渺。她似乎听到有人在哭。那声音戚戚的，仿佛是在为她而哭。

直到头猛地磕了一下，凌萧才听见电话在响。是涂梦。她们已经有好多年没联系了。自从和王先生结了婚，走进一个新的社交圈，那些过往的朋友都渐渐散了。没什么共同话题好讲。刚结婚的时候凌萧还请她们吃过几次饭，一流餐厅，当然是老公王先生买单。菜也是精心挑选过的，既要显山露水，又要不动声色，否则看起来就像低级暴发户。几个小姊妹看着精致的菜品端上来，嘴里满是赞叹。各色菜品端上桌前有一段不长不短的空当，她们大可以谈谈生活、小孩或者明星八卦，但谁都没有开口。凌萧静静地看着她们，到了嘴边的话又莫名地咽了回去。其实也没什么好说，凌萧想，她们已不是一类人了。或许小姊妹们都和她一样，谁都不愿意为填补这一段空当做努力。

再叫时渐渐就各自有了理由，工作，孩子，已有的安排。凌萧难过了一阵，那么多年的感情散得轻而易举，好像从来没开始过似的。不过也只有一阵。也许她们这代人的人生就是这样，不扎根，不留恋，走的时候就很清爽干净。

没有了小姊妹，凌萧又陆陆续续想起一些仇人，莫名地想去打听他们的联系方式，莫名想约他们出来坐坐，各自讲讲彼此的生活。她现在倒不怎么恨他们了，可能是时间冲淡了过往的许多事，可能是钱，也可能是再也没能见到他们，恨得虚无，也就算了。她尝试着打过一两个号码，但总是在电话刚接通的时候她又挂断。再后来，她把原来的电话号码换了，像是断尾一样，将在她脑海中漂浮着的那些如幽灵一般的人与过往，通通新陈代谢一样地扔掉了。

真是奇妙，涂梦居然还能找到她的号码。“问了许多人，”涂梦说：“你晓得吗？申莉得了癌症，乳腺癌，住在人民医院里。”

凌萧的心沉了一下。但开口却说：“她要你告诉我？”

“没有，是我自己想告诉你。”

“为什么要告诉我啊。”

涂梦说：“就是觉得你应该知道。”

“为什么我就应该知道？”

涂梦不耐烦起来：“那你当我没说好了。”

电话放下了，但心是吊着的。她转头去看电视，原来真的有人在哭。哭声嘤嘤，像是从房间阴暗处渗出来的。凌萧站起身。不知是否起身太快的缘故，她感觉整个人都在旋转。阳光射进来，虽然隔了一层雾气，却依然炫目。她感觉，身体里有什么东西正在往外流，像气球泄气。

上一次她们见面是十多年前。是冬天，在一个阴暗的咖啡厅。凌萧打电话同申莉说，我肚子饿了，一起吃点东西。那时候已经快晚上十点，道路上人们几乎散尽了。凌萧点了一个沙拉，蔬菜叶子下铺着一层冰，很凉，凉得她牙齿泛酸。半小时后申莉来了，拉开椅子坐在她对面。申莉背着灯，凌萧看不清她的表情。你要吃什么？申莉摇摇头。凌萧自顾自地说，那点个咖啡好了，但她也没有帮忙叫服务员。申莉一直在喝水，仿佛很渴。她默默地吃，申莉就默默地看着。快吃完的时候凌萧说，你真的很喜欢赵泽吗？申莉不说话。凌萧说，要真的很喜欢，那让给你好了。她心里莫名的得意。就差一点，笑容就要从她脸上漕出来，溅两人一身。但凌萧极力忍住了。她咬紧牙齿，盯死申莉。申莉摇摇头，说，我不要。接着她哭了。你是应该哭，凌萧想，只有最亲密的人才会捡着姐妹来踩一脚。

后来凌萧听别人说，申莉在背后骂她虚伪。

又好像不是十多年前，而是某一年正在倒春寒的时候。申莉在朋友圈里说正在上海出差。当时凌萧也刚好在，就和她相约见面。那天她坐了很长时间的地铁，长得像是从城市的一头坐到了另一头。人在陌生的城市可能总是觉得远。她们约好的商场在地铁站附近。地铁出站时有一段陡而长的电梯，凌萧随着电梯升上去，心有些慌。到了约定地点后已是晚上九点了。餐厅里鲜少食客，服务员倦倦地倚着收银台，只等她们快点结账。都已经吃过饭，因此二人只点了一份红糖糍粑。印象中红糖浆甜得发苦，糍粑又黏腻，咽下去就堵在胸口，噎得慌。你最近怎么样。蛮好的。听见申莉说挺好的，凌萧很沮丧。后来她想，如果当时申莉回答说过得不好，她会是什么感觉。也许也不会很开心，就像听到申莉得了癌症，她整个人就懵了。

申莉没有问凌萧过得如何，只寥寥说到几个朋友的近况。那天申莉穿了一件黑色的绸面外套，耳环一如既往的硕大，仿佛有些炫耀的意思。绸面外套让申莉看起来有些显老。她胖了些，脸上的粉有些浮。灯光映照之下，她的脸是青白的。

“听说你结婚了？”申莉说。

凌萧说：“对，到了年纪，也该结婚了。所以就结了。”

申莉说：“我以为你是那种只会为爱情结婚的人。”

这句话不咸不淡，不知道是称赞还是讽刺。

“他对我也挺好的。”凌萧连忙说，“吃穿都富足，也不用为其他事操心，生活不就是希望这样吗？”但总觉得有点气虚。

“是吗……”申莉的声音拖得很长，像飞机拉烟，从天空中划过去一道，久久不散，把纯净的天空染得不甚清晰了。

服务员走过来催她们买单，说要打烊收拾了。她们彼此都松了一口气。

凌萧后来查过记事本和手机的飞行记录，记忆中这次会面的前后几年她都没有去过上海。不知是记错了地方，还是这就是她做的一个梦。梦得很真，从来没有一个梦她能记得这样真切的。

既然如此，当然该去看看她。凌萧心里没底。

阿辉说，有什么好看，你闲得没事可做吗？阿辉和申莉并不认识，只是听她说过。只是去看看，我就是想去看一眼。阿辉说：“你不觉得这样很虚伪吗？”凌萧被戳了一下心窝，有一点伤心，低下头不回应。阿辉也有一点下不来台，叫来服务员点了一杯咖啡，说：“意式浓缩，但我还是会放糖。为什么，因为至少嘴里不会苦。”凌萧不回应。阿辉接着道：“去看看也好。”她松了一口气，仿佛这么久是为了等阿辉这么一句话。请别人拿个主意，到头来就算后悔，也有一些退路。

不到医院，永远不知道这里每一天比菜市场还要嘈杂。绿色胶皮的地板湿漉漉的，不知是因为南风天气，还是因为地刚刚被拖过。这是人民医院的新病区，凌萧没有来过。院区大得令人回不过神。她第一次去时，绕了半天也没找到住院楼，最后只得在急诊室里兜兜转转。急诊室里满满地排列着移动病床。有人在喊：“痛啊——”潮湿的哭声从缝隙中渗出来，嘤嘤嗡嗡，像有人从凌萧心上踩过去，留下一串淤青。护士来不及搭理她，敷衍地给她指了个方向。于是，她穿过一条长长的、阴凉的走廊，终于走进住院楼。大厅里一共六台电梯，每一台前面的队伍都长得吓人。几个尖锐的女声在指挥秩序，不要挤！不要挤！六张大口张开又闭上，不断吞吐着人群。凌萧跟着一辆推车进了电梯。她侧眼去看，那是个瘦骨伶仃的老人——瘦得只剩下皮了，骨头凸起像针，似乎下一秒就可以刺穿皮肤。凌萧不敢看他。她听说癌症患者到后来也是这副模样，但凌萧没有切肤体会过。王先生虽说是癌，却还未来得及变成这么瘦就死了。到了三楼，电梯停了。几个护士配合着将床推出电梯。电梯门立刻关上了，快得无情。走出了电梯，也许这个人就再也看不到了。

病房在病区背阳的一面。凌萧透过门上的小玻璃往里看。申莉的病床靠窗，一道抹茶色的床帘从天花板上垂下，颜色拖泥带水。申莉的脸被遮住了半个，正低着头，不知道在看什么。凌萧敲了敲门，没等回应就走进去。刚好临床的起来上厕所。那是个六十多岁的老人，身上有很浓重的味道。申莉有洁癖，不知道这种味道她是怎么忍的，何况厕所里放的是马桶。申莉说："你来了啊。"好像并不意外。

"你瘦了，"不知怎么冒出来那么一句，"瘦了比较好看。"

申莉笑笑："跑东跑西的，再加上生病。你倒是胖了。"

"每天都不怎么出门，"凌萧的脸辣辣的。

"不用上班吗？"

"我老公留下一笔钱。"

"你哪年结的婚？"果然是梦。

"结了好多年了。"

申莉皱皱眉头，不知道是因为痛还是为着她说的话。她习惯性皱眉，眉毛上方早就形成了两块小小的凸起。申莉的眉型有些古怪，很粗，像男人，难免有些凶相。她是单眼皮，眼睛细窄，又是吊梢眼，看人时有种带着媚态的轻蔑。

问得再具体些，申莉就笑笑："能怎么办，大不了割掉咯。"

她的语气像是开玩笑，也许是想让气氛显得轻松些。大不了就辞职咯，大不了就分手咯。许许多多的大不了，在以往，只是万不得已的最后一步，但往往都不会走到这一步。提前说一说，有一点冲喜的意思。申莉这时候说的大不了，听起来却很诡异、很凶险，身上的一副器官，不像辞职和分手，没有再生的机会。凌萧听得心里寒凉，寒战从脊梁骨蠕蠕地漫上来，像蚯蚓在爬。

凌萧说："涂梦打电话告诉我的。"

申莉点点头："又不是什么好事，说来干什么。"

照顾申莉的是个年轻女孩，二十出头的模样，申莉说是老家表妹。大专毕业了在家无事可做，又不想继续升本科，所以先来照顾她一阵，空闲的时候可以顺便找工作。凌萧想问你爸妈呢？但没有开口。

表妹是闲不住的人。她总是坐不下来，不时地拿着抹布在床沿上擦擦抹抹。一股浓烈的消毒水味渐渐地侵过来了。凌萧坐在床头柜旁，表妹擦一擦，捡一捡，她莫名窘起来，总感觉表妹有意要赶她走。表妹伸长了手臂过来要倒水，她连忙站起身去拿水杯，说："我来吧。"

申莉说："不好意思啊。"

她倒水转身回来看见阳台上有一个细瘦的玻璃瓶，瓶子里插着几根桃枝。叶子仍然碧绿，但花已经谢成了陈年血色。花店里从来不见有卖桃花的，也许是从医院里什么地方摘的，凌萧看见停车场就有几株桃树。桃，是个好意头。这些年由于天气变化，桃花总开得比往年要多许多。有几年，春节期间气温已经高得像是入夏。起先，桃树不经意地绽放出几朵花朵，一场雨过后，花就传染了全城。天气溽热，空气中满是苦甜交杂，又带着腥气的味道。接着就是连绵不断的阴雨。几乎有一整个月的时间，人们都看不到太阳，衣服晾在阳台上也总不干，即便是烘干了，也带着一股融融的霉味儿。被子也湿漉漉的，人躺在里面，有股沁凉的触感，意外地好睡。休息日里，凌萧就常常这样缩在被子里，窗外雨声淅沥，她能一觉睡到中午。

当时她和申莉合租的房子在旧城区。房子靠近化工厂，是老房子了，楼层大多不高。房子的外壁因为常年的油烟，变得黑乎乎油腻腻的。几乎一天当中的任何时刻，只要打开窗，就能看到化工厂方向，有一股淡牛皮纸色的浓烟袅袅散开，然后要花很长的一段时间才能被天空稀释。凌萧躺在床上百无聊赖，游戏打累了，电视没意思，书更是不想读。她向来没有什么志向。凌萧的父母早就帮她规划好了人生，她也觉得蛮好的，不用考虑那么多。说到底，人生无非就是结婚生小孩，小孩再结婚，再生小孩。不像申莉，人生规划得很齐整，又有野心，做什么事情都很张扬。那种张扬总让凌萧觉得她像是在暗暗跟谁较着劲。申莉父母不睦，所以毕业了她坚决不回老家。也许是被规划得多了，凌萧就有些嫉妒申莉。她说，没有爸妈管你，真好。申莉说，你也可以的。凌萧想想现下的安稳，又觉得没必要去改变什么，更懒得去改变什么。于是也就只是说说。久而久之，在申莉面前，她总是莫名觉得矮了半截。

那时候凌萧和赵泽的关系已经很稳定。这可算是二人之中她唯一占上风的事。赵泽给艺人当经纪助理，大多数时候没有什么事，但又必须留在城市里待命。申莉不在家的时候，如果她有兴致，刚好赵泽又有空，凌萧就打电话给他，两个人就可以温存一番。赵泽常常心不在焉。凌萧说，放心好了，她不会这么早回来的。心里却想，最好早点回来。她的叫声从并未关紧的房门中飘出去，在整个客厅里回旋。不知是不是错觉，凌萧听见满屋子都是回声。刹那间，一种赛跑运动员即将撞线的喜悦占据了她的头脑。她仿佛听见了掌声。凌萧愉快地大叫起来。赵泽匆忙中抽回一只手，紧紧地捂住她的嘴。

申莉像是听到了她心里的盘算，往往到夜深时分才回来。

凌萧给申莉看赵泽的照片，莫名有些紧张。赵泽戴黑框眼镜，眼周的黑眼圈很重，把他的一双眼睛衬得很大。当时她们谁都不知道这副黑眼圈产生的真正原因。照片上赵泽露齿微笑，很好看。

申莉说："挺帅的。"

凌萧脸红了一阵，说："又不是看上他长得帅。"

多少还是有的，但不完全是。赵泽说起话来口若悬河。是真的口若悬河，凌萧从来没看见过一个人那么能讲，从黑格尔到马尔克斯，余华，莫言，小津安二郎与伯格曼。她听得有些炫目，甜蜜中又有点心慌。晚上，赵泽请她吃饭，凌萧叫上申莉同去。那是申莉和赵泽的第一次见面。饭后三个人又一同去了KTV。小包厢里流光溢彩，旋转球灯变幻着颜色，每个人的脸都跟随着时明时暗。凌萧坐在高凳上对着话筒，看着申莉和赵泽坐在台下注视着她。他们的眼中都只有她，她就是中心。那一刻，凌萧感觉真是幸福。

回来没多久，申莉就告诉涂梦她喜欢赵泽，涂梦又说漏了嘴。于是凌萧就常常回想那个晚上。那天晚上申莉和赵泽坐得很近。凌萧没戴眼镜，散光得厉害，总觉得他们靠得太近了。太近了，手就像是贴在一起。她没在意，只是想，散光好像又深了。

凌萧问："可以换骨髓吧？不是说癌症换了骨髓就会好？"

申莉说："不是所有癌症都可以换骨髓的。"

凌萧有点失落。她和申莉都是A型血。如果申莉说换骨髓可以治，她知道自己一定会说，我去配型试试看吧。不会真的去，她就只想看看申莉听到她这么说时究竟是什么表情。就像当初她对申莉说"那我让给你好了"时的心情一样。只是那时候，凌萧并未察觉出来这是种羞辱。当然，现在她已和十多年前不一样了。

阿辉说："你不觉得这样很虚伪吗？"

凌萧浑然不觉，不过也许自己是假装的。

三角关系最是难搞。她、赵泽、申莉是三角；涂梦、申莉和她也是三角。这种关系的微妙，每个人都在装浑然不觉。涂梦是凌萧的大学同学，上学时她们算不上亲密，是涂梦来鹿城找工作时又重新联系上的。申莉也很欢迎。涂梦似乎更喜欢和申莉待在一起。有时候申莉不在，涂梦也来找凌萧。两个人坐在床上，肩膀抵着肩膀，被子软软地盖住她们的腿。她们坐在床上追剧，也不为着看，大多时候只是心不在焉地瞅一眼，然后伴着剧中的声音讲一些很心腹的话。涂梦常和她抱怨申莉，说她什么都看不惯的态度让人不舒服，像只斗鸡。

涂梦说："真是受不了，全身上下一股自以为是的得意劲儿。好像什么事她都是老大。"

凌萧总是安静地听她说，偶尔附和两句，"啊，怎么这样"，就再不做评价。她想涂梦可能和申莉正在闹别扭，这些话是故意说给她听，想从她这里得到一些赞同，也不知道有没有从中挑拨的意思。但她还是在心里窃喜。毕竟涂梦是她的同学，到了一个陌生城市，却和申莉更要好，那感觉，像是自己的什么东西被抢走了似的。先是赵泽，后来又是涂梦。凌萧和赵泽分手后搬离了那间公寓，涂梦倒还留在那里。她仍然会给凌萧发消息、打电话，说工作或者生活上的事，偶尔，也会像是不经意地提起申莉和赵泽。凌萧通常回应，哦，这样啊。申莉和赵泽在一起后，她连带着和涂梦也断了交往。

搬走后她和申莉就没有再认真地联系过——偶尔双方像是突然想起来似的，发一句问候，新年快乐，儿童节快乐，生日快乐，圣诞快乐。快乐！也许都是随手一笔吧。凌萧不知道申莉是不是和她一样，发这些消息，只是为了提醒一下她，"我"还在，"我"什么都记得，所以要你务必也记得。

申莉最终还是把乳房切了。乳房割了之后，她的胸部变得平坦许多。她自己倒是挺无所谓的，这下好，没有那么沉了。以前两个人走在街上，是夏天，申莉穿了一件柠檬黄的衬衣。衣服的前襟是燕尾式，她把两片尾巴扎成一个结，系在肚脐处。衣服变得短了，衬得她两只乳房越发地大。走在路上，凌萧能感觉到不时有目光辣辣地从四面八方射过来。凌萧是平胸，有点嫉妒。申莉说："大有大的麻烦。一进门，人还没有看见，两只胸倒先进去了。"在优衣库里试衣服，两个人挤一间更衣室。换衣服时申莉指给凌萧看："你看。"两个人哈哈哈地在试衣间里放肆地笑起来。试衣间里地动山摇，出来时人们拿怪异的眼光看着她们。两个人对视一眼，又是一阵笑。那是她们最接近最亲密的一次。

刚刚做完手术，大约有半个月的时间不能洗澡，只能擦身。表妹自然承担起这个任务。没过多久，表妹找到工作，在一家餐馆里做收银员。收银员很忙，就很难得日日过来了。表妹不在的时候，申莉就有些坐立不安。春天里空气潮湿，一天两天还好，久了身上就会泛出酸味，像是面发过头了。仅这一点，就够她受的。

凌萧说："不然我帮你擦吧。"

申莉面露尴尬，说："不用，不用。"

最后还是败给洁癖。后来，申莉也就不再拒绝了。虽然嘴上没说什么，但身体多少还是有些抗拒的，凌萧在给她擦身的时候能敏锐地感觉到这一点。申莉坐在小板凳上，整个人弓着身子，缩成一团。凌萧将泡过热水的毛巾蘸着擦，每触碰一下申莉，她的身子就会缩一下。凌萧看到申莉身上两道疤痕，像是两条硕大的虫趴在上面，触目惊心。她想伸手去摸一摸，但最后还是没动。她鼻头酸了，于是站起身，转到申莉身后去。显然，她们的身体要比头脑坦诚得多。

十几年前也有过这样的场景。倒在浴室里的是凌萧，帮忙擦身的是申莉。那时她们只是合租关系，照面打个招呼，分吃一些水果，算不上熟。有一天夜里，凌萧喝多了。刚回到家时还好，倒在床上躺了几分钟，胃里热辣辣地翻滚起来。凌萧起身去厕所，在门口绊了一跤，最后几乎是爬着进了浴室。她的脸差一点陷进马桶里去。突然，走廊的灯在身后亮了。凌萧在头晕脑胀中听见有急急的脚步声。申莉走过来跪在她旁边，捋了捋凌萧的额发，将它们拉起来。馊酸味漕了出来，凌萧又是一阵恶心。申莉那么爱干净的人！

她的记忆就到这里断了。第二天醒来时头疼欲裂，嗓子干如刀割。凌萧翻过身，却一眼看见床边摆了一张折叠床，申莉正睡在上面。这时她才意识到自己的衣服已经被换过了。她起来洗漱。厕所里的味道还未散尽，凌萧连忙打开排气扇。她的衣服挂在浴帘上方，滴滴答答地落水。走回房间时申莉已经醒了。申莉说："你昨天晚上怎么了？"

凌萧说："很难看吧？谢谢你啊。"

"没事。"

申莉煮了皮蛋粥。两人对坐着吃着，却一点声音也没有。申莉有几次想问又不好问，但最后还是开口问了。"为什么喝这么多酒啊？"

凌萧答："也没什么，只是不太开心。"

申莉又给她舀了一碗粥，说："那就多吃点。粥对胃比较好。吃饱了，人就会开心了。"

后来两人就常常一起吃饭，一般都是申莉做，凌萧则负责买菜和收拾桌子。只有一次例外。那一次是母亲从外地过来看她。三人一道买了菜，做的时候就只有母亲和申莉。母亲说，去去去，不要添乱。把凌萧轰了出来。厨房里满是说说笑笑的声音。香气溢满房间，凌萧坐在客厅里，胃里泛起一阵酸。可能申莉才是母亲想要的女儿。她恨恨地想。

饭后凌萧收拾完桌子，回到卧室里。母亲拉了她一把，朝门外看看，关上门。她将凌萧拉到床前坐下来，说："你们关系怎么样？"

凌萧说："什么啊？"

"问你们俩关系怎么样？"母亲着急起来。

"还可以吧。"

母亲说："你最好离她远一点。她很有野心，比你精多了。"

突然冒出来这么一句，凌萧觉得不可理喻。母亲向来都有被迫害妄想，与父亲离婚后，这种情况更甚。凌萧说："你不要看每个人都是坏人嘛。"母亲说："我走过的路比你多多了，你小心她以后抢你东西。"凌萧满不在乎："我们又不是同行，有什么好抢的。"母亲轻蔑地笑笑，说："走着瞧吧。"

凌萧和赵泽分手后一直没有告诉母亲。她害怕母亲会说："当初我怎么说的来着？"

母亲过世时，凌萧整个人都是懵的。从追悼会到下葬，全程都是由凌萧的表哥，也就是母亲的侄子跑前跑后。凌萧茫然地抱着遗相，茫然地伸手出去被人握着。最后查看来访登记的时候凌萧看见有申莉的名字。她想了想，把有申莉名字的那一页撕掉了，扔进了殡仪馆的炭火盆。火烧了起来。凌萧终于哭了，她觉得这才是母亲希望看到的。

最终申莉也没和赵泽在一起。不知道其中有没有她的因素在。赵泽和申莉在一起后还给凌萧发过微信，态度暧昧。凌萧没有回复，截了图发给申莉，说："你叫他不要来骚扰我了。"想到他们可能会因此大吵一场，凌萧心里挺爽的。隔着屏幕，凌萧看到火星飞溅，燎起一场大火。会下一场雨吗？

从分手那日开始，她就做好准备要和申莉战斗到底。也许当初嫁给王先生，也有同样的情绪在。凌萧知道自己无论如何也是比不过申莉的。那几年她总和朋友们抱怨申莉。她怎么能这样，为什么要专抢我的？朋友们一开始都陪着她一并指责，但听得多了，也就烦了。有朋友说，你知道吗？你现在这样像个怨妇。围绕在她身边的人终于渐渐散去，凌萧又哭了一场。但是，王先生也许可以成全她。现在想来，婚礼之盛大依然令凌萧觉得错愕。她原想给申莉发请柬。无论如何，我至少比你有钱——她是这么想的。但是凌萧最终还是没有请她。她知道，在这么想的一刻，她就已经输了。

待在病房浴室里的时候，凌萧感觉像是回到了在合租房里的那个夜晚。房间里只剩下她们两个人，那一刻，这一刻，她们是相依为命的。凌萧伸出手，用指尖轻轻地触了触伤口周围的皮肤。申莉没什么反应，凌萧自己倒抽了一口冷气。她问："痛吗?"

"现在好多了。"

她用免洗头发喷雾给申莉弄干净头发，用湿毛巾擦了几遍，帮她吹干。申莉坐上床，也不说话，两个人看着，就相互笑笑。申莉的脸上是一种熟练的又藏着尴尬的笑容。申莉说："其实你不用天天都来的。来回跑也很辛苦的。"她也许是想说，其实你每天来，你很尴尬，我也很尴尬。拼了十多年，最后却要和自己的敌人相依为命，这种感觉，想想都令人心酸。但生活就是这样，许多曾经付出多少努力的东西最后都归结为无用，建立了一切，又把它们消解。

申莉说想要找个护工，让凌萧帮她留意一下。凌萧嘴上应着，但没有去找。她对申莉说："反正我也没什么事。"

再回到医院时，申莉瘦得越发脱相了。一件衣服穿在她身上，松松垮垮的，仿佛是没有骨头。病房里的人不时地就会换一次，坐在里面，凌萧的心是慌的。申莉虽然没说什么，但她看得出来，申莉多多少少也是心慌的。医生先前说过，乳房本来就是常规项目，如果按时做体检，可以早一点发现，弄不到今天这样。但怎么就没有查呢？挺恶心的，让别人看自己的乳房，谁知道会这样呢。原先说治疗效果很好，怎么又恶化了呢？所有的战斗都抵不过一场大病，申莉没有输，但她提前退出了战斗。

自那以后，凌萧偶尔会做同一个梦。梦中她独自一人穿越隧道。在很远的地方，有一点星光般的亮色在闪耀着。她知道，那是终点。风从她身后灌进来，推着她往前走。在尽头处，那点星光飘摇起来。猛然吹来一阵风，尽头的光就灭了。

凌萧在黑暗中坐起来，打开灯，起床找水喝。她光脚踩在地板上，房间里有轻微的、粘滞的回声。窗外，黑黢黢的树影飘摇，映射在房间里的一部分，越发地显得房间的空和大。她感觉胃痛，蹲下来。她伸手去抚摸着，又觉得痛的不是胃。到底是哪呢？她痛得哭了起来。

下午，临床的一个女孩要出院了。她化疗过后效果不错，可以回家边观察边继续治疗。那是个活泼的女孩，在读高中，每天都有很多同学来看她。他们在房间里吵吵嚷嚷，声音大得令人头痛。但凌萧和申莉谁也没有开口让他们安静点。女孩来和申莉告别。申莉说：“快走吧，你太吵了，我再也不想见到你了。”病房里的一众人都笑起来。女孩说：“我在外头等你哦。”

女孩和父亲先行离开，母亲和护工则留下收拾东西。她几乎没带走什么，只拿走了衣柜里的几件衣服。母亲对护工说：“都出院了，这些东西都晦气，你拿去丢掉吧。”末了也许是想起申莉还在，转头过来时脸上就露出一丝很尴尬的神色。

申莉说：“没事的。”

房间变得安静了。外面开始下雨，先是淅淅沥沥的，很快雨便连成了一道白幕。雨声越大，越衬得病房里空空荡荡。电视机在响着。在潮湿的房间里，主演们的声音听起来像是裹了一层雾。凌萧和申莉都没有说话。申莉笑笑，说：“真不习惯。那女孩子吵吵闹闹，现在想来倒是蛮开心的。我挺羡慕她的。”凌萧点点头。她想，虽然是寂寞，但还好大家都是活着的。没有比这个更真的东西了。

半晌，申莉伸过手来，拍了拍凌萧的手：“我也挺嫉妒你的，大家都喜欢你……”她仿佛还有话，但没有再说下去。凌萧感觉，自己的心像是被扎了一下。

临回家前，凌萧一眼看见了窗外的细口花瓶。桃花早已落尽了，叶子也落了，只剩下干枯的枝条。她心里有些空空的。凌萧说：“明天早上我再过来。”申莉点点头。快要走到门口时申莉叫住了她。申莉问：“你几点来？”

凌萧说：“吃过了就来。”

“真的啊？”

她听出点依恋的意思，心里发酸：“真的。”

走出一楼大厅，凌萧才切实发觉到这雨的大。雨大得像是天要破了。她从没见过在春天，会下这样的大雨。她电话叫了一辆专车。漫天漫地的银白色，亮得耀人眼睛。每一辆开进医院的车早已打开了大灯。大楼外头不让停车，司机给凌萧打电话，她只好顶着雨跑了一段。打开车门前她愣了愣。不远处，停车场内的几株桃花落了一地，粉的或是红的，像一滩水一样堆在树根处。“干什么，快点上车呀。”司机叫着。雨淋醒了她，她快速冲进车里，那感觉像逃命。大雨跟随着她灌进来，坐垫也湿漉漉的。凉气从身下灌上来，让她禁不住地打寒颤。她的鞋子湿了，也许明天就会变形。司机问：“美女，去哪啊？”

凌萧说：“去滨江路。”

滨江路上的桃花开得正盛。天气还好的时候，草地刚刚被洒过水，被阳光一照，发出一股暖融融的泥土味儿。先是迎春，再是玉兰，再接着，是漫天漫地的紫荆和繁盛的桃花。春光正好。许多即将步入婚姻的情侣都喜欢在滨江路拍婚纱照。有时凌萧看见那桃花，心里会涌上一股暖意。花在努力地在开，她想。想着想着，就笑了。雨越来越大，雨刮转动的速度也越来越快了。即便是这样一场大雨，这一路过去，也总会看到有某一棵顽强地顶在暴雨中。总会有那么几枝。世界万物都是如此。所有的胜利都源自繁盛。

待到明天早上，她会将这几株新得的桃花插在申莉的花瓶里。也许她会说："春天来了。"

也许申莉会说："真好。"

拯救乳房

拿体检报告那天，天气热得能把人榨出水。下班以后，阿梅迫不及待地换上了吊带背心超短裙，但还是闷出一身汗。最后她只好打出租车去拿阿妈的体检报告。相比之下，阿妈从家里去医院要比阿梅从公司去医院方便得多，她出门只需坐两站公交就可以直接到医院。但是，也不知道她究竟哪根筋搭错了，偏偏让阿梅绕大半个城市去取自己的体检报告。如果阿妈看见自己穿成现在这样，一定又是一张扑克脸，她总喜欢说阿梅在外面待了几年，不晓得是跟谁学的，一件衣服这里也露那里也露，一副要勾男人的样子，不检点。阿梅每次听见这个就会和她吵，是又怎么样，现在人人都这样穿，谁还像你一样，里外包得像个荷叶粽。阿妈听见阿梅这么讲，撇撇嘴，低下头去收拾东西，但嘴里仍念个不停。

即使穿成这样，阿梅也还是觉得热。都傍晚了欸，怎么阳光跟正午时候一样强。阿梅坐在车里往外看，觉得路上的行人都在往外蒸腾出一股热气。阿梅看着他们，觉得自己好像也被扔到了那片白光底下暴晒，汗全都聚在额角黏住发根。她急忙翻包找纸巾，然后不停对司机说把空调开大点。司机不满地从观后镜里递过来一个眼神，讲，小姐你看看清楚呀，这都是最低温度了好不好。

这才是五月，太阳就热得像个火炉一样，不知道到了七八月会怎么样，温度肯定要比现在还要高。现在阿梅明白了，电视里整天都有环保主义者在讲臭氧层被破坏气温升高，看来是真的。

出租车卡在下班的高峰期里，一下走一下停，司机干脆熄了火等在那里。他没头没脑地说了句估计还要堵很久喔，听下歌怎样。说完他也不等阿梅回答就直接开了音响。车里的音响超烂，像年久失修的水管，咔咔咔的，邓丽君甜甜的“你问我爱你有多深”在这里听起来都像鬼叫。阿梅听得心烦，又不好讲，只好伸长了脖子去看前面马路，又是红灯。阿梅都不记得自己数了多少个红灯了。车子一被红灯卡住她就在心里骂阿妈。两站路的事，她要是自己来这个时候早就可以回家了，何必搞这么麻烦。窗外的喇叭哔哔哔地响个不停，阿梅的脑子里也跟着哔哔哔的，像是有人在她的脑袋里面敲键盘。她的心一下子焦虑起来，下意识地捏起手指，把自己的每个关节按得啪啪响。司机一听到这个声音，回过头来看了阿梅一眼说，小姐，很厉害哟。

阿梅也记不清自己是什么时候形成这个习惯的。好像是她翘家那年，一个街头的阿飞教她的。当时她觉得这声音很酷——香港电影里不是都这么拍吗？黑社会老大在威胁人家的时候就会把指节按得啪啪响，虽然他的脸都被阴影遮住，但你还是能感觉到他向你走过来，接着，镜头里就开始响起一阵惊声尖叫。阿梅就想要这种效果。一个人在外面，人如果不装得狠一点，总是会吃亏。不过很快，她最初的意图就被彻底改变了。阿梅常常一个人坐在黑暗的屋子里，房间里很安静，加上隔音不好，她总能听到隔壁房间里夫妇的情话、争吵甚至管教小孩的声音。这个时候她就会想起阿妈，在家的时候有火至少还可以向她发，但是现在阿梅变成孤身一人，没有人可以听她讲，只有把手指按下去，听见它们用响声回应自己，这样才不会那么寂寞。

终于，堵车的长龙开始移动，阿梅坐的车也就很快拐进了医院。等阿梅一推开车门，一股热浪立刻迎面扑过来，她禁不住这股来势，马上被捂出一头汗。阿梅脸上的粉底被浸湿了，汗水一蜇，又痒又疼。她摸摸口袋，纸巾已经没了。阿梅往四周看看，发现医院门口有人在派传单，于是赶紧跑过去抢了几张。平时她最讨厌被派传单，因为觉得不想要的东西又硬要塞给你，逻辑和强盗一样。但现在她顾不得这么多了，天气这么热，传单至少还可以用来扇凉。阿梅拿到传单后，立刻把它们对折来扇凉，没想到扇出来的风也是热的。热乎乎的风让她身上的小吊带更加贴身了。阿梅狠狠地扯了扯肩带。内衣的隐形塑胶肩带也被汗润湿了，紧紧地贴在她的皮肤上，一拉就发出带水的啪啪声。有人从阿梅的身边走过，听见这声，便用怪异的眼光看她。特别是有个肥婆，年纪和阿妈差不多大，她看了一眼阿梅，撇撇嘴，眼神中充满了嫌弃，阿梅啐了一口，心里想，看什么看，你想要还没有咧。

体检报告要在体检中心取，阿梅在门诊大楼里转了半天才知道体检中心和急诊中心在一起，于是又踩着高跟鞋噔噔地跑回急诊中心大楼。急诊中心里挤满人，小孩子的哭闹声，护士推车的滚轴声，各色人物叫喊疼痛的声音混杂在一起，简直烩成一锅乱粥。急诊大厅里开足了冷气，可阿梅还是觉得热，甚至热得有些发晕。阿梅绕着急诊中心找了一圈都没有找到体检中心的标志，一个医院设计得像个迷宫一样是要死唷。各种声音还在不停地冲进她的脑子里来，阿梅觉得更热了。汗不停地顺着她的额角往下掉，都是那个老太婆，好死不好让我来拿体检报告，自己却在家里面躲清闲！阿梅怒气冲冲地跺着脚跑到咨询台，体检中心，就在那个验血站的旁边嘛。护士小姐指了一个方向给阿梅。阿梅这才发现原来她绕了几圈都把这个地方错过了。

她赶紧拿着单子冲过去领体检报告。叫什么，王美娟？你等一下我找一下。来，王美娟来。很快就有一只手把体检报告从窗口里递出来交到阿梅的手上。阿梅看不到交递人的相貌，只能看到她的手。那女人的手戴着医用橡皮手套，因为手比较瘦小，所以手套看起来空荡荡的。阿梅看着这双手，总觉得有点不祥。这怎么看都像是一双老人的手，好像临死之前奄奄一息。阿梅把体检报告拿在手上，有些不安起来。她看着阿妈的体检报告，发现“王美娟”几个字写得很难看。阿梅忍不住，干脆直接把体检报告拆开了。

体检报告一共几个部分，阿妈血压有点高，这算正常，人年纪大了通常血压都会高，还有血脂、胆固醇，这些结果像是多米诺骨牌，一个结果异常其他的也逃不掉。不过这都很好解决，少吃点猪肉多去运动下就没事了。吓死了，还以为会怎样。阿梅松了一口气。可是接下来的一项结果就刺到阿梅的眼睛。这是乳房的检查，她看得不太明白，阿梅看着上面的意思，好像是说阿妈的乳房里面有肿块。

有肿块是什么个意思？是不是乳癌啦？阿梅一想到这个吓得差点没坐到地上。她赶紧又把报告递回到窗口里，问，不好意思我问一下，这个乳房肿块什么意思？什么叫什么意思？就是检查出来里面有肿块啦！要进一步检查，看是恶性还是良性啦！欸，我就是问一下，你这是什么态度嘛！我又不是医生，你要具体问你该去问医生啊！很快，写着阿妈名字“王美娟”的报告从体检中心的窗口冷冷地被扔了出来，孤零零地放在上面。这一次阿梅没有看到那双手。

急诊中心的空调也许越开越大了，阿梅不再觉得热，甚至觉得有点凉。她觉得自己穿的衣服确实少了点，阿妈看到现在的自己一定是讲活该。急诊中心里还是像菜市场一样，人来来往往，门口时不时经过一辆救护车，呜咦呜咦地叫一阵，很快又开走。回去要怎么跟阿妈讲，讲阿妈你可能得了乳癌，所以你要跟我去医院检查？她怕话还没有跟阿妈讲完，阿妈的魂就吓得去了一半。都是她啦，不然的话阿梅多少还能有点心理准备。阿梅脑子里嗡嗡响，脚步也乱了。快走到门口的时候，她撞到一个擦着浓烈香水的女人。医院里空调冷冷的，这股味道带着寒气卷进阿梅的鼻子里。

前调是橙花香，中调是玫瑰香，后调是檀木香，再混合着又腥又凉的消毒水，形成一股怪异的味道，这气味阿梅终身难忘。

美娟在沙发上坐着，感觉自己热得快晕了。这时她才站起来，走到厕所里简单地冲了个凉。出来之后她打开了风扇，觉得爽快多了。家里有冷气机，她就是不开，不像阿梅那女仔，下了班把鞋往门口一甩，第一件事情就是开冷气。不当家都不知柴米贵，美娟看着从冷气机里跑出来的冷气都感觉肉痛，不知道那些冷气一跑出来，要跟着跑掉多少钞票。但是美娟不敢当着阿梅的面这样讲，阿梅会讲她只会算计钱。美娟不想算计也不行，她脑海成天里只有一群数字在跑，西兰花要六块一棵，鸡蛋也快要六块一斤，想吃点海鲜，价钱就像打了催生素一样，噌噌地往上窜。现在又讲吃有机蔬菜好，美娟也想买点给阿梅，但是看看价钱又却步了。看起来一模一样的蔬菜，不过打上了“有机”二字，马上就升值了。美娟真想自己也是有机的，这样的话她六十岁，还能去给人家当保姆带小孩赚钱。可是现在保姆也要高水平，不仅要会家务还要会英文，像美娟这样讲国语都还有口音，谁会去请她。

所以美娟除了会做家务之外几乎是废人一个。她退休之后就很少和以前的朋友联系，连妹妹美秀也一样。她觉得也没有什么好联系，除了出来喝茶和逛街之外，再没有别的事好做。时间长了，就让人觉得厌倦。再说女友们现在都有孙仔，出来的时候拉拉扯扯，坐下不到半点钟就被儿媳妇叫回去，跟保姆没两样。于是美娟的生活渐渐安静下来，她很少出门，现在到处都是宅男宅女，美娟觉得自己就是一个老宅女。

本以为生活一直会清静下去，没想到阿梅一回来，她的生活全都乱了套。阿梅之前一个人翘家跑出去混了几年，回来的时候头烫成一个爆炸的蘑菇，美娟越看她越像发廊妹，心想生了她就要教，就叫阿梅把头发弄回来。谁晓得阿梅当她在唱独角戏，听她讲完了，只甩下一句话，你凭什么管我，不要以为你生了我就有权管我一辈子。美娟被阿梅的话噎回来，后来干脆不屑说她，但是心里闷闷地憋了一口气。阿梅明白得很，知道美娟心有不满却又不嘴上说，于是每每都挑衅她，似乎不把美娟的话逼出来她就不会罢休。想到这里，美娟就觉得自己命不好。当初老公一看美娟生下来的是个女，刚好有了借口和情妇跑了。美娟只好一个人带阿梅。阿梅生下来又没奶吃，不是因为美娟没有奶，而是因为美娟乳头小，住院医生帮她用吸奶器挤了三天，乳头都吸破了，美娟痛得直哭。医生就开始骂，哭什么哭，再哭更没有奶了。于是美娟又不敢哭了。奶水好不容易吸出来，可是阿梅天生又是一个塌鼻头，用尽了力气也喝不到美娟的奶。阿梅就一直哇哇哭，早晨哭，晚上哭，不分时候都在哭。到了后来变成只要听见有小孩哭，美娟就觉得那个是阿梅。阿梅一哭，美娟的乳就开始胀痛，奶水很自然地涌出来，浸湿美娟的衣服。她听不得阿梅哭，最终决定给阿梅吃牛奶。医生说，你想清楚哟，母乳喂养比较好。

美娟说，我就是不想让她再受苦。

谁晓得阿梅出去个几年变成这样，不仅脾气越来越差，而且花钱似流水。现在阿梅在百货公司里卖香水，工资不算少，但也不能这样挥霍。前段时间流行彩虹色，结果阿梅买内衣就买全了七个颜色，说要穿着彩虹去上班，这样才够性感。结果买回来，又嫌颜色太亮会透出来，把买来的内衣全都丢在了一边。美娟觉得可惜，想捡来穿，但是罩杯又不合适，只得任由它们晾在衣柜里。美娟想想，觉得阿梅在外面几年除了花钱之外好像什么也没学会。阿梅回来的时候，美娟打开门看见她，愣了一愣，两母女点个头算是打过了招呼。只要回来了就好。两个人像有默契一样，对过去只字不提。

一想到这些美娟的乳就开始痛。可能是心痛吧，心和左乳靠在一起，位置太近，所以到尾美娟也搞不清楚究竟是哪里痛。她常常都觉得乳痛。不过病痛这种事，忍忍就过去了。花钱买那么多药来吃，到最后不是一样要吃死。医院就是一个无底洞，人进去注定都是要死。街口卖鱼蛋的阿萍那么健康，有个什么伤痛就去看跌打，其他的就到中医店去拿几副药。几十年来不也这么过了。结果后来去医院就检查出有肝癌。阿萍自己讲没事，吃几副中药就好，但她的子女就千方百计把她拖去医院，管子仪器在她身上插了一大堆，结果没多久阿萍就过世了。阿萍住院的时候美娟去看她，病房里的冷气呼呼地吹在美娟身上，把她的汗毛全都吹得竖起来。阿萍躺在床上，脸色蜡黄，看见美娟来了应该是很高兴，但她说不出话，只是向美娟伸出一只手。美娟本想把她的手接过来，可是一想阿萍得的是肝病，又把手抽了回去。阿萍的女很聪明，马上把阿萍的手放回到被子里面，讲，阿妈我知道你看见美娟姨心里欢喜，但是你不要这么累，你听美娟姨跟你讲。美娟看着阿萍的脸，乳又开始痛，她想着阿萍原来那么靓女，如果不说她是鱼蛋妹都不会有人信，可现在她的身体皱巴巴的，好像一颗被泡烂的鱼蛋。美娟看着阿萍，听着她身边的那些机器滴滴嗒嗒有规律地在响，顿时觉得很悲凉。她鼻子一酸，也来不及讲阿萍我再来看你，就直接捂着脸夺门而出。

美娟还没来得及去看阿萍第二次，阿萍就被孤零零地推进了停尸房。美娟觉得，阿萍就是被那么多管子和仪器给害死的，如果阿萍还是在街市口看跌打、看中医，肯定还会多活很多年。有了这个经验，无论如何她死也不肯去医院。一听要去医院美娟就胸痛，阿梅看她这样就讲她神经病。要不是阿梅这一次死拉硬拽把她弄去医院做体检，她才不要去。搞什么体检，就是白花钱。美娟觉得，花上千块钱在医院里转一圈，还不如她平时买膏药喝凉茶。上千块，可以买多少膏药和凉茶。美娟想起来又觉得乳痛了。她觉得应该和阿梅谈一谈，谈谈应该怎么过日子，谈谈如何为将来打算。不过阿梅向来对这些不感兴趣，之前美娟也提过，阿梅一听到这个就要和她吵，说你就是因为这样才一辈子穷到死，人要知晓怎么花钱才晓得赚啊。美娟觉得阿梅的话似乎也有道理，于是话又噎在喉咙口，最终还是没讲出来。

刚想到这里，阿梅就顶着一脸热气从外面进来。她看美娟没开冷气，张嘴就喊，讲过多少次，阿妈我们又不缺钱，你开一下冷气是不是会死……阿梅说到这里，像是突然想起什么一样，自己抽了自己一嘴巴，然后扯起包包的背带直往房间里冲。美娟愣了神，直到看见阿梅进了房间才想起来问，阿梅呀，晚上吃什么呀。

吃个鬼，不吃了！房间里闷闷地吼出来一句。

不知道又发什么神经。美娟冲着阿梅紧闭的房间撇撇嘴，站起身来去厨房找围裙，准备煮晚饭。

阿梅一回房间里马上就开了冷气，刚吹了两分钟又觉得胸口前泛上来一阵麻。她打了个寒战，赶快把冷气关掉。阿梅的脑海里一直晃着

“乳房肿块”四个字，于是就开计算机连上网络去查有关的信息。网络上信息繁杂，大多是有人在提问有了乳房肿块要怎样办，还有普及究竟乳房肿块是什么。阿梅看着这些专业术语，觉得什么也没有看明白。她依次打开了许多链接，觉得上面讲的和体检中心那女人讲的没有什么两样：肿块有恶性也有良性，要确认的话还是要去医院。

阿梅想到还要带阿妈去医院就觉得头痛。之前说去体检，好像要了她的命。阿妈体检回来就开始念，花上千块去被医生这里捏一下那里照一下，还要去抽血，我自己还要去吃补品补回来，还不如把钱给我去看中医。阿梅听了就有气，又懒得和她吵，吵来吵去都是那些内容，她自己都烦，于是干脆把电视音量调到最大档把阿妈的声音遮住，她讲她的，阿梅就只听着电视轰隆隆地响，有种很爽的报复感。

不过阿梅想不明白阿妈怎么会长肿块。网络上讲一般生气郁闷的人才会长肿块，癌不是也这样吗，阿妈自己认识的那些中医也是这样讲，郁结不疏身体里面才长那些奇怪的东西，不然的话为什么整天叫你要开心。阿妈的脾气慢得要死，哪里会郁闷。真要长肿块，也是阿梅这种脾气的人长才比较合理。

阿妈开始在外面叫吃饭，阿梅不想继续考虑这件事，于是关掉了计算机。她慢腾腾地挪着步子到桌前坐下来。天气开始有些闷，不知是因为没有开冷气还是快要下雨，阿梅往窗外望了一眼，似乎也真的看到一团乌云逐渐聚拢过来。阿梅又开始觉得热了。这间屋结构不好，是西晒，一到晚上西边就积聚大量热，把整个房间熏得像个烤炉。阿梅的吊带背心上后脊湿了一大块，黏嗒嗒的，像一件没有晾干的衣服直接贴在自己身上，让阿梅恨不得一把把衣服扯掉。这时候阿梅总会羡慕男人，热的话可以直接赤膊，女人因为有乳，总不能直接把这两乳也露给人家看。

阿妈坐在对面不紧不慢地吃饭，时不时地冒出来一句，今天的鱼做得不错，你多吃点。除了叫阿梅吃饭，阿妈也不说话，闷声不响就像个葫芦。一个人坐在那里一整天，也可以不发声，阿梅心下不客气地想如果她是阿爸当初也要在外面找女人，每天面对着这么一个死气沉沉的女人，就算阿妈长得再靓女，阿爸原来有再多爱，到最后也会全部被磨平。阿梅被这安静逼得坐不住，于是起身走到客厅里去开电视。不管电视里放的是什么，有点声音至少不会觉得这个家死气沉沉的。谁晓得一开电视又是丰胸内衣广告。广告里有三个年龄不同又愁眉苦脸的女人，都说自己很苦恼，因为自己的乳不够大。因为乳不够大，她们要不然找不到真爱，要不然就是老板不重视，把女人的乳说得很重要。就是啊，这个社会哪有那么多真正的女强人，女人有乳的话还可以多一个本钱。阿梅自己就有一副大胸，卖香水的时候她都晓得多把西装领往下拉一点，这样男顾客也会更多一点。

等坐回到饭桌前阿梅又想起检查报告的事，她想干脆直接和阿妈讲了，反正也是迟早的事，阿妈，你什么时候得空跟我去医院一趟，医生叫你去检查。

阿妈没有抬头，一边低着头夹菜一边闷声说，我讲过的，你有那个钱不如给我去看中医。

阿梅看见阿妈这个样子火一下窜上头顶，整个脑袋嗡隆一下变得火热，好像被放在炭火上面烤。这个老太婆，就是固执到死，虽然每天看上去都很平静，但不知为何，这状态让人看了就有气，能一下子把人点燃，恨不得让人直接冲上去就和她吵。

没得商量！你去也得去不去也得去！阿梅直接把筷子拍到了桌子上。

阿妈翻了翻眼皮，低下头继续吃饭。阿梅看见她这样更恼火。汗水顺着她两鬓黏腻地流下来，像蜗牛带着黏液从她两鬓爬过去了，弄得她很焦躁。西晒的太阳往饭厅更靠近了些，让她觉得更热了。冷气机一直没有开，在饭厅里坐久了，阿梅觉得自己全身上下都是一股馊味。这味道一阵一阵地钻进阿梅鼻子里，让她感觉自己就好像一个巨大的垃圾箱。都是阿妈啦，天气热，又不开冷气，省钱省钱，到底能省下几个钱？

阿梅两腿一推椅子站起来，椅子蹭着地板哗啦一声响。她推开碗直接离开饭厅，末了又转回头来对阿妈讲，我再讲多一次，没得商量。阳光大咧咧地照着，丝毫没有减退的意思。阿梅恶狠狠地瞪了一眼窗外的太阳，结果很快又被回敬，白刺刺的阳光刺痛了阿梅的眼睛，在她的瞳孔里面留下一连串混乱的色彩。

美娟看着来来往往的人群，再看看身边拉长着一张脸的阿梅，不敢多说话。她真的不喜欢医院，尤其是阿萍死在医院里之后，美娟对医院就更没好感。医院有什么好，医生大手一挥开的全是化验单，不是验血就是验尿，超声波、CT、核磁共振，没有病也会查出一点来。再说了，来一趟医院要是没有个上千块，哪里出得去。阿梅就是吃饱撑到才会来医院。可这些话美娟不敢对阿梅讲，一讲阿梅就要和她吵。

美娟手里捏着排队号，25号，估计还要一段时间才能排到她。医院里的消毒水味很重，直冲美娟的鼻子。这种味道让美娟觉得不吉利，让人联想到停尸房，阴气重得很。科室里坐了好多人，各个年纪的人都有。美娟这么大年纪了还要来看乳，让她觉得有点羞。可阿梅就说她这里有问题，医生叫她来检查。美娟想乳能有什么问题，除了平时有点痛，而且究竟是乳痛还是心痛都没有弄清楚，阿梅就把自己弄到这里来，搞得她坐下来的时候觉得人人都在盯住自己看，有人在私语也有人似在窃笑，美娟觉得她们是在冲自己，顿时脸热到脖子根。阿梅似乎什么也没感觉到，找个位置叫美娟坐下，接着自顾自地站起来去看排队排到哪。

阿梅推开医生的房门去看，却被医院里的实习生推出来，欸，你这个人怎么就这样闯进来，会不会排队啦。阿梅就很不满地指着门板开始吼，看一下怎么啦，谁叫你们这么慢。她的声音又尖又厉，喊一声弄得整个科室的人都把目光调转过来看她，美娟觉得好难堪，只好把身子缩成一团，紧紧靠在自己的位置上。阿梅喊完了扭着屁股走过来，讲话还是一股火药味，我都看见那个护士带人插了不知道多少个人，这样等都不知道等到几时，看一下还不许，真是没天理！她把包包往旁边的空位上一甩，拿着美娟的病历本顺手就开始扇凉。医院里的冷气开得很足，况且阿梅像往常一样穿着吊带小短裤，这样穿能有多热。可是她偏要扇得哗哗响，好像全世界只有她最热。美娟看见她这样，觉得乳又开始痛，真想坐得离她远点。

阿梅一定是肝火旺，不然不会成天地发火。美娟觉得阿梅应该跟自己去看中医，开几副中药来吃吃，把火泄掉，年轻女仔有这么大火气，以后肝肯定会坏掉。阿梅小时候性格不是这样，她小时很乖很听话，听话得甚至让美娟担心，怕她到了学校以后被同学欺负。后来果真是这样。阿梅被打了也不敢告诉老师，只是带着一脸花回到家。美娟逼问了很久，阿梅才断断续续地说出真相。美娟气不过，叉着腰找到对方家里去，阿梅却拉着她的衣角怯生生地躲在后面，仿佛做错事情的不是别人而是她。到了现在，情况就完全调转过来，仿佛阿梅是妈她是女儿，美娟什么都要听她的，否则的话就会被骂。美娟不敢和阿梅吵，她怕阿梅又翘家跑掉。老公跟着情人跑，女儿跟着阿飞跑，好朋友阿萍也被医院搞得没了命，丢下她一个人归西。美娟不知道自己是不是因为上辈子造孽，所以要用现世来还，于是一生都在经历被抛弃。为了不让阿梅再次翘家，美娟事事都让着这女仔，反正她已经年老，在这个世界上活不了多少时日了。吵来干什么呢，忍忍就会过去。没想到，她越安静，阿梅的脾气就越暴躁，像颗炸药一样一点就爆。

刚才房门打开的时候，美娟瞥见里面坐着的医生是个男人，她咽了一口口水，心突突地跳起来，乳又开始痛。怎么是个男人？不过之前谁跟她讲过，有名的医生好像都是男的，妇科都有男医生别说是看这个。她想到等下要把自己的乳拿出来给那个男医生左右仔细打量就觉得原先本来就痛的地方更加胀痛起来。这回是连着心一起扭打在一起，好像谁把她的心脏当作抹布一样在不停地扭，仿佛要把里面的水全部扭干。美娟想先忍一下，可能忍一下就过去了。在家的话贴几贴膏药也许就好了，可现在是在医院，什么都没有。所以美娟才不想来医院，一来医院就倒霉。她捂着左乳俯下身来，用全身的肉都挤压住痛处想着这样可能会舒服点。谁晓得，剧痛反而加剧了。它像波浪一样一波接一波地撞击在她的左乳上，让美娟喘不过气，恨不得干脆直接切掉它。走廊里的灯正照在她的头顶上，不知怎的，衍生出无数个炫目的光圈，让她觉得头昏眼花。美娟觉得，脑子里的神经好像一下子被抽走了，于是身体再也不受控制，整个人直挺着倒了下去。她看见很多人冲自己围了过来，她想坐起来，但一点力也用不上。她听见阿梅尖厉的声音在走廊里响了起来，欸欸欸有没有人啊！护士！护士在不在！有人晕倒了没看见呀……阿梅踩着她的坡跟凉鞋噔噔地跑走了，阿梅不要走呀，不要丢下阿妈。美娟的嘴张了张，声音卡在嗓子里一点也发不出来。阿梅的身影越来越远了，她的声音也越来越远，最后也还是一样，阿梅也是要丢下自己。美娟这么想着，乳一阵剧痛，意识全部模糊掉。

阿梅再次看到美娟是几天以后。美娟的病床靠窗，一到下午，阳光就晒到她的床上，即使把窗帘全部拉下来，冷气机的温度调到很低，房间里还是一样让人感觉热。阿梅跟护士站的护士吵过要换床位，结果她们每次都趾高气昂，态度高傲得让阿梅恨不得直接冲进护士站里面扇她们几耳光。换床位？你没看见现在走廊上全部都住有人，你要是能找到床我马上就给你换。阿梅被那些年轻的小护士用话堵回来，大脑里有一股热流窜顶，感觉就像火山喷发。阿梅最后还是忍了，想万一和她们吵了，她们趁她不在的时候对阿妈不好，扎针的时候多让阿妈受点罪，鬼才晓得是失误还是故意。

阿妈被查出来是乳癌。她倒下的时候一群护士急急忙忙把她推走，阿梅看见她躺在急救床上，双乳挺着，不晓得为什么，觉得很扎眼。没过几天检查结果出来医生就说要切乳。阿妈自己听了好像没什么反应，仿佛那两只乳不是她身体的一部分，而是两团多余的肉。反倒是阿梅在一边急到跳脚，为什么要切乳？你们不要以为我什么都不懂，我也有在网络上查！不是有保守治疗吗？为什么一定要切？医生看起来很不自然，可能是顾及到美娟，小姐呀，你能不能小声点，这里还有其他病人在的。

自从知道阿妈要切乳，阿梅每天都在网络上查关于切乳的消息。网络上都说解决乳癌最直接的方法就是切乳，但是她问过一起卖香水的菲菲，菲菲一听就尖叫起来，神经啦不要切！你没听说过切完乳的都活不长吗？阿梅看着菲菲一脸认真的样子，心里咚咚咚地敲起鼓来。

下班的时候阿梅又去阿妈那里，提了一大堆水果。阿妈坐在那里，穿着医院里发的病号服，她小小的身体被宽大的病号服衬得更加小，唯有两只乳仍然耸着。她快六十岁了，但是乳一直都没有下垂的迹象。换作是别的女人，到了阿妈这个年纪，乳早就像成熟的木瓜一样垂下来，这样才是生理自然。不过一想到过段时间这两只乳就要被切掉，阿梅心里就倒抽一口凉气。这两团肉是作为女人的标识，如果切掉了，还算什么女人。

阿妈晓得自己得了乳癌，不惊不诧，和往常一样面无表情。阿梅想她是不是不正常啊，这是癌耶，癌不是绝症吗，正常人听到无论如何都会先哭一场再说吧。阿梅自己都想哭，可是她哭不出，只能和医生吵，把害怕都吵出来。她喊得越大声，心里面就觉得越安全。可是阿妈每日好似一尊佛一样坐住，看见阿梅来了就点个头，说你来了，又继续看电视。阿梅看着她这副样子觉得着急，是要切乳敹，她怎么都无所谓啊。阿梅真想把她的脑子切开来看看，看她到底在想些什么。

病房里斜照的阳光依然和平时一样打在阿妈的床上，把她脚头的那块被褥烤得热烘烘的。护工刚拖完地不久，太阳光把病房里的消毒水也一并蒸得很热，搞得味道很诡异。阿梅进来之后觉得自己流出的汗也是一股消毒水味。阿妈坐在那里却好似一点也不觉得热，窗帘就在她手边上，她顺手一拉就可以遮住阳光，但她就任凭太阳这么照着，好像什么也没有感觉到。阿梅看着这阿妈这种闷闷的状态，真想几巴掌扇醒她。人家都说好死不如赖活，她是不是失去活的希望?

阿梅快步走到阳台边把窗帘全部拉下来，又打开冷气。她走近阿妈，闻到她头上有一股头发被烤焦的味道，估计是阳光照得太久。阿梅拿了一根香蕉递给她，阿妈接过去，剥开吃了。旁边病床的女人看见这些，就开始挑话说，阿姐你真是好福气，你看你个女天天来看你，好孝顺，哪像我家女，一个星期都看不见几回。阿妈一边吃香蕉，一边冲人家点个头，嘴角微微向上扬了扬。这算是笑吗，阿梅不知道。

结果这句话讲完之后病房里又安静下来，临床的女人就跑出去和别人聊天，在外面嘻嘻哈哈有说有笑，声音一直传到病房里面来。阿妈跟人家一起住，怎么都不会被人家感染到一点，还是整天闷闷的。阿梅坐在床边，翘着一只腿，脚吊着凉鞋甩啊甩。她感觉到阿妈斜视过来的目光，她知道阿妈不喜欢这种打扮，不喜欢你就讲咯，她就是不讲，把所有话都憋在心里还甩一张扑克脸。她越这样，阿梅就越想挑衅她，看她究竟能忍到什么时候。人家讲，兔子急了还会咬人，阿妈为什么就不急。

她像是一个无底的收纳箱，把阿梅这些挑衅全部都收进去，自己安安静静地做事，搞得阿梅的气焰瞬间都瘪掉。这感觉很不爽。

阿梅又坐了一会儿，觉得两个人不讲话实在是尴尬，于是拿了遥控器去开电视。她把声音开得很大，好像这样就能把气氛缓和点。电视台里放的电视剧主题都差不多，不是婆媳大战就是小三上位，要不然主角得了绝症哭得一塌糊涂。阿梅看见这个赶紧转台，转到那种健康频道看中医讲养生，她估计阿妈会喜欢。平时阿妈拒绝来医院的理由不就是这个吗，“还不如给钱我去看中医”。于是她没话找话地就在那里讲，欸，阿妈，你晓得不晓得你血压也高欸，这里不是讲用苏打水加盐泡脚可以缓解高血压。不然哪天也给你试试看。怪哦，都不晓得你为什么会高血压，人家讲那种生气多的人才会血压高，你整天闷闷的都不讲话。对了，不然叫美秀姨来陪你好不好，她反正都没事做。你有没有她的电话啦？

听见阿梅这样讲，阿妈总算有点表情，她坐起来，去床头的柜子翻笔和纸。阿梅觉得也许她是希望见美秀姨的，她们平时虽然并不联系，但毕竟是要切乳，好歹也是一件大事。有个姊妹在也可以多点安慰。于是阿梅趁热打铁说，对嘛，你有她的电话没？我去叫她来嘛。等阿妈写好了电话号码递给她，阿梅看了看就把字条收进包里，那我回去打给她，反正你跟我也没话讲。你好好休息哦，我明天再来。阿梅站起来，拎起了包包就准备走，阿妈坐在床上也不起来，只说一句，你走哦，声音淡淡的，听得阿梅有点丧气。她想阿妈是不是根本不在意她？算了，她都要切乳了，自己干嘛还去和她计较这种小事。

阿梅走出了病房才发现，原来刚才把电视音量开得超大的，在外面都能听得见。这声音在走廊里晃着，加上护士推着滚轴小车嗞嗞在地板上擦出的回响，两股声音混在一起，在走廊上来回飘荡，让阿梅觉得有点心慌。她下意识地擦了一把自己的额角，没有汗。

美娟看得出，美秀来之前一定哭过了。她的眼睛有点肿，鼻子也红了。虽然美秀进来的时候冲她笑了，但美娟巴不得她不要笑，笑得比哭还难看，搞得她看了心里堵。

美娟觉得阿梅有点小题大做，开始是搞体检，检查出来个乳癌，接下来医生就说要切乳。美娟看着阿梅一直跟医生吵，切乳？切什么乳？切乳会死人的你们晓得吗？她看着阿梅急得跳脚就有点幸灾乐祸，早就说了嘛，给点钱让我去看中医不是老早就好了，何必到现在还要把乳都切掉。不过她这些话又不敢和阿梅说，她要是一说阿梅肯定就要骂她，你就是这样什么都不在意，结果才会搞了一身病！要不是看着阿梅那个火山脾气，她才不要住院，这里又臭又不吉利，每天不晓得死多少人，出了医院她一定先要买一大盆柚子叶煮水来洗晦气，进门前也要跨火盆才算完。

这一次阿梅把美秀叫来，不知道她心里是怎么想的。可能只是想让美秀来陪一下自己。美娟觉得没必要。美秀一看见美娟，立刻就扑过来，两只乳挤压在美娟的乳上，阿姐你怎么都不给我打电话，要不是阿梅叫我我都不知道，你太把我当外人了！美秀身上带着一股汗水与香水的味道，再加上护工刚拖地留下的一屋子消毒水味，两股味道拧成一团，浓浓地直往美娟的鼻子里钻。美娟闻了，只是觉得头晕。阿梅在美秀身后安安静静地站着，不讲一句话，这样倒显得美秀很聒噪。美娟自己也不记得自己有多久没见过美秀了，反正她们两个人来往不多，这次要不是阿梅问她要美秀的电话，估计她也不会想到要找美秀。美娟觉得自己一个人生活习惯了，生活嘛不都是这样，什么都是慢慢习惯，一开始没有老公不习惯，久了以后也觉得没什么，反正也不会死。切乳也是一样，估计就像切盲肠，没用了切掉就好，反正也不会死。

所以美娟看到美秀的时候并不激动，只是应付性地搂了她一下。美秀伸手去把美娟的手拉过来放在自己手心里握着，好像是要安慰她，阿姐不用担心啦，你只要心放宽，一切都会好。美娟觉得自己被美秀当成了小孩，有点不习惯。她原本不觉得切乳是大事，但是阿梅和美秀看得这样重，她自己也开始觉得不应该把这个事看得太随便。她看了一眼阿梅，阿梅提着食盒放在床头上，从临床找了一个多余的椅子过来靠着她的床坐下。阿梅这几天好像瘦了，锁骨硬生生地凸出来，像是要穿过那层皮，好扎眼。她每天来来回回都在公司医院家里三头跑，也难为她。平时阿梅几乎什么事情都不做，内衣穿完了丢在洗衣筐里就算给美娟面子，一般都是直接丢在洗脸台。美娟不知讲过她多少次，她每次都讲，好啦，你次次都讲，讲得我耳朵都起茧，到头来还是一样乱扔。现在美娟不在家，阿梅她不仅要洗衣，还要送饭到医院来，难怪会变瘦。美娟想到这里，突然想去摸摸阿梅胸前的那两根骨，觉得它们也辛苦了。

美秀看见阿梅坐在一边，立刻叫她坐近一点，又转过头来跟美娟讲话，阿姐你看阿梅够孝顺，有这么个女我都情愿生病！她说完又觉得不合适，立刻用一阵哈哈大笑掩过去，讲，我说笑我说笑。美秀看了一眼阿梅又看看美娟，讲，欸，你们母女怎么都不讲话，阿梅你小时候最喜欢你阿妈啦，什么事情都粘着你阿妈，怎么现在都完全不一样。

阿梅的样子看起来很迷茫，好像美秀说的不是她而是别人。美娟想阿梅可能早就不记得，不过也没什么好记得，人毕竟是要长大，阿梅要是像小时候的那种个性，说不定美娟死都闭不上眼。谁知美秀见阿梅和美娟都没有搭腔，自己更来了兴趣，阿梅你不记得啦，你小时候最喜欢摸你阿妈的乳，不摸你都睡不着，摸不到的话就哭着吵着找你妈。有一次带你去我家，哦哟，本来决定过夜的结果又给你送回来，就是因为你找不到你阿妈呀……

讲什么讲，这些有什么好讲！阿梅突然跳起来吼了一声。

美秀显然吓了一跳。美娟也吓了一跳。阿梅站起来，拎起包包甩下一句话说，我走了，饭盒放在这我明天来收。接着就嗒嗒地走出病房。美秀见阿梅一走出去，赶紧凑上来问，唷，阿梅脾气怎么这样啦。美娟不晓得要跟她讲什么，只是想着阿梅怎么会因为这个突然爆发起来。是因为她觉得讲了小时候的事情觉得丑？美娟摸不透。

窗外的太阳渐渐暗了点，但余热仍然在。美秀走去阳台上去拉窗帘，好把阳光都遮住。美娟看着美秀的背面，觉得有点像阿梅。之前她们都讲阿梅长得像小姨，美娟还吃醋，现在一看还真像。窗帘一拉整个房间就暗下来，美秀的脸有点看不清了，美娟晃眼一看还以为是阿梅。她差点直接就把“阿梅”两个字脱口而出。走廊外面渐渐响起来餐车叫人打饭的声音，美秀帮美娟架好床上的架子，打开食盒，美娟一看里面全是自己喜欢吃的东西，有香菇、西兰花，还有个虾仁百合。美秀一边把这些东西摆到小桌上一边说，哎哟，阿梅真是够孝顺，阿姐你真是好福气哦。美娟点点头，她不知道阿梅是什么时候记住这些的，但是这些菜就真实地摆在她眼前。这么多天了，她就连知道自己乳癌也很淡定，可是现在美娟的眼眶一下子湿了。美秀见状赶紧扯了抽纸过来说，哎呀，阿姐你该高兴呀，有这么好的女儿，哭什么。美娟用勺子舀了一口虾仁百合，连同泪水一同吞进嘴里，点点头。

美娟出院那天，阿梅包了一辆出租车。她预先把所有的钱都结好，省得到时候美娟又开始念，花那个钱还不如坐公交车。

美娟的乳最后还是被切掉了。她出院的那天穿了一件平时穿的丝质上衣，不过胸部似乎变得平坦了。阿梅虽然之前就已见过美娟这副模样，但等她真正穿上了平日里穿的衣服，看着她衣服前面突然变得空洞的双乳部分，阿梅觉得自己的双乳也跟着刺痛。这种痛像海浪一样一波接一波地拍过来，扎在胸口上，让阿梅觉得喘不过气。她大口大口地呼吸着，觉得整个人像闷在被子里一样，喘着喘着就被捂出一身汗。

走出医院的时候阿梅有点后悔是不是不该带阿妈来医院。阿妈住院这段时间，整个人就直接瘦掉了两三圈。是切乳的关系吧？菲菲之前就讲切乳的人没有几个活得长，但是听医生的讲法如果不切的话可能死得更加快。医生那几天每天都来找阿梅问你们到底做决定没有，再不切到话到时候扩散我们就不负责了哟。阿梅被那个男医生问得头疼，好啦，我知道啦，我会尽快回复你。她看到那个男医生的脸就觉得很讨厌，觉得他好像是来催命的，阿妈的命掌握在他手上他就以这种俯视的姿态每天来问一遍，所以阿梅看见他都不会有好气。

等出院手续全部都办好，阿梅就给包车司机打电话，很快一辆红色的出租车就开到了住院大楼门口，车里面跑出来一个戴帽子的人问是不是王小姐。阿梅点点头把东西递给他，然后扶阿妈坐上车。天气很热，但是还好一早司机就把冷气开足了，这样就不会觉得热。阿妈靠着窗坐着，阿梅忍不住又去看了一眼她的胸部，觉得好刺眼。

自从阿妈住了医院，阿梅自己在家睡的时候就经常半夜做噩梦惊醒。梦里面阿妈躺在手术台上，医生切掉她的乳之后她就开始不停地流血，医生急得直出汗，护士也手忙脚乱地拿东西给他擦，但是阿妈的血还是流不停，像河水一样哗啦啦地一直流到阿梅的脚底下。阿梅在手术室外面急得不停捶窗子，喂喂喂，你们想想办法呀想想办法呀……她自己这么喊着喊着就醒了。阿梅看看冷气机，温度很正常，但是自己的睡衣却湿掉一大块。

于是她起来冲凉。阿妈有一段时间不在家了，内衣什么的都要她自己洗，这个时候她才开始觉得麻烦。以前她都直接丢在洗脸台，反正阿妈会洗好晾干放在她床上。她习惯了这些所以之前她都没有发现。直到现在，家里剩下她一个，她才觉得好麻烦。真的好麻烦。

阿妈一不在家，一切都被放大了。七十几平米的房子两个人住不算大，但阿梅现在觉得这间屋变得好像有几百平米，人从这边喊一声那边都没有人会听得到。阿梅在里面就觉得很害怕，她突然想如果阿妈有一天死了怎么办，那样的话这间房子就只剩下她一个人，每天都要独自面对空荡荡的房间还有阿妈留下的味道。阿梅想到这里，突然觉得很恐怖，直接哇地一声哭出来。

这恐怖一直持续到阿妈手术做完才有所缓解。医生说，手术很成功。阿梅听到这句，冲上去抱住医生就开始哭。这样阿妈就不会死了吧，至少可以多活几年吧。她的妆和唇膏弄了医生一身，医生拍拍她说，这都是我们应该做的。

手术刚做完的那几天阿妈不能洗澡，阿梅就用毛巾给她擦身。这是她成年以后第一次碰触阿妈的身体。美秀讲她小时候总是抓住阿妈的乳不放，她恶狠狠地打断了不想她再继续讲下去。不知道为什么，阿梅总觉得阿妈的乳癌是因为自己才得的。阿妈是没有生过太大的气，脾气一直温吞吞，但人家讲郁结不疏也会长癌，阿妈就是这样才会被切乳吧。阿梅出生的时候忧虑她被抛弃，接着忧虑她没有奶，再忧虑她的个性她抛弃自己出走。一切都是因为她。只不过阿妈从来没有讲出来过。等美秀把这些话一讲出来，阿梅觉得好像是拿刀往自己的最痛处戳。

阿妈其实很羞，听阿梅讲要帮她擦身，她犹豫了半天一直讲不用了吧。阿梅打断她讲，不用不用，你到时候溅到水，伤口发炎要怎么办啦。阿妈听了这句才算松了口。她把衣服脱下来，原来耸立的两乳现在已经完全变了样，好像它们也没有精神，蔫掉了。等阿梅走到阿妈正面，看到那两个巨大的伤口，不觉倒抽一口冷气。阿妈胸部的两道伤痕，像两条丑陋的蜈蚣，紧紧地扒住阿妈的乳不放。如果可以的话，她真想用毛巾它们全部擦掉。阿梅觉得自己的乳也开始痛，像是缝衣针一针一线地在她的身上在缝合，让她去体验阿妈的那些伤口。阿妈见她一直盯着自己，于是说，阿妈没有事，你看切掉不是就好了吗。

是啊，切掉就好了。阿梅使劲吞了一口口水，连同自己的眼泪一起吞下去。

窗外的太阳热烈地照着，不过车内的冷气开得够足，所以阿梅不觉得热。阿妈安静地靠着窗边坐着，眼睛出神地望向窗外。窗外仍然是交通的高峰期，马路上的汽车哔哔哔的响个不停，但是挪动的速度像蜗牛。出租车司机好像一点也不着急，打开音响就开始放音乐。阿梅很久没听流行歌了，不过她听着那调子很好听，她回过头去看阿妈，阿妈似乎也满意，她跟着音乐的旋律微微点着头。五月底了，马上是六月了。时间还在继续着。时间还有好长，不知道阿妈会活多长。阿梅希望阿妈能活得长一点，能看到她出嫁，最好还能帮她带小孩。那个时候阿妈才算是觉得幸福吧。阿梅这么想着，坐过去离阿妈近一点，把头靠在她的肩膀上。阿妈愣了一下，一开始肩膀有些僵硬，但很快就软了下来。阿梅觉得自己的头应该是靠在阿妈原来乳的位置。她原来有着耸立的乳的位置。即使现在那里是一片平坦，但是她也能感觉到那里有一股搀和着母体的乳香，就像小时候一样。

中篇小说

伤心鹈鹕之歌

她们几乎是不谋而合。在距离父亲老家的最后一个服务区刘芷若停了车，母亲一下车就进了超市。加完油付过钱，她看见母亲从超市里出来，手上提着好几个大塑料袋。刘芷若知道母亲买的数量绝不仅仅是手上的那些。她将车停到空闲的车位上，给母亲开门放东西，在她搬运的空当走进超市。果然。超市里的地上放着两个小型纸箱，超市的一个女服务员正在喜气洋洋地打包。

箱子里都是食品，多数是纸盒包装的，也都是叫得出名字的品牌货。按母亲以往的风格，这些东西并不算多，但它们的价钱和数量传达着一个精致的信息。母亲是有意要在父亲家的那群亲戚间炫耀一番的。但炫耀又必须有度——既要显山露水，又要不动声色，否则看起来就像是低级暴发户——近几年母亲做生意赚了点钱，这些父亲家里的亲戚都知道得一清二楚。

和母亲生活了三十多年，有许多事情她们并不合拍，但大多数时候她们都是心心相映的。比如这一次，母亲坚持要她同自己回老家取回父亲的骨灰，她就立刻请了假，并找男友穆北借来了他的那架本田CRV，而不是买两张火车票——她知道，母亲会有许多东西需要装在车里，坐火车出行没办法满足她的需求。

其实，取骨灰这件事母亲自己就能解决。从前只要有关父亲的事，母亲都是这么做的。况且，两年前母亲将自己的小公司交给经纪人打理，时间像被漂白液浸泡的布料，一下子出现大片空白。母亲白天看书、浇花，晚上去跳广场舞，有的是时间。但母亲还是坚持要她同去。她知道母亲并不需要陪伴，只要她站在母亲的身边，这样母亲就可以昂起头俯视老家那群亲戚，仿佛在说，看看我的女儿，看看她！你们这群小人！

穆北提出来陪她同去，她拒绝了。他有点不快，问她为什么。刘芷若说，很复杂，不是三言两语就能说清的。

刘芷若的父母早在二十多年前就已经离婚。离婚时她刚小学毕业，正要进入人生的一个新阶段。或者正是潜意识中那种模糊的，来自新阶段的神秘力量，让她对父母二人的离婚表现出了和年龄不太相符的（至少在他们眼里是如此）宽容。去民政局签字前一天他们很正式地和她谈话，表情凝重又慌乱。两人互相推托了一番，最后还是由母亲开口说他们要离婚了。刘芷若说好的，那我跟谁？母亲愣了一下，继续解释，爸爸妈妈就算离婚了，我们都还是爱你的。她点点头说，好的，我到底跟谁？

母亲也许做好了她要大哭大闹的准备，也提前预备好了许许多多的讲稿，像电视剧里演的那样，告诉刘芷若，离婚不是她的错，而是他们彼此不再相爱了。刘芷若的态度吓到了母亲。事后，母亲抱着她大哭了一场。她记得母亲当时的样子：满身大汗，身上带着一股汗酸味儿。父亲坐在一旁，颓丧的模样像是暴雨中一棵瘦弱的树。晚上，父亲吃完饭出了门。母亲没有洗碗，一个人躲在卧室。刘芷若写完作业后换了衣服躺在床上，侧头看见窗外天深风静。金星很亮，亮得有种召唤的意味。月亮上半缺着，但能清楚地看到月海。她想象着月球上的那些平滑的凹地，感觉身后起了浪，而她坐上了一只飘摇的小船。在那种摇摇晃晃的感觉中她渐渐睡着了，直到天亮，中途没有起夜。

第二天父母去办了离婚手续。手续办好之后他们去了附近的一间五星酒店吃饭。席间父亲母亲和和气气地坐着，偶尔给对方夹菜，或者点头微笑。他们陆续地说起过去的一些事情，像两个久别重逢的老友。

离婚后父亲在鹿城又待了两年，然后回了老家。刘芷若和父亲并不亲密，联系只建立在电话线之间。她过生日或者过年过节的时候父亲会寄来钱或礼物，日常通话一周一次，问问学习或者健康。后来听说父亲又结了婚，娶了一个离婚的且带着孩子的女人。再后来他死了。

印象中，父亲的老家刘芷若只回去过三次。两岁多的时候有一次，考上大学、研究生时又分别回去了一次。刘芷若考上研究生那年父亲在祖坟前点燃了长长的鞭炮，一挂又一挂。水红色的鞭炮屑花瓣一样落满了祖先的坟头，很是喜庆。父亲站在坟前，脸色被映照得很红。那是刘芷若最后一次见到父亲。但那一次她没有见到他的妻子和孩子，父亲也没有提。

父亲去世时刘芷若没能回去，那时她正在准备职称答辩，具体时间没有确定，她无法走开。母亲代她回了一趟老家。丧事结束的第二天母亲就从老家回来了。那儿也是母亲的家，但母亲似乎对那儿没什么依恋。母亲回去带回了父亲的遗嘱，上面写着老家的房子刘芷若和他另一个叫作刘艳的女儿一人一半。

将所有的东西搬上了车，刘芷若和母亲在休息区简单地吃了个饭。已经是初冬了。风冷而干。她们坐在车上，开着暖气，仍然能听见窗外的风呼啸着经过平原。田野和树木都已凋敝。天空灰得像一面积尘的镜子。云很厚，但看起来不会下雨。母亲点了当地的特色糁汤，是速食的，跟胡辣汤很像。她尝了一口，说根本不是那个味道，于是又去买了碗泡面。车子里被热辣的牛肉面味充盈着，有种令人舒适的暖意。

“等安顿好了，叫那个谁一起吃个饭。”母亲突然说。

她指的是父亲的继女刘艳。刘芷若告诉她已经打过电话了。母亲说，她怎么说？也没说什么。刘芷若回想着刘艳在电话那头说话的声音，想象着她脸上可能出现的表情。她似乎一直都是老样子，和刘芷若第一次见到她的时候一样，迷迷糊糊，懵懵懂懂。她的眼睛很大，看起来总像是吃了一惊。说话时语速很慢，仿佛总没有睡醒，或者似懂非懂。

母亲在父亲的葬礼上见到刘艳。彼时刘艳的母亲也已经去世多年，丧事几乎都是由父亲的弟弟，刘芷若的二叔操办的。刘艳披麻戴孝地站在屋子里，叔叔叫她哭她就哭，叫她跪她就直挺挺地把自己摔在地上，仿佛是故意要把自己弄疼似的。母亲临走前加了她的微信，也把刘芷若的微信留给了她，主要是为了日后方便祭扫。当天夜里刘艳就加上了她，附言写道，姐姐你好，我是刘艳。她回复道，我叫刘芷若。刘艳发来羡慕的表情，说你的名字读起来像一个仙女。

紧接着刘艳发来一张照片。照片上的刘艳扎了一束马尾，手里握着一株桃花。她是个瘦弱的女孩。或许是因为瘦的缘故，她的头大得怪异，像外星人。她看起来很懵懂。但那年刘艳已经十九岁了。刘芷若也给刘艳发去一张照片，刘艳赞她时髦，问她以后如果去鹿城的话能不能来找她。那时正值四月，洋紫荆开满了整个鹿城。刘艳说自己还没有出门旅游过，想有机会能到鹿城看洋紫荆。刘芷若说，欢迎你来。

刘芷若对母亲说：“打电话的时候说还在上工，说会去想办法和别人调一下，所以可能会晚，让我们等一等。”

母亲说：“还在那儿工作？”

“对。”

“真是作孽，”母亲叹了口气，“不知道会怎么样，那小孩看起来挺倔的。”

刘芷若说：“看情况吧。”

去年冬天刘艳打电话来问刘芷若借钱，一开始说要借一万，但说不出借钱的理由。虽然在法律上被划归为姐妹，但她们毕竟没有血缘关系，刘艳会找她借钱，想必是走投无路。刘芷若说钱我可以借，给你也没问题，但你必须告诉我这钱的用途。她那么懵懂的模样，刘芷若担心她被别人骗去搞传销。刘艳支吾了半天，最后说借钱是为了给男朋友还债。追债的人已经找上门了，楼道里被泼满了红油漆。刘艳的声音带着哭腔，很瘦弱，很单薄。她说，姐姐，这钱我一定会还给你的，求求你借给我。刘芷若说，我不能把这钱借给你，你最好也马上和这个人分手。刘艳又乞求了一会儿，未果，便向刘芷若表示了感谢，然后把电话挂了。

接下来有几个月刘艳都没发来消息，或许是在生气。刘芷若想要不干脆就把钱打给她，或者装作不经意地问问，男朋友的事情解决了吗，和他分手了没有。但最终还是没有发。她不知道让自己却步的是什么，可能正是所谓的血缘关系。如果她们至少有一半的血缘，一切似乎更符合情理。但她和刘艳什么都没有。她不想被刘艳当作是一个自以为是的人。

第四个月过去，刘艳突然有一天在深夜来电，说自己怀孕了。如果她没有记错，刘艳当时刚过了二十岁生日不久。电话中刘艳的声音变了。那是种令人难以察觉的变化，或许只有不常听她说话的人才能更敏锐地察觉这一点。她说话的速度依然很慢，但慢得冷漠、漫不经心，仿佛她眼下所说的事情不是自己，而是发生在别人身上。

她告诉刘芷若孩子已经两个月了，是男友的。就是那个欠了高利贷的男友。之前的债已经还清，但他又欠了新的。她现在在洗头城里靠给人做脚底按摩来帮忙还债。有个顾客很喜欢她，经常私下给她一些小费，还给她买一些女孩子喜欢的小玩意和小零食。后来男友知道了这事，她以为他会和自己大吵一通，但没想到男友却很高兴。他说，你不是怀孕了吗？就说是他的，刚好诈他一笔钱。刘艳和他吵起来，我们都不可能发生关系，怎么诈？男友诡异地笑着，没关系你不会想办法有关系吗？

“除了爸爸，从来没有人对我这么好，”刘艳说，“我怎么能那么做呢？”

“你喜欢那个男的吗？”刘芷若问她。

“我说不清楚，”刘艳说，“但我们不是一类人。”

“那你男朋友呢？你爱他吗？”

她沉默了一会儿。她说好像爱，又好像不爱。其实如果不是赌钱的话，男友对她也很好。刘艳的男友李威是跑运输的，跑一次长途回来他会给她带很多好吃的好玩的。只要不赌钱。输了钱他会打人，打完了又搂着刘艳痛哭发誓自己再也不会了。这段日子债被逼得紧的时候，男友逼她去找洗头城的那个男的。刘艳不同意，他就打她。后来逼得急了，刘艳拿了一把刀顶在肚子上，你再这样我就一刀捅下去，我让你什么也得不到。

那一段时间里刘艳常常给刘芷若打电话。她总是问，我已经很努力了，但我的生活为什么还是这样呢？

刘芷若想对刘艳说，要想在世上活下去，要不然聪明些，要不然就得狡诈些，但刘艳一项也不占，活下去必然要比常人艰难。但这些话说出来会让人难堪。刘芷若考虑了一会儿，对刘艳说，如果我是你，我会和这个男人分手，然后把孩子打掉。刘艳在电话那头显得很惊恐，说，怎么能打掉呢？他也是个小生命啊。刘芷若说，现在你肚子里的就是个胚胎，还算不上生命。再说，如果这个生命是错误的，那不如在出生之前就纠正过来，省得将来受苦。刘艳在电话那头的声音显得很困惑，怎么能这样呢？这次之后，刘芷若还主动给刘艳打了一次电话，意思差不多，她还年轻，有很多选择也有很多可能。刘芷若告诉刘艳如果她决定这么做，自己会给她买票，在鹿城给她找医院，等手术结束后再帮她在鹿城找一份工作。但刘艳态度坚决。刘芷若莫名恼怒起来，声音也不自觉地提高了，你难道没有梦想吗？为什么要被这种事牵绊住？还是说，你希望生个孩子就能改变什么？别做那种梦了。刘艳沉默许久，说，姐，你不要再说了，我绝对不会那么做的。

后来她们没有再联系。刘芷若偶尔会想起刘艳，去翻翻她的朋友圈，很久没有更新了，最新一条动态还是刘艳挂掉自己电话之前发的。她有些后悔，开始思虑自己是不是站着说话不腰疼。毕竟怀着孩子的那个人不是她。有时刘芷若也会算算时间。现在是第几个月了，如果孩子还在，大概会长成什么样子。她把那个孩子留下了吗？

其实这次回家也多少和刘艳相关，更准确地说，是和刘艳手上那半套父亲的房子有关。那套房子想必花光了父亲的积蓄，因为他唯一的遗产就是那套房子。那是一间被赭红色砖墙围成的院落。房子一侧靠着马路，紧挨着墙壁的空地上种了几株单薄的石榴。房子有一种衰败的气息，但刘芷若当时没有什么想法，虽然这栋房子有她一半，但她心里隐隐觉得那房子和她其实是无关的。

母亲想不通父亲为什么那么执着地要回老家盖一栋房子，他在老家生活的时间明明比在外生活的时间短得多。祖父母也已去世多年，父亲在家唯一的一个直系亲人就是弟弟，刘芷若的二叔。所以要说落叶归根，他应该死在鹿城。母亲给父亲办丧回来对刘芷若说，你爸盖的那房子，没法说。好像也正是这房子，母亲才确认结婚的十多年里她没有真正了解过他，而他也没有真正了解或者不愿了解他的妻子。后来得知刘芷若和穆北谈恋爱，母亲没表示赞成也不反对。她只说了一句，门当户对还是有一定道理的，不是说两家经济实力要一样，而是说你们得有共同的追求或者理想，不然日子会很难过。

她不知道自己和穆北算不算门当户对。穆北的父母都在国外，他自己也是美国户口，大学刚毕业那会儿啃了一段时间的老，最后在他父亲的支持下开了一间律所，换一个方式啃。第一次请刘芷若吃饭，穆北问她想吃什么。刘芷若说吃生蚝吧。她的意思是两个人找间大排档，点几盘生蚝，不够的话再加点花甲或蛏子，要几瓶啤酒。但穆北当天来接她则直接递给她两张机票，先飞北京，再飞香港。刘芷若问，干什么？穆北说，吃生蚝呀。她感觉一阵晕眩，脑子里下起雪花。后来他们还是去了大排档，因为她的港澳通行证过期了。在大排档里穆北吃得很高兴，连说好吃，非常喜欢。她不知道他这么说是否出自真心，抑或有纡尊降贵的意思，但想到他是因为自己才这么做的，心里涌上来的一股融融暖意让她湿了眼眶。

穆北说他喜欢刘芷若精干、有野心，还有那种漫不经心的态度，仿佛谁都看不上眼。而她喜欢他身上随时散发出来的充满自信的味道。她相信这种自信不是来源于钱，后来见过穆北的父母后她更确认了这一点。他的父母很支持他们在一起，也不介意她是单亲家庭。他们希望两人能早点结婚，好让他们抱孙子。刘芷若有些犹豫了，说，我想等到事业再稳固点儿。

其实他大可以直接跟她求婚，让她进父亲的公司，作为对她事业心的补偿。但穆北没有这么做。他尊重刘芷若的意思，哪怕知道她口中的稳固只是借口。穆北从小在国外长大，家中富有，父母也和睦，人生中几乎没遇到过什么挫折。就算是有，也被他那种大大咧咧的乐观个性给化解了。所以在某些事情上，穆北也许永远没办法与她共情。育儿便是其中一件。

父母离婚后母亲带着刘芷若生活。但实际上，她大多数时间都在外婆、阿姨和舅舅家辗转，真正和母亲待在一起的时间寥寥可数。有一段时间，她甚至忘了母亲的样子。有一次，母亲倒班回来在外婆家的沙发上午睡，刘芷若醒来看见她，以为家里来了陌生人。最后母亲也意识到这样下去不行，才把刘芷若领回家。但日子没什么变化，无非是多了把钥匙，每天多了二十块餐费。上大学后她和母亲的关系好了些，无缘由的，仿佛过去发生的那些在某个瞬间突然就不存在了。但她仍然不想生孩子。她知道穆北喜欢孩子，可她仍在偷偷避孕，用尽一切办法阻止一个新生命的到来。她经历过了这一切，更没有把握能给一个孩子他想要的生活。

是二叔打电话给母亲的。他之前也来过一次电话，那时父亲刚去世不久。他说儿子快结婚了，想给儿子弄套婚房。但看来看去，只有大哥留下的那套房子合适。反正你们不常回来，不如卖给我。二叔说，我找人估价了，那房子值四十万。侄女的那部分，我一定会补给她，至于另外那个吧，她本来就不是我们刘家人，房子我要拿回来。母亲说，那房子她有继承权，你有什么资格要？二叔在电话那头的声音有些谄媚，这我自有办法。母亲说，这件事还是等芷若来决定，我已经不算你们家人了。事情就这么拖了下来。

这一次和上次不同，是政府要征地，征地的范围刚好包括刘家的祖坟。这样一来祖坟必须得迁走。二叔打电话来说赶快把大哥带走吧，把他一个人留在这儿，以后祭扫多不方便。刘芷若和母亲都知道他这句话的另一层意思。果然，他顺道又提了房子的事。他说的有一定道理，母亲说，百年之后我自然是留在鹿城，你父亲在老家，清明的时候你两头跑，不现实。和他们就此划清界线也好。最后母亲回复二叔说，芷若的那部分，你们凭良心给，至于其他的事，我们是不会掺和的。二叔说好。

"怎么可能同意呢，房子拿出来什么都没了，"母亲说，"母亲、继父，再没了房子就是无家可归，跟孤魂野鬼有什么分别。"

她们吃完午饭，将车子整理停当，简单地午休了半小时，快三点时才出发。刘芷若加快了车速，计划在四点半左右赶到镇上。刘艳工作的洗头城就在那里，她们可以一同吃个晚饭。四点一刻她们到了。天更阴了。天空中聚集着浓厚的云团，看起来像是要下雪。这天刚好有集，刘芷若和母亲到的时候，集还没有散。并不宽敞的道路两侧摆满了各类摊点，衣服、书籍、水果、蔬菜，什么都有。集市上音乐四处轰炸，《青春修炼手册》和《向天再借五百年》混搭着播放，让人生出恍惚之感。

她们在拥挤的人群和间歇的车流中穿行，费了一些时间才到达宾馆。宾馆没地方停车，服务员说要将车开到政府附近的专门停车场去。刘芷若开好房，安顿了母亲便前去停车，顺便找找晚上可以吃饭的地方。她将车停好后导了下航，发现刘艳所在的洗头城离县政府不远，步行大约十五分钟路程。时间还算早，她决定过去看看。

洗头城外观金碧辉煌，西式建筑的外观；建筑顶端有个霓虹招牌，上面写着：丽致雅都。刘芷若站在门口往里看了一眼。门内有两排女孩面对面站着，年纪大都和刘艳差不多，身上全穿着绣金丝的红色旗袍。旗袍的质量大约不好，泛着皱褶，轻飘飘的。她没有进去，站了一会儿就走了。她又在街上溜达了一圈，最后还是回到宾馆，在宾馆餐厅订了一个包厢。

晚上七点左右刘艳来了。她穿了一件紫红色羽绒服，比之前在照片上看的胖多了，看起来像个水萝卜。刘芷若站起来，招呼刘艳坐下。这时刘艳脱掉了衣服，露出了圆鼓鼓的肚子。不知为何，刘芷若感觉松了口气。算算日子，应该是有七个月了。母亲问她，什么时候生呢？刘艳低下头去："预产期在年后。"

"有没有找人看看，是男孩女孩？"

刘艳有些不好意思："是男孩。"

母亲点点头："那你对象应该挺高兴。"

刘艳看了刘芷若一眼，回答道："还行吧。"

她们又客套了一番，问了问彼此的情况，点了几个菜。因为用餐人数不多，上菜的速度很快。菜是母亲点的，都是硬菜，仿佛要显示什么。刘芷若坐在母亲和刘艳中间，看样子很不自在。那种不自在就像她坐在穆北和他的父母之间。他的父母询问她的生活情况，那种认真倾听的样子反而有种自比对方优越的派头。现在母亲给她的感觉也是如此。她看出刘艳也很不自在。她不时咬住下嘴唇一角，然后伸出舌头来舔一舔。刘芷若发现，她的嘴唇裂开了。

包厢的气氛像是有水正在渐渐凝固成冰，而她们三人被挤在中间。刘芷若灌了一碗糁汤，身子才渐渐热起来。母亲和刘艳说着话，母亲问，刘艳答，很机械，像是那些答案早就准备在她的脑子里似的。这是刘芷若和刘艳的第一次见面，刘艳给她的感觉既不陌生，也不熟悉。她将眼前的刘艳和照片上那个手握桃花的女孩放在一起比较着。照片上那个懵懂的女孩已经消失不见，取而代之的是现在的她。怎么形容呢？她的五官仍然在那里，但总让刘芷若感觉是模糊的。就像刚才进门的时候，如果不是刘艳首先开口，刘芷若一定不会认出她来。

晚饭结束，她们约好明天上午八点出发回老家。父亲的老家距离县城还有一百多公里，路不好，开车要近两小时。母亲以累了为由先行上楼，刘芷若和刘艳在宾馆大堂里又站了一会儿。天已经黑透了。宾馆大门用遮风帘盖住，每进来一个人，她们都会不约而同地打寒战。

"你住在哪儿？"刘芷若问，"我开车送你回去。"

"不远，走着走着就到了。"

"风太大了，走路容易感冒。"她说。

刘艳把手插在羽绒服里，没说话。穿上羽绒服，她的肚子看起来更大了，刚好把她和刘芷若隔在一个相对安全的距离里，不会生分，也不会刻意亲密。“怎么样？我送你回去。”刘芷若说。刘艳想了想，抬起头来问她道：“姐，我能和你住一晚上吗？”

她没想过让刘艳留在这儿，尤其没想过要和她住在同一个房间。但刘艳那种哀求的眼神没办法让她拒绝。她只好新开了间房，发消息告诉母亲今晚她会和刘艳住。母亲没说什么。她们一同走到顶楼走廊尽头的那个房间，打开门走进去。一股霉味扑面而来。她对刘艳说：“你在外头站一会儿再进去，我去打个电话。”

电话很快被接了起来。“小若，”她听到穆北这么叫她。他们确定关系后不久他就这么叫她，仿佛她是个很小的女孩，但实际上穆北要比刘芷若小一岁。他在参加饭局，她听得出来。电话刚被接起的时候有一阵短暂的嘈杂声，音乐乱哄哄的，人声中有男有女。但很快那些声音就渐渐模糊了，像是隔着一个气球似的。刘芷若想象穆北从某间会所的包厢里走出来，走到走廊上，松开领带，倚靠在墙上。走廊里的球形灯旋转着，将各色光芒投在他身上。他们只差一岁，但穆北看起来像个大男孩一样好看，有着令她羡慕的那种笑容。

“我们安顿好了。”

“住在哪儿？”

“县城的宾馆。”

“条件好吗？”

“还可以。”

她犹豫要不要将刘艳的事告诉他。也许他们可以说一说，虽然穆北可能没办法感同身受。“我见到我妹妹了，”刘芷若说，“她叫刘艳，在县城工作。”她没告诉他是在洗头城。

“之前没听你说你有个妹妹。”穆北说。

“不是我爸亲生的，是继女，那个老婆带过来的。”

“哦……”她感觉穆北顿了一下。“她人怎么样？”他接着问道。

她转过身向走廊的尽头看去，刘艳已经不在那儿了。“不知道该跟她说什么，她今天晚上要跟我一起住。”她想了想，说，“她怀孕了。”又加了一句，“快生了。”

“那要不要给她买点儿什么？”

她心里感谢穆北没有往下追问。她说：“不用。”很快，她听见音乐声像浪一样涌到了走廊上，很快又变成闷闷的声音，“今天怎么样？”

“接了个新案子，”穆北说，“家暴。还是女儿来咨询的，本人没来。当初好像也是因为孩子再嫁的，现在小孩想让他们离婚。”

“她自己不想？”

“对，但不能跟你说太详细，”穆北停顿了片刻，“中国女人是不是都这样，好像生来就是受难的。”

刘芷若有一种怪异的感觉，但说不上来是什么。她说：“我也不知道，也许吧。”

很快她听见有嘈杂的声音波浪一样地涌进话筒，有人在远处喊穆北的名字。穆北应了一声，对刘芷若说：“我得走了，我很想你。”刘芷若低头看了看指甲说：“我也很想你。”

她走回到房间门口，房门已经关上。刘芷若敲了敲门，即便她有房卡。刘艳穿了睡衣来开门，开了门迎面潽出一股软绵绵热腾腾的香皂气味。刘艳开了窗户，但房间里的味道仍未散尽。房间很窄，因此，两张双人床靠得很近，简直要挨在一起。刘艳两腿并拢地坐在沙发上，有点拘束，可能是想等刘芷若先选。刘芷若选了靠墙的那一张。看得出来，刘艳松了口气。她拢了拢头发，走到另一张床前，把被子靠在身后坐着。白色的浴袍被撑开了，下摆往两边撇着，肚子就露在了外面。刘艳不好意思地看看刘芷若，把睡衣拽过来拉上。

刘艳原是那么瘦弱的一个女孩，像那时她手上捏着的那束桃花。现在，她的身子被婴儿撑出了一条巨大的圆弧，像一座小山似地压着她。在她身上，刘芷若看不到任何一种与生命共生的美感。她感觉焦虑，感到那个如西瓜一样的肚子给刘艳带来的压力。刘艳见她在看着自己，有些不好意思，说："是不是挺大的？"

刘芷若点点头。刘艳说："我也没吃什么，怎么长这么大呢？"

刘芷若说："这不是挺好吗？还没出生就想着给你省钱，以后肯定很孝顺。"

刘艳不好意思地笑笑。她将被子往刘芷若的方向挪了挪，仿佛那样就能和她靠得更近些。刘芷若关掉了顶灯，只留下床头两盏幽幽的台灯，这样说话就舒服许多。半黑中刘艳的呼吸有些粗重，可能孕妇都是如此吧。她们彼此安静了一会儿，听对方的呼吸。窗帘被漏进来的风鼓出痕迹；也有微微的光流进来，像是小心翼翼似的。过了一会儿，刘艳爬过来钻进刘芷若的被窝。单人床对于她和一个孕妇来说太窄了，她们不得不向彼此靠紧些，好避免掉下床去。刘艳在被子里摸索了一会儿，将手搁在刘芷若的手里。看刘芷若没动，她又试探性地握了握，然后抓紧了她。她说："姐，我一直不敢联系你，怕你让我把孩子打掉。"刘芷若说："你现在是不是后悔了？"刘艳说："我也不知道。"刘芷若说："其实这是你自己的事，我不该插嘴。"刘艳笑笑说："有个人管挺好的呀。"她说着，将头靠在刘芷若的肩膀上。

刘芷若往边上挪了挪，她不太习惯有人和她这样亲近。刘艳身上有种肥皂般融融的香味。她的指尖很凉，枯瘦又粗糙。想是常年给人按摩才会这样。她的右侧脸颊上有一块黑影，不知是灯光投下的影子，还是被她的那个男朋友打的。她见刘芷若看她，笑了笑。"刚才和你打电话的是你男朋友吗?”刘艳问她。“是的。”刘芷若答道。刘艳直了直身子,说:“姐,他对你真好,还会打电话问你的情况。”刘芷若没告诉她电话是自己打去的,只是附和着她笑了笑。刘艳又向她靠得近了些。“真暖啊,这床真舒服。”刘艳说着,拉过刘芷若的手放在肚皮上,“姐,你摸摸看。”

是安静的。但很快,刘芷若感到手心被什么触了一下,像突然的一个浪头。她一惊,不自觉地将手缩了回来。刘艳顺势掀开了被子,把秋衣捋到肚子上方,露出褐色的肚皮。她的肚皮很黑,很亮,有一条线从乳房下方穿过肚脐抵达腰部,像是谁把她的肚子剖开又重新缝上了。刘艳快乐地指着肚子说,你看,你看。她的肚子有规律地鼓起来,仿佛心脏就在皮肤下面搏动。刘芷若把手伸过去轻轻覆在她的肚子上,肚子却突然不动了。她有点尴尬,要抽手回来。刘艳却握住了她的手,将她的手放在自己肚子上抚摸着,说:“这是姨妈,宝宝别害怕。”

奇妙的是,她的肚子安静了片刻又重新动了起来。那颤抖是小心翼翼的,是试探的,仿佛是要确认眼前的人是否真的可靠。刘芷若的心跟着颤了颤。接着胃痉挛起来,让她想吐。她连忙将手从刘艳的肚子上抽了回来,说:“早点睡吧,我有点累了。”刘艳抿着嘴点点头,从她的床上爬下来,睡到自己床上去了。

刘芷若关了灯,翻身过去,背对着刘艳。刘艳很快就睡着了。她听得出来刘艳的呼吸有些滞重,一吸一呼之间像是用了很大的力量,仿佛在水里憋得久了,好不容易才浮上来换一口气。这样的呼吸和黑夜凝结在一起,浓得像化不开的黄油。她过得并不好,从她穿的衣服还有她脸上的神情就能看得出来。刘艳的眉间有两块小小的凸起,一看就知道是长期皱眉导致的。她能为她做些什么?或者为她的孩子做些什么?

刘艳以为她们此行仅仅是为了迁走骨灰。刚才告诉母亲刘艳会留下来过夜的时候,母亲嘱咐刘芷若最好把房子的事先给刘艳透个底。好让她有点准备，母亲说，法律上的姐妹也是姐妹，不能让你二叔占尽便宜。迁走骨灰想必不是难事——没什么好执着，毕竟刘艳的母亲和父亲没有合葬。如果刘艳知道自己已经决定把房子的另一半卖给二叔，不知会怎么想？会觉得她是二叔的同谋吗？

她翻来覆去，折腾了很久才勉强睡着。睡得很轻，总感觉胸口像是压了什么，上不来气。醒来时天已发亮，她看了看时间，还没到六点。她看见刘艳斜靠在床上，看样子已经醒了一会儿了。刘芷若问她，不是说孕妇都贪睡吗，你怎么醒这么早。刘艳告诉她是怀孕早期才那样。“到了现在基本上每天都睡不着，”刘艳说，“睡一会儿就会被憋醒。”

“那你脚肿吗？”

“肿啊，你看，”她向刘芷若伸过来一只脚，脚背的皮肤绷得发亮。刘芷若看得心慌，赶紧将头转了回去。

“其实你不该再去给人按摩了，你男朋友呢？”

“他这几天出车去河南了，”刘艳说，“他让我不要做了，但我还是想做，在家里不舒服，可能一个人太无聊了吧。”

刘艳看着她。昏黄的灯光映在她的瞳孔中，反射出一股新榨芝麻油般的光泽。她的眼睛还是那样大，大得像是吃了一惊。刘芷若注视着她，渐渐在刘艳的眼睛里看到自己的影子。她的眼睛是该有多纯澈才能如此清晰地反射出人影呢？

“你这样还能走路吗？”

“没问题。”刘艳笑起来。

七点半她们下去吃早餐，随后退了房。刘芷若开回了车子，又把后座收拾了一下，腾出来给刘艳坐。刘艳上车的动作很伶俐，丝毫不像怀胎七个月的孕妇。见她将脖子缩在羊毛围巾里，刘芷若把车内的暖气开得大了些。车很快热了起来。刘艳被发热坐垫吸引住，说：“现在坐垫也能发热，真是太舒服了。”刘芷若听得鼻子发酸，将头转开了。

她们跟着导航往北上省道。路上车少人少，偶尔能看到人开着一辆拖拉机突突驶过。道路两边的店铺灰扑扑的，破旧不堪，可能一直都是这个样子。母亲和刘艳说着一些生养孩子的话题，刘芷若透过后视镜去观察刘艳的表情，她很专注，像一个认真听讲的学生。

因为道路通畅，她们提前了半小时到达父亲的老家。进村的路并不好走，坑坑洼洼，车子也跟着一颠一颠的。快到的时候，压过去一块大石头，刘芷若感觉后座的刘艳被腾空起来，她叫了一声，但她的表情看上去没事。

父亲的那栋房子紧靠马路，她们就把车停在路中央。下车时刘芷若看见了墙角那几株凋敝的石榴树。石榴的一部分根裸露在外，叶子已经落光了，枝干脆得像燃尽的火柴。她头一次见到父亲建造的这栋丑房子。外墙上有一层黄色的尘土，仿佛这房子不是盖在平原而是盖在沙漠里。两只滑稽的石狮看起来像巨型的狮子狗。母亲打了个电话，随后和刘芷若一起从车上往下卸东西。很快，有人陆陆续续从已经掉漆的绿色大门走出来，刘芷若看见二叔，又不太确定，直到那男人上前来和母亲打招呼：“大嫂。”

母亲站在原地不动：“给你们带了点东西。”

二叔说：“一家人客气啥。”

他向母亲挤眉弄眼的样子有那种刘芷若熟悉的乡下人的狡黠。二叔向身后的人使了个眼色，几个人就笑着迎上来将东西往屋子里搬。二叔看见刘芷若，上来招呼了一番。刘艳就站在她身后，他假装没有看见。她注意到刘艳面无表情地站在那儿，一动不动，她那在车内被暖风捂红的脸渐渐开始发白。一群人跟在二叔身后喜洋洋地看着，想必是父亲的老家亲戚。母亲也一一招呼过去。随后，她们三人跟在二叔身后进了房子。天井里零碎地摆放着生了锈的农具、破烂的木板及自行车，看起来更像个仓库。房门一推开，迎面扑来一股寒湿的霉味。那是种长期无人居住的味道。二叔把东西放在木制沙发上，叫儿子去烧水，并招呼她们坐下。屋内没有暖气，房间里生起了碳盆子。碳有些潮，火一点燃就冒起了一层呛人的烟。刘艳开始咳嗽。

刘芷若看了母亲一眼，她正和二叔说得愉快。从母亲脸上的表情，丝毫看不出她对二叔的态度。她对父亲的家人向来没什么好感，这一点刘芷若也是一样。母亲常说的一句话就是，他们一家人都是吸血鬼。在刘芷若的记忆中，从小时候起，家里的亲戚就没有断过。他们来的目的通常是要钱：买化肥、买饲料、孩子上学、盖房子都需要钱，而这些钱的源头显然是父亲。那些年，他们一家的日子总是过得很紧。其实她父母的薪水并不算低，但他们还是没能攒下积蓄——钱大部分都被亲戚们借走（没有还过），或者被父亲偷偷寄回了老家。母亲想也许生个孩子会让父亲将注意力转移到他们的小家上来，毕竟他们结婚六年了都没有孩子，一切仿佛都没有底气。后来就有了刘芷若，但一切都没有改变。

父亲那种从不拒绝的态度令母亲和她都感觉愤怒。刘芷若不知道父亲从来无法对老家人说“不”的理由究竟是什么。也许是因为面子，但一个家都快因此散了，还讲什么面子呢？或许是因为愧疚——父亲的家族之中，只有他一个人考上了中专，后来又进入城市生活，其余的兄弟姊妹都是农民。这一点令他深感愧疚。因此，他成了一个对供养他的家庭无条件投降的懦夫。

对于母亲的愤怒，父亲的态度则像个局外人。他心不在焉，又像是心神不宁。当母亲试图在这类事情上和他大吵一架时，他总是一言不发。有时候父亲坐在靠窗的沙发上垂着双手，更多时候则是坐到窗台上，弓着身子侍弄窗台上的花花草草。窗台上的空调发动机隆隆作响，母亲的声音就淹没在那种凝滞、沉重的隆隆声之中了。

窗台上的那些植物像父亲的愧疚一样疯长着，很快就爬满了整个防盗网。那片窗台被植物们塞得密不透风，偶尔有一两丝阳光趁着缝隙漏进来，在沙发上投下斑驳破碎的影子。父亲像树一样扎根在窗前，长时间一动不动。有时刘芷若叫他，他就向她摆出一个噤声的手势，仿佛自己面对的是什么极端重要的东西。她注意到，父亲那双有些发黄、浑浊的眼睛渐渐开始变得清澈起来，像一池山涧溪水。但也许那双眼睛过于清澈了，像初生的婴儿，能反射他眼中看到的一切；他瞳孔的颜色也在渐渐变淡，由棕黑色变成棕色、浅棕色，后来，那瞳孔的颜色淡得像是小麦，仿佛到最后就会变成透明。

除了大片的阴凉，随之而来的还有苍蝇、蚊虫。夏季的雨天，如果忘记关窗，成群结队的大水蚁浪一样扑进房间，仿佛是灾难降临的前奏。房间里到处放着水盆，大水蚁扑进去，在水里翻腾。母亲骂个不止，父亲则一盆一盆地换水。之后的有一天，母亲趁着父亲下班还没回到家的空当，将布满防盗网的藤蔓植物全都扯掉了。窗台上空空荡荡，傍晚时分，阳光灼烈地烤着房间，在地面上腾起浮尘。很长时间了，刘芷若没见过那么亮的客厅，亮得发白，而空荡荡的窗台像一个巨大的伤疤。她感觉想吐。

父亲回到家之后愣住了，但他什么也没有说。他搬进客房，除了吃饭洗澡之外都在里面。时间长了，刘芷若也恍惚起来，仿佛房间里坐着的不是父亲，而是一棵长着父亲外形的树。母亲把父亲的树拔了，它们就以这样的方式长在他的身上。再后来他们离了婚，原因是否和这件事有关她不得而知，他们谁也没有再提。

父亲死后母亲仍然和父亲的亲戚保持着一种奇妙的联系，母亲总是会假装不经意地向二叔提起一些事，比如刘芷若进了大公司，年薪好几十万。母亲去国外旅行归来会带回一些极便宜的手信，然后嘱咐刘芷若成批地给老家寄去。其实她知道母亲恨那些人，他们曾在她年轻时用一种不见血的方式毁了她的生活，而现在，这种他们无法企及的状态就是母亲报复他们最好的方式。母亲从他们羡慕又嫉妒的眼光中获得快感，就像当初一把毁灭掉父亲的小花园一样。

刘芷若看着母亲，突然感到一种反胃一般的厌恶感。这种厌恶常常会跳出来，她自己也说不清这究竟是什么，但这种感觉难以释怀。她站了起来，冲刘艳使了个眼色，说："我想出去走走。"

她走到大门外，感觉好多了。比起鹿城，这里的空气干而冷。风辣辣地割过人脸，有种不近人情的味道。这也不是她想象中的那种村庄——有田地，有土房，有荷锄外出的人们。路仍是土路，偶尔有拖拉机快速驶过时马路上会飞起一阵黄烟。视力所及的地方是成排的砖制小楼，一般是两到三层，劣质的仿别墅设计，似乎是出自同一个设计师之手。父亲房子对面的马路上，有一群人围在一辆三轮车旁，像是在买些什么。

几分钟之后刘艳出来了。她见刘芷若看着对面的车子，问她："姐，你要吃吗？那是卖馓子的。"刘芷若问："什么是馓子？"刘艳像个孩子似地笑着，说："你等着，我去买。"

她拿回来一袋麻花样的东西，递给刘芷若，说："姐，吃点吧，这个很好吃的。"刘芷若说："我怕上火。"刘艳说："你放心，在这儿不会上火的，这和南方天气不一样。"

刘芷若从袋子里抽出了几根吃着，很香，味道有点像刚出锅的麻花，但更酥脆。她们就这么站在路边吃着。风更凉了。刘艳将塑料袋套在手上，手揣进口袋里。她开始跺脚。刘芷若擦了擦手，然后将手夹在腋下，深吸了一口气。冷空气将她的鼻子刺痛了。她看着缩成一团的刘艳，问她："你很少回来这儿住吗？"刘艳转头看了她一眼，说："我没钥匙。"

刘芷若问："怎么会没钥匙？"

刘艳笑笑："锁被他们换了。"

"你就这样算了？"

她没有回答。刘艳将手插在兜里，用脚尖拨弄地上的泥土。她偶尔抬头，目光注视着某个刘芷若无法确定的地方。她顺着刘艳目光的方向看去。一条村路直接通到省道上。更远一些仿佛是一片林子，但她不太确定。这时，刘艳开口问她要不要去看看父亲的坟。刘芷若摇摇头说："反正下午肯定会去的，不用多此一举了。"刘艳冲着刚才她们共同看去的方向指着，说："就在那边，很近。"

她看着那片光秃秃的林子，想象父亲就在那一片土地的某处静静地躺着。她没有见过父亲的墓碑。据母亲说那是一片家族墓地，也埋了她的祖父母以及同辈的亲戚。当地政府对这些家族林地管控并不严，所以，父亲火化之后得以回到这个地方，在另一个世界中重新成为这个家族的一员。她仔细回想，发现对于父亲的印象已经很淡很淡了。父母离婚的时候刘芷若十一岁，一年之后父亲再婚，刘艳与父亲相处的时间要比他们长得多。

想到这里，一种复杂的情绪漫了上来，她说不上来那是什么。过了一会儿，她问刘艳："我爸死的时候什么样？"还没等刘艳开口，她又说："算了。"刘艳笑笑。刘芷若注视着她。刘艳和父亲没有血缘关系，但是，她身上却有很多地方与父亲莫名相似，仿佛父亲真正的女儿是刘艳，而不是她刘芷若。

"爸爸对我挺好的，"刘艳突然说，"对我像亲生女儿一样好。"

她有点烦躁："哦。"

刘艳赶紧说："姐，我没有别的意思，只是想告诉你，爸是个很好很好的人。"

刘芷若点点头：“我知道。”

“其实爸爸总是提起你，”刘艳试探着说，“总说对不起你。”

“是吗……”

她们又站了一会儿。天气发阴，云层也更厚了。风中有水的气息，刘艳说可能要下雪了。她问刘芷若见过雪吗？刘芷若点点头。她记得是第一次回老家的时候。那天刚好去赶集，回来的时候下雪了。她记得父亲搭载着她，她坐在后座，手里捏着一串糖葫芦。路程太长，她昏昏欲睡。她问父亲，“快到了吗？”父亲的声音像是从远方传过来似的，“若若别睡，快到家了”。

又过了一会儿，母亲打来电话，说快要吃饭了。刘艳走了过来，用手挽住了她。她不太自在，想要抽回手，但刘艳将她的胳膊抱得很紧。她看着刘芷若，笑了。这时刘芷若才注意到刘艳有酒窝。只有一个，在脸颊右侧。父亲也是如此。

吉时是下午三点。饭后一行人短暂地坐了片刻，等吹鼓队上门。刘艳因为有孕不被允许同去，二叔说孕妇上坟会坏风水。刘芷若本来想争辩几句，但看母亲没有要为刘艳说情的意思，也就没有开口。

一行人由二叔打头，其次是吹鼓队、老家的一些亲戚，刘芷若和母亲走在最末尾。队伍浩浩荡荡，引来不少人围观。道路上，不断地有人远远地跟母亲打招呼。母亲看见扬扬嘴角，或者点头示意。也有一两个妇女走近来拉住母亲，说一些亲热的话，母亲也任由她们拉着，但总是适时地将手抽回来，继续跟着队伍往林地走去。她跟刘芷若耳语，这是谁，那又是谁。刘芷若看看母亲。她的脸上有一种难以言说的光泽，仿佛回到了她的少女时代，充满自信，对于前方的一切有一种肆无忌惮的自信。

到了目的地刘芷若才发现，所谓的林地其实并非字面上的意思：宽阔的土地上稀稀拉拉地种着几棵树，这时都干枯着。几座墓碑同样干枯地立在那些树枝之间，刘芷若一一读过去，认出祖父母的名字，接着看到了父亲墓碑。

父亲的墓碑在碑群之中显得瘦小单薄，碑面颜色不正，颜色介于黑与灰之间，看起来脏兮兮的。墓碑前的空地上，一小束雏菊已经凋谢，花瓣被吹散了，只剩下褪色的枝干。应该是刘艳放在这儿的，刘芷若想。她想弯腰去把那些花捡起来，但二叔走在前面一脚踢开了。随后他冲着几个人招了招手，那些人便扛着铁锹走上前来开始挖土。母亲在一旁抱着双臂，眼神很空，没有任何表情。很快，一副棺材渐渐从泥土当中浮了出来。棺木原本的颜色已经消失，棺材的四角已经开始腐烂。二叔点燃了一串鞭炮，随后，众人合力把棺木打开。刘芷若向前探了探身子，看见一层水红色的布上摊着一套西装，西装四周散落地洒着灰色的颗粒，想必是父亲的骨灰。二叔率领众人拎着衣服的四角将骨灰抖落到中间，其中一人用骨灰盒在下面接着。随后，他们用一块黑布将棺材里剩余的东西都包裹在一起，交给二叔。鞭炮声再次响了起来。音乐声也起来了。吹鼓队在坟坑周围亢奋地打着转。那音乐似喜似悲，听起来很怪异。在缥缈的烟雾中刘芷若出了神。她仰头追随着看去。那团烟雾缥缥渺渺地升上天空，渐渐和灰色的天空融为一体。

二叔走过来，将骨灰盒放到刘芷若手上，说："若若，跟你爸说，爸爸我们回家了。"

她接过骨灰盒。盒子上，松与鹤的图案都雕刻得很粗糙，看起来很廉价。骨灰盒很轻，刘芷若鬼使神差地掂了掂，只感觉到木头的重量。母亲在她身后哼笑了一声。她想起来临出行前母亲曾打给二叔两千块钱，嘱咐他买个好点的骨灰盒。她再次看了看那只简陋的盒子，有种想哭的冲动。她用几乎连自己也听不清的声音说道："爸爸，我们回家了。"

吹鼓队走在前面开道，刘芷若紧跟其后。走了一段，母亲突然开口说："连死人的钱也敢昧，他倒是不怕天打雷劈。"刘芷若没有回答。天越发阴沉，道路在浓厚的灰暗中越陷越深。她望着前方隐蔽在即将降临的夜色中的道路，感觉父亲的身影正在其中隐隐而出。他枯萎在窗台上，头发干硬得像是花盆中缺水的野草。他的嘴唇缓慢地蠕动着，像是在喃喃自语，像是沉浸在某个她和母亲永远也无法抵达的世界之中。房间是寂静的，仿佛能听见时间流淌的声音。父亲坐在那儿，窗子打开着，他的身子蜷缩得越来越深，像一棵脱水蔬菜。

回到父亲的房子，吹鼓队停下了音乐。二叔站在门口给他们数钱，讨价还价。刘芷若在门口停下，说："爸，我们回来了。"然后才走进门去。刘艳看见她，立刻站了起来。客厅正中的桌子上已经摆好了香炉、水果和点心。刘芷若把骨灰盒轻轻放在桌子上，没等放稳，二叔就从门外冲了进来。"我来我来！"他边说边抢在前面把香攥在手里，打开了，分散给众人，但没有给刘艳。香攥在二叔手中，刘芷若只得把自己的香递给刘艳，自己再问二叔要。众人依次上前上香，刘艳是最后一个。她用一手撑着腰，顶着肚子缓慢走上前来。她费力地将香插进炉子，想要鞠一躬，但没办法躬下身去。起身时刘芷若看见刘艳的眼睛闪了闪，但她没有让那些亮光流淌出来。

一圈香上过，二叔开口时就有些亢奋。他感谢了前来的亲戚，将他们打发走，回到客厅里时他脸上红得发亮。他在客厅的主座上坐下，两手撑着扶手，说："一会儿我们开个家庭会，王艳，你也参加。"

刘艳说："我叫刘艳。"

二叔没有理她，而是将目光转向了母亲和刘芷若。她们都知道他的意思。母亲说："既然是家庭会，若若留下吧，我和你大哥离了婚，不算一家人了。”二叔说：“那不行，你得做个见证。”母亲说：“没有必要。”说罢径自走出去。二叔也没有强留。他自然不会希望母亲在场。母亲出门后，二叔起身给自己倒了杯茶。刘芷若和刘艳挨着坐在主座对面的沙发上。沙发低矮，坐在那儿有种被俯视的感觉。刘芷若感觉不太自在，刘艳显然也是。她在沙发上不断调换着位置，好一会儿才坐定。

二叔喝了口茶，清清嗓子，说：“今天在座的，基本是自己人，我就有话直说了。王艳，我大哥的房子，希望你交出来。”

“我叫刘艳，”刘艳绞着手指，“这是爸爸给姐姐和我的房子。”

二叔说：“是你爸吗？你妈跟我大哥结婚了吗？结婚证拿出来看看。”

刘芷若看了刘艳一眼。她躲避着她，脸上露出惊慌的神色。二叔没有告诉她们这件事，刘艳也没有。这让刘芷若有种被耍弄的感觉。这时她突然反应过来，二叔当时给母亲打电话时有种谜一样的自信，原来根源在这儿。

刘艳的母亲和父亲没有结婚，事情的性质就不一样了。这件事想必二叔计划已久。从父亲的房子被换锁、刘艳被变相赶出这个家门开始，他就想尽办法促成这一切，锲而不舍地给母亲打电话，然后终于等到了迁坟的机会。

刘艳的脸开始发红，随后又转白。情绪全写在了皮肤上。这种情况下，刘艳有没有继承权刘芷若并不清楚。或许她可以去问问穆北，即便他解决不了，他家的公司也有专门的律师顾问团。刘芷若想了又想，但越想，那种想要帮助刘艳的想法就越淡。她可以帮助她，但也有充分的理由不那么做。她没能找到一个可以说服自己必须这么做的理由。她们已经不是姐妹了。但想想又觉得好笑，仅因为二叔的一句话，她们过去一段时间的关系就消失殆尽，快得不近人情。但如果刘芷若置之不理，看起来就像是二叔的帮凶。想到这，她心里涌上来一种无法言说的厌恶感——她讨厌被误会，尤其是被这样误会。

二叔说：“既然你不是刘家人，这房子自然是要收回来的。”

刘艳小心翼翼地说：“爸爸有遗嘱的。”

“那不顶用，”二叔笑了起来，“有遗嘱又怎么样？立遗嘱时只有你一个人在场，谁知道你要了什么不正经手段？”

这句话里隐藏的意思令人作呕。刘芷若听得头发热发胀。为了达到目的，二叔向来不择手段。她记得有一年二叔到家里借钱，当时家里已经没有积蓄，母亲没有应允。二叔一家由此住了下来。夏夜里，他们在客厅里打地铺，用老家话大声聊天。父亲一言不发，母亲又拉不下脸出门制止，只得在刘芷若房间里抱着她无声流泪。后来，母亲向舅舅借了二叔所需的钱款，总算把一家人送走。事后父母吵了一架，仍然是母亲的独角戏。她哭着对父亲喊：“能不能别让老家的人来了，我们的日子也不好过。你哑巴了吗，你说句话！”父亲始终一言不发。

这句话无论是对刘艳、刘芷若或者父亲来说，都是侮辱。但二叔不会在乎这些。或许她应该站起来将茶泼到他脸上，告诉他话不是有嘴就可以随便说的。刘芷若攥紧了手，感到指甲深深扎进肉里。过了一会儿，她松开手，捶了一下椅子，说：“话不好乱说吧。”

二叔愣了愣，但很快脸上又露出了笑容。他带着些谄媚的语气对刘芷若说：“我可是为了你，若若。这房子是你爸爸留给你的。我是在帮你要房子。”

“装什么好人。你给我妈打电话，说的是跟我买，不是帮我要。”刘芷若说，“况且，我说要房子了吗？”

“那不是都一样？不帮你要回来，怎么买？”

“这不是买不买的问题，”她有些恼火，“你这么说，让别人听起来感觉我和你是一种人。”

“别人？别人算什么？我们才是一家人。”二叔说着，整个人往椅子上悠闲地仰靠过去。

她条件反射地看了刘艳一眼。刘艳睁大着眼睛，用一种复杂的目光看她。多重情绪汇聚在她的眼睛里，像水即将溢出杯子。她咬着下嘴唇，没有说话。房间里有一种大雨前的憋闷感。刘芷若感觉脑子里乱哄哄的，有一种想要大喊出来的冲动。她只想快点离开。

“我不想跟你废话，你想干什么，大家心里都有数。我和你不是一类人，我也不缺这点钱。”她听见自己的声音提高了，“房子我不会卖给你，我要回去了。”刘芷若站起身。一旁的刘艳仍然低着头，似乎在想什么，但也许只是出神。她有点恼怒，对刘艳说：“你走不走？你不走我走了。”刘艳像是噎住了一样看着她。她看到她雾蒙蒙的双眼，那一副懵懂的羔羊般的表情让刘芷若想上去给她一个耳光，好让她清醒清醒。

她走出门，没搭理叫住她的母亲，径自上了车，坐在驾驶座上生闷气。她也不知道自己气的究竟是什么，也许气的是二叔说他们是一家人，这句话把她和他混为一谈。他似乎是有意这么做的，仿佛为了告诉刘艳，刘芷若不过和他一样，好让刘艳对房子尽早死心。也许气来自毫无缘由的懊恼，她总觉得刘艳会正中二叔下怀。这种愤怒提示着她潜藏在脑子深处的某种感觉，但刘芷若不太确定那究竟是什么。她把暖气旋钮左右扭动，车内温度便跟随着时高时低。刘芷若不耐烦地往后视镜里看了一眼，发现二叔已经抢先一步从房里走了出来，对站在路旁的母亲说着什么。母亲的脸上露出那种模式化的笑容。很快，刘艳撑着巨大的肚子也从房子里走了出来。她走得摇摇晃晃，看起来像是跛了。这时刘芷若想起来，刘艳的脚从昨天开始就一直肿着。

回去的路上，刘芷若将车子开得飞快。途中遇到一辆拖拉机在前面慢慢行驶，刘芷若猛按喇叭。没有人说话。刘艳仍然坐在来时的位置。

透过后视镜，刘芷若看到刘艳靠在车窗上，头随着车的震动而颠簸。后来她打开了窗子。风猛烈地灌进来，母亲和刘芷若不约而同地嘶嘶吸气。刘芷若努力让自己的声音平静些，说："刘艳，你这样会感冒的。"她从后视镜中看到刘艳也在看自己。刘艳说："没关系，我觉得有点热。"

刘芷若将母亲送回酒店，又到县政府附近停车。刘艳下了车，没有要走的意思。她们在车旁站了一会儿。天已黑了大半，刘艳的五官渐渐和夜色融成一体。刘芷若说："要不到车里去坐吧，外面冷。"刘艳说："没关系。"她脸上没什么表情，面对着刘芷若的沉默，刘艳似乎有种逆来顺受的意思，这反而让刘芷若感觉不自在。她说："你没什么想问的吗？"刘艳说："没有。"

刘芷若有些恼火，说："我要把房子拿走，你没什么要说的吗？"

刘艳摇摇头："爸爸的房子，你拿走是应该的。"

"你恶心我？"她笑了一声。

刘艳说："我是真心的，姐。"

"那房子有你一半，"刘芷若跺着脚，"遗嘱说有你一半，你不要吗？"

刘艳点了点头，说道："我妈和爸爸没有领证，不要也应该的。"

"你为什么不争？"

刘艳低下头："我不在乎钱，姐，真的不在乎。这是爸爸留给我的，房子在的话，感觉爸爸也在。我只想安安静静过日子……但我真的受不了了，如果我不把房子给他们，他们就到我上班的地方去闹，还说我是……哄骗爸爸签的遗嘱。老板受不了，我就只能走。换了工作，他们还是会来，现在他们不闹了，是因为我没办法回去了。"

刘芷若看着刘艳，眼神像要穿透她似地看着。路灯渐次亮了起来，刘艳的脸也一点一点地变得亮了。刘艳的脸颊上有两朵红晕，这让她看起来很安详。刘芷若想到父亲，想到他面对着空无一物的窗台时的表情。

那是种认命的表情，像一个自溺的人，眼看着自己越陷越深，却没有意愿招手呼救。有许多个夜晚，刘芷若在梦中看见父亲以同样的表情沉入水中。刘芷若独自在岸边跑着，边跑边叫，喊到嗓子都发锈了。但刘芷若只能眼睁睁地看着父亲往下沉。他的表情是淡漠的，仿佛他从来没想为救自己作出任何努力。

刘芷若一把捏住了刘艳的手臂，说：“他闹的话你也跟他闹，房子反正是你的，他闹也没有用。对待这种人必须强硬，再说了，你现在是孕妇，他敢把你怎么样？他无赖，你要比他更无赖，懂吗？你懂吗？”在她喊叫的瞬间，有一口气从刘芷若的胸口倾泻而出，在她脸上拉扯出两行泪。但她感觉舒服多了。她喘着气，渐渐回过神来。她注意到有经过的路人回头往她们这儿看。她将目光转向刘艳，刘艳眉头皱着，目光有些怯。刘芷若赶紧把手松开了。她说：“对不起，我只是着急。”刘艳点点头，说：“我懂的。”

她去拉刘芷若的手，刘芷若注意到，刘艳的手指多了几个裂口。她问刘艳：“疼吗？”刘艳摇摇头。刘芷若将她的手握了握，说：“你不要听二叔的，房子你住到什么时候都行，我不会卖的。”刘艳点点头。她用开裂的手摩挲着刘芷若的手，弄得刘芷若心里发麻。好一会儿她才说：“姐，其实房子我不要也没关系的，只要你不把房子卖给二叔。这是爸爸最后留下的东西。其实，你也不用把爸爸的骨灰带走，有什么你直接打电话给我就行。”

刘芷若一时无话。那么多年淡薄的联系，使她和父亲的关系变得像是游丝，并没有刘艳想的那么重要。也许把父亲的骨灰留在这儿才是对的，他一直都想回来。见她没说话，刘艳又接着说：“以前房子很漂亮，有一些照片，姐，你应该看看。”刘芷若点点头。刘艳说：“你多待两天，回头我给你找出来。”刘芷若说：“好”。离别之前她对刘艳说：“你也等我两天，我想想办法，这个事肯定能解决。”刘艳笑着抱了抱她，说：“没关系，真的没关系。”

刘芷若把刘艳送到洗头城就往回走。她没有回宾馆，而是在路上随意走着。这个冬天的县城和鹿城完全是另外一派景色。时间还没过八点，路上的行人已经很寥落。道路两旁的门店虽然开着，但灯光昏暗，店员们心不在焉地玩着手机。相反，在这个时间，鹿城的生活才刚刚开始。她顺着那条路走下去，想买杯奶茶，但一无所获，最终在一家冒牌肯德基快餐店里买了一杯柠檬茶。她坐在店里往外看着，打量偶尔从门口经过的行人。他们的衣服仍是六七年前的款式，仿佛时间在他们身上凝滞了。这样的地方对父亲而言有什么意义，她无法参透。她想到了刘艳。相比于她，刘艳才更像是父亲在这个世界上存在过的证据。他们没有血缘关系，但他们在许多细节上莫名相像。比如脸上的酒窝，比如他们身上那一种逆来顺受的、受难一样的气息。

可以想办法帮帮她。刘艳越说没关系，刘芷若想要帮她的想法就越甚。这种感觉和之前刚好相反。她不知道这其中有没有同情的因素，或许有吧，就如同母亲说的，如果没了房子，刘艳就一无所有了。

刘芷若对法律并不熟悉，但她依稀记得就算没有血缘关系，只要有遗嘱就可以继承。但她并不确定。刘芷若希望结果和她想的一样，这样对刘艳来说至少有些帮助。二叔说那幢房子值四十万，按他的为人，想必价钱只会更高。那么，刘艳至少也能拿到二十万。有了这些钱，她可以不用在洗头城里继续给别人按摩，或许还可以离开那个男朋友，去读读书什么的，会有很多可能性。想到这，她给穆北打了电话。这次他是一个人。

“你在做什么？有没有妨碍你？”她说。

“拜托，”穆北在电话那头笑道，“怎么了？”

“我那个妹妹，”她说，“今天我才知道她妈和我爸没有结婚。”

“所以呢？”

“我爸在老家有栋房子，生前留了遗嘱，说房子留给她一半。我叔叔想要那房子，商量着跟我们买，但是要把她的那一半要回去。”她说着说着声音小了，“这种情况，她能继承我爸的遗产吗？”

“你对你爸的遗嘱有异议吗？”穆北问。

“什么异议？”

“比如觉得这遗嘱是假的，或者你爸是被哄骗着立遗嘱的。”

“那倒没有。不会的。”

“那她当然有权利继承。你叔叔没资格干涉。”

“如果他占着房子呢？”

穆北说：“很简单啊，起诉，强制执行。”

她松了一口气，应道：“那就好。”

他们沉默了一会儿，穆北说：“你挺有意思的，遇到这种情况，别人都想着怎么证明遗嘱是假的，把那份财产要回来，你倒担心别人拿不到财产。”刘芷若愣了愣神。她确实没想到这个。二十万，对许多人来说都不是个小数目。她虽然薪水不低，不会为钱犯愁，但如果多了这笔钱，生活在某些方面也会提升一些。也许从她内心深处觉得这一切都无所谓，或者，她更希望看到刘艳从这摊废墟中爬出来，走到一个新的地方去。

穆北说：“我能理解你。你想让她摆脱现在的生活。你知道我为什么喜欢你吗？就因为你身上有一股劲，想要从人群里挣脱出来。”

她心里涌上来一股暖意：“我是这样的吗？”

其实就连刘芷若自己也不明确她想要挣脱的究竟是什么。但在某一个时刻，尤其是夜晚，有什么东西像蛇一样绕着她的脖颈，让她几乎要窒息。她一直都不太明确究竟是哪一环让她产生这样的感觉。她想起刘艳问她的那句话，“为什么我的生活里有这么多纠纷呢？”相比之下，她比刘艳幸福得多。她的工作无可挑剔。她有一个很好的男友，两个人说不定会结婚。刘艳现在二十出头，在同样的年纪，刘芷若正在学校里意气风发。那些莫名的绕颈之物和刘艳所遭遇的比起来，更像是矫情。刘艳过得很糟，如果她不拉刘艳一把的话，也许她一辈子就会这样下去，不会再变好了。

她顶着风往回走。回到宾馆时，母亲正在和父亲的侄女打电话，约好第二天吃饭。这些年，发生在母亲和刘芷若身上的那些事，都是通过这个侄女传播出去的。刘芷若有点不快。看见她进来，母亲挂了电话，接着问起刘艳的事，刘芷若照实说了。她告诉母亲，我问了穆北，他说刘艳有权继承。母亲淡淡地应了一声，没说什么。过了一会儿，她突然开口说：“我没想到你爸没有再婚。”“所以呢？”母亲淡淡地笑着看她：“这房子你想要吗？”刘芷若盯着母亲，没有说话。母亲接着说：“想要的话也很容易，有你二叔这种人在，要证明那遗嘱是假的应该不难。”

“你觉得那遗嘱是假的？”刘芷若说。

母亲说：“应该不是，但你二叔能有办法证明那是假的。”

刘芷若没有应声。房间里变得安静了。她没想到母亲会这么说，从一开始母亲就想置身事外，但这么做合情合理，没人可以指责什么。也许就像穆北说的，想着把房子要回来才是人之常情。母亲只是一个普通的母亲，不是圣母。刘芷若也不是。

她看向母亲。暖黄的灯光并未融化母亲脸上坚硬的棱角。这么多年过去了，时间也没能让她脸上的线条柔和些，她脸上的表情越来越硬了。母亲见她看着自己，笑了笑。塑料一般的笑容。那种熟悉的恶心感又冒了上来。她心中莫名一阵烦躁。

“怎么样，你怎么想的?”母亲追问道，脸上带着笑容。

这笑容她再熟悉不过。她想到那个遥远的夏夜，趁着父亲外出，母亲爬上了窗台。她打开窗子，热风像浪一样泼进了房间。母亲穿着拖鞋在并不算长的窗台上游走，她伸出手，用力扯下窗台上的那些藤蔓。因为用力过大的关系，铁质的防盗网发出闷闷的响声。她满头大汗地从窗台上爬下来，在沙发上坐着。她面无表情地坐着，直到父亲从外面回来。等父亲从外面回来，母亲看着父亲惊异的眼神，她笑了。那不是高兴的笑。那是种难以描述的笑。幸灾乐祸，报复的快感，都带着一种咬紧牙根的恶狠狠。

“你能不能别笑?”刘芷若轻声说。

“什么?”

刘芷若深吸了一口气，说：“你这样笑很难看，很恶心。对，恶心。你有感情吗?剥夺别人重要的东西，你觉得很爽是吗?”

“你这是什么意思?”

“还有，你能不能不要总和那个女的打电话。这样有意思吗?”

“我不懂你在说什么。”

她胸中的一口气顶着她，让她不得不站起来。她想大喊。她想起父亲离家时的背影。她想到在无数个深夜，自己躺在姥姥或者舅舅家的床上，嘴里摩挲着“妈妈”两个字，却始终记不清母亲的脸。她想到刘艳手握桃花的那张照片，现在她就如那株桃花一样，摇摇欲坠。她仿佛看见父亲和刘艳共同坐在那条即将沉没的船上，而她冲着他们大喊，“快跳啊，快跳啊！你们为什么不跳啊!”

她对母亲说：“你不懂，你当然不懂，也不可能懂。你毁了爸爸的树，毁了我的童年，现在还要毁掉刘艳。你让三个人无家可归，之前怎么说的你忘了吗?你说，房子没有了她跟孤魂野鬼有什么区别?那你现在呢？你现在到底想做什么？”

母亲脸上平静的表情让她愤怒。她说：“你为什么对我发火？”

“你夺走了我的一切，一切！你让我没了爸爸，也让我没了孩子！我也没有母亲！小时候我需要你的时候你在哪儿？我到现在都不敢要孩子，就因为我不想让孩子重复这种生活！”

母亲仰起脸，睁大眼睛，吸了吸鼻子。她看见眼泪从母亲的眼窝中流下来，经过下巴，滴落在母亲身上。母亲说：“我从来不知道你会这么想。”她说得很平静，平静得令人胆怯。过了一会儿，她将目光转向刘芷若，说：“但我从来也不会后悔这么做，你爸爸也一样。他不能抛下他老家的亲戚，所以这种方式对你来说是最好的。我们都看过太多这样的闹剧了。你将来也会有孩子，到了那时你就会知道，为了孩子，再艰难的选择也得做。就算将来他恨你。”

母亲深吸了一口气，吐出来。眼泪随着这一松一驰迅速滚落。她没有哭出声音。她坐在那儿，用手抹了一把脸，闭上了眼睛。那种无声的哭让人揪心。刘芷若看着她站了一会儿，坐下；又站起来，又坐下。最后，她站起身走到母亲床前坐下，用手抚摸着被子。白色的被罩发出沙沙的响声。刘芷若将手伸进被子摸索着，握住了母亲的手。母亲的手很热，温暖从她的掌心中汩汩而出。刘芷若觉得，她的身子也渐渐暖了。她轻轻抚摸着母亲手掌的纹路，感受着岁月在她手上留下的痕迹。她从不知道母亲的手这么粗糙，在那些她不在场的岁月中，母亲究竟做了什么呢？

母亲用手轻轻地回应着她，说：“其实我想说的是就算以后你不会回来，还是把房子留下来，卖掉也好，就这么留着也行。就算是帮帮她，毕竟，我们都是你爸爸的遗物啊。”

刘芷若点了点头，掀开被子，钻了进去。她将自己蜷缩在母亲身旁，像小时候一样。她感觉身体正在渐渐张开，有什么正在从母亲的身体流淌出来，进入她的体内。母亲轻轻地摸了摸她的头，关上了灯。

第二天吃过早饭，刘芷若开车送母亲去朋友家，约好下午再接她回来。她回到县城，漫无目的地走了一阵，天气太冷，把她逼回宾馆。电视机只能收到当地台，放着几年前放烂了的电视剧。她给刘艳发了消息，刘艳没有回。可能在上工，刘芷若没在意。她迷迷糊糊地睡了一会儿，梦中看见刘艳坐在一艘船上向她招手。船慢慢往前开着，渐渐有一头开始倾斜。她大声喊刘艳的名字，叫她从船上跳下来。快跳啊，快跳啊。刘艳似乎完全没听见。她还在冲刘芷若招手，脸上带着笑容。最后，她眼睁睁地看着那条船沉了下去。

她惊醒了，打电话给刘艳，没人接听。她发消息让刘艳忙完了之后给她回电。她又看了一会儿电视，其间接到公司的电话，一直忙到快中午。想到要吃午饭刘芷若才看了一眼手机，上面有十几通未接来电，都是同一个号码，当地的。她回拨过去，电话那头是一个低沉的男声："你是刘艳的姐姐吗？刘艳出事了，在县城中心医院。""出了什么事？你是谁？"电话那头已经挂断了。

刘芷若放下电话，脑子有点懵。她感觉耳朵发热，渐渐的，脸也热了起来。她拉开窗，一阵飓风扑打在她脸上，让她不自觉后退了几步。她回过神，赶紧关上窗，拿了包跑到县政府去开车，导航往中心医院开去。

刘芷若在急诊室绕了一圈，没找到人。她给那个陌生号码打电话，那头反倒很冷静地告诉她刘艳在六楼手术室。等电梯的人太多，刘芷若拉着安全梯的扶手冲了上去。她推开门，安全通道的门在她身后砰地一声关上，让她不自觉身子一震。手术室前的绿色胶皮地板反射着幽蓝的灯光，让人感觉身子发冷。几个人或站或坐地待在手术室门口。她看见一个佝偻的背影，认出那是二叔。刘芷若快跑两步，上去问二叔是怎么回事。二叔的脸白着，额头上不住落下汗来。他将目光转向走廊一侧，刘芷若注意到有一个二十多岁的男人正靠在墙上，肩膀很宽，将羽绒服撑得紧紧的。那男人看见刘芷若，没有动，只是抬抬下巴："你是刘艳姐姐？"刘芷若说："对。"男人直起了身子，走了过来。

这时她才发现男人很高，她刚好达到男人的锁骨位置，有种被压迫感。男人翻了翻眼睛，说："刘艳可能会流产。""怎么会流产呢？"男人抬抬下巴，冲着二叔的方向："你问他。"

二叔颤着声音："你们这是碰瓷！碰瓷！"说罢又转头冲着刘芷若喊："若若，你可得相信二叔啊！"

男人冲过去卡住二叔的脖子，将二叔顶在走廊的墙上。众人上前拉架，却拽不动人。二叔的眼睛向外凸着，脸渐渐紫了，他双手抻住男人的手，像一只被捕的鸟一样左右扑腾。男人咬着呀说："你再说一遍看看。"

刘芷若跑上前，拉住男人的手，说："这是医院，像什么样子！"

男人斜了她一眼，手松了松。不用想，这就是刘艳的男友。她不知道应该对他说些什么，是安慰他，还是向他问问究竟发生了什么。男人似乎也没什么可说，只是站在那里，双手紧紧地抱着，一双眼睛射着寒光。他的眼神和手术室外的灯光一样冷。消毒水的味道隐隐从墙缝中渗出来，刘芷若心里发慌。她站起身，走到手术室的另一头，感觉那种阴而寒的臭味终于散去了。刘艳会流产吗？刘芷若不知道。她想到刘艳说到孩子时的那种喜气洋洋的表情，想到刘艳将她的手拉过去，放在自己的肚子上时她感受到的那种触动。刘艳为什么要去二叔家？她不是说自己会帮刘艳解决好的吗？为什么刘艳不等等她呢？

不知过了多久，手术中的红灯灭掉，医生走了出来。谁是刘艳家属？

男人和刘芷若同时迎了上去。医生说，大人孩子都没事，但孩子早产，还不到五斤，需要进保温箱观察一阵，你们去办手续吧。男人问，要住几天院？医生露在口罩之上的眼睛冷得蜇人。这要看孩子的情况了，花十多万也是有的。

走廊上所有的人都安静了一会儿。刘艳的男友像是突然反应过来，转身冲到二叔面前，再一次卡住了他的脖子。“你说怎么办?”他说得恶狠狠的，语气仿佛下一刻就能将二叔给嚼碎。“赔钱，我赔钱。”二叔哑着嗓子干嚎，“我赔钱还不行吗?”

他们谁也没有注意到手术室的门重新打开了。两个护士推着移动病床走了出来。刘芷若注意到，刘艳的头发是湿的。她没有醒，但眼球像是初生的小鸟一样颤抖着，脸色白得像放坏了的豆腐。刘芷若上前去握住她的手，很凉。刘芷若跟在床边，一手握住刘艳，一手推着床沿往前走。刘艳的手似乎动了动。她们推着床往前走了一会儿，刘芷若感觉自己的手指被握住了。那感觉，像是婴儿出于本能地拉住了母亲的手。刘芷若的眼泪漫了出来。

刘艳没什么事，护士告诉她，只是麻药劲还没过，很快就会醒。刘芷若谢了护士，坐在床前守着刘艳。刘艳的男友一直没有出现。期间她给母亲打了个电话，母亲在电话那头久久没有说话。过了好一会儿她才开口，那毕竟是他们的事，我们还是不要掺和了。那孩子挺可怜的，你给她留点钱吧。

过了快一小时刘艳才醒。她努力地撑开了眼睛。看见刘芷若坐在床前，她哭了起来。一开始只是安静地流眼泪，接着她开始抽泣，很快就放声大哭。相邻病床的人转过头来看着她们，然后拉上了帘子。刘芷若听着她的哭声，感觉心像是被谁捏在手中反复揉搓。刘芷若心慌得想吐。她抚摸着刘艳的手，像是按摩一样轻轻搓着。突然，一股酸泛了上来，她的眼睛湿了。

她问刘艳："你为什么要去找二叔呢？"刘艳依然在抽噎："是他叫我去的。"刘芷若说："那你为什么不叫上我呢？"刘艳说："我想着我自己能解决的，何况李威他出车回来了。这件事……总还得要有个了结。"刘芷若顿了一会儿，问刘艳："那怎么还打起来了呢？"

一开始还好好的。不过也就是像之前那样，二叔想白白要回房子，刘艳不同意。后来他提出了个折中的方案，五万元，把房子买下来。刘艳二话没说就要走，二叔拉了她一把。她没站稳，整个人仰着就倒在了地上。刘芷若差点叫起来，"五万，亏他说得出口"。但她还是努力把这句话咽了回去。刘艳还在哭，但已经稍微冷静一些了。刘芷若用纸巾给她擦了擦脸，说："你别哭，我看电视上都说，坐月子的时候哭，以后见风就会流眼泪。"刘艳吸了吸鼻子，勉强笑了笑。"那孩子呢？孩子还好吗？"

她不知道该不该告诉刘艳孩子已经送进了保温箱，还不知道什么时候能出来。如果情况不好的话，按刘艳和李威的薪水，恐怕根本无法支付保温箱的费用。也许将父亲留下来的房子卖掉是唯一的办法。二叔推倒了刘艳，因着这件事，他们或许能相对公正地拿到一些钱。她有些愧疚。

她就这么握着刘艳的手静静地坐着。她们彼此看着对方，不说一句话。刘芷若轻轻地摩挲着刘艳的手，感受着她手上每一寸粗糙。她想起曾经看过的刘艳的照片。她正二十出头，手里握着一束桃花。那时候的刘艳看起来比桃花瘦弱，但身上带有一股欣欣向荣的气息，那感觉就像是一株野草，想要挣扎着从某个地方破土而出。现在，那些光彩已经在刘艳的脸上退去，只留下干枯的印痕。她的一双清澈的眼睛已经蒙上了一层雾，仿佛她对世界上所有的一切都是懵懂的。又或者，是眼前的这一切已经让她变得麻木了。不知是否是麻药的关系，刘艳缓慢地眨着眼睛，看起来一副快睡着的模样。刘艳的手似乎暖了些。她端详着刘艳的手，如果不做按摩，那会是一双漂亮的手吧？

刘艳回握着她的手。她感觉有什么东西正在她们的双手之间流淌着，手渐渐就暖了。刘艳刚开口想要说什么，李威推门从外面走了进来。她没有再开口。刘芷若往他身后看了一眼，没看到二叔。不知道他们是达成了共识还是别的什么。李威冷冷地看着刘芷若，没打招呼。刘艳拉了拉他的手，说："这是我姐姐。"李威不说话。刘芷若坐得有些尴尬，于是站了起来。刘艳冲她笑笑，说："姐，你回去吧，我没事，再说李威在这儿。"她点点头，说："那我明天来看你。"刘艳说："不用，你挺忙的，回头我好了给你打电话好吗？"刘芷若看着李威的冷脸，点了点头。

接下来的几天确实很忙。母亲接到几个周边县市朋友的邀请，刘芷若每天开车接送。再加上公司新来了一个项目，刘芷若只得每天将电脑带在身边。这期间母亲向她问起刘艳的事，两人商量好给她一万块钱，名义上是给孩子的红包，希望多少能让她的生活在短时间内好过一点儿。空闲的时候她给刘艳打过电话。孩子还没有好转，也许还要在保温箱里待上个把星期。她问刘艳："钱还够吗？要不我先给你打一点儿。"刘艳说："姐，你放心吧，都解决了。"刘芷若问她钱是怎么解决的，刘艳避开话题，只是让她放心。

她没太多的时间担心刘艳。新项目进展不佳，她几乎每天都窝在宾馆里，发无数封邮件，打无数个电话，每天都是工作到快吃饭的时候才停一停。夜晚，刘芷若无法入睡的时候会想到刘艳的孩子。刘艳给她发过几张孩子在保温箱里的照片。他看起来太小了。也许是因为早产的缘故，他皮肤很黑，脸总是皱着，像是为什么发愁。她看着那些贴在孩子身上的管子，感到害怕。他那么小就需要面对这样的世界，以后他的生活会幸福吗？

再接到刘艳电话已经是三天后了，那时候她刚吃完午饭。午后，天气晴朗了些，天空蓝得像是流淌的颜料，她从来没在冬天看到这样清澈的天空。

刘艳打来电话，说她就在宾馆楼下。刘芷若赶紧套了大衣跑到楼下去。刘艳仍然穿着第一天见面时的那件紫红色羽绒服，羽绒服肚子的位置仍然保持着一个曲线。刘艳坐在沙发上，脸上有两团冻伤般的红晕。刘芷若问刘艳："你怎么出来了？"刘艳说："没什么事，出来透透气。"她皱了皱眉头，对刘艳说："你这样到处跑行吗？别人生完了孩子都在家里待一个月。"刘艳笑笑，哪那么娇气。

她说想带刘芷若到一个地方去看看。她没说是什么地方，只告诉刘芷若她会带路。她们一起去取了车，沿着河行驶了一阵，然后拐弯进入国道。道路上有几个裹得像馒头一样的人，脖子缩在羽绒服里。大多数时候，路两侧只有高大干枯的树干。在这些树木的映照下，远方的天空显得明澈高远。刘芷若在刘艳的指挥下向左或者向右转弯。这种无目的行驶让她感觉很好。从后视镜可以看到，道路两旁的植物在不断后退，路面在她们身后延展而去。刘艳打开了电台。音乐响了。是一首熟悉却又不知道名字的民谣，歌手的声音很温柔，像春日里的一阵暖风。

刘芷若注意到刘艳闭上了眼睛。她们彼此都没有说话，似乎都很享受现在这种没话可说却并不尴尬的自在。一小时后她们在道路尽头转弯，向一个村庄驶进去。刘艳指挥着她在村卫生所附近停了车。下车后，两人沿着田埂徒步前行。刘艳走在前面，刘芷若跟在后面。不知走了多久，刘芷若看见一片白色渐渐地从地面上浮了起来。刘艳回过头，笑着对她说："姐，你看，快到了。"

渐渐地，她看见了一条河。河面上空无一物，岸边的防护措施很简陋。几只鸭子在河边徘徊，也许是附近人家放养的。河对面是一小片树林。有风吹过去，仅剩的几棵还有叶子的树木随风轻轻晃动。如果是夏天，想必会是一片好景色。刘艳靠近她，指着对岸对她说："姐，你看见那片树林了吗？"她点点头。刘艳说："那都是爸爸种的，爸爸每年都帮你种一棵树。他说看到这些树慢慢长大，就好像看到你一样。"

她想起了父亲。渐渐的，眼前的一切都变了。她看见眼前有一片绿色如藤蔓一样慢慢地爬满她的视野。父亲坐在阳台上一动不动，像是长在了那里。藤蔓像水银一样从窗台上流淌下来，流到父亲身上。它们像苔藓一样密密麻麻地没过了父亲的脚踝，没过他的膝盖，浪一样淹没了他。等浪潮褪去，她看见父亲渐渐长成了一棵树。

有一些东西在她的脑中渐渐变得清晰了。这么多年来父亲离开的原因，母亲对父亲的冷漠，还有那些说不上究竟是什么的绕颈之物。这些东西渐渐汇聚在一起，成为一个圆。她站在那个圆的中心上。

"姐，你把房子卖了吧。"刘艳转过头来看她，说，"我已经把爸爸的房子卖给二叔了。"刘芷若点点头问道："卖了多少钱？"刘艳抿了抿嘴，说："李威跟我一起去的，他还叫了几个人。"刘芷若笑了，刘艳也笑了。"四十万。"刘艳补充道。她顿了顿："其实，那天摔倒是李威推了我一把。事先我们商量好的，他想诈点钱，我想快点把这件事了结。"说罢，刘艳冲她笑了笑。

刘芷若张了张嘴，但没有说话。许多话在她胸口浮起又被她渐渐按下。她原本想告诉刘艳如果她愿意，她可以帮她找一份工作。以刘芷若的人脉再加上穆北家的人脉，给刘艳找一份工作根本不是问题。如果刘艳想的话，她也可以帮她联系学校，从自考本科开始慢慢读上去。但是看起来这一切似乎都不再需要了。她想起自己曾经问过刘艳的问题："难道你没有梦想吗？"电话那头的刘艳沉默了好一会儿才回答说："我的梦想就是当妈妈。你们的梦想很光鲜，但我的梦想就是做妈妈。难道做妈妈就不能是梦想吗？”她记得当时刘艳的反应。刘芷若愣住了，她不知道从何开口。现在她明白了。

刘艳向刘芷若靠近了些，用手挽着她的手臂。她听见刘艳在嘶嘶吸气。她们靠在一起。河心吹来的一阵风暖暖地覆盖在刘芷若脸上，让她有一种春天提早来临的错觉。刘艳的手在颤抖。她吸了吸鼻子，说：“现在我真害怕，如果孩子活不下来了呢？”刘芷若伸出手，轻轻地抚摸着刘艳的头。过了好一会儿，刘艳从刘芷若的肩膀上抬起头来，说：“我决定和李威分手了。我给了他十万。我一个人也能把孩子养大。”但这句话她说得很轻，仿佛是说给自己听的。

刘芷若没有回答。不远处，她看见河岸的鸭子向她们摇摇晃晃地走来，它们没有下水，只是在岸边嬉戏着。刘芷若问刘艳：“鸭子冬天也下水的吗？”刘艳说：“下的，只要河水不结冰。”

刘艳深吸了一口气，说：“你知道有一种动物吗？嘴巴特别大，吃鱼的。”

“鸬鹚吧？南方都养鸬鹚来捉鱼。”

刘艳说：“看字的写法好像不是那样发音的。”她拉过刘芷若的手，在她的掌心写下了两个字。“哦，是鹈鹕。”刘芷若说，“这种鸟好像国外才有。”

“听说这种鸟如果没有东西喂孩子，就把自己身上的肉啄下来。”

刘芷若说：“是吗？”

刘艳说：“你觉得我会是个好妈妈吗？”

她注意到，刘艳的眼睛闪闪发光。某些模糊的线条在她的脸上渐渐清晰又变得坚硬。刘芷若发现，在她心中有些被淹没的东西正在浮上水面。曾经那种被没顶的恐慌突然消失了。她伸出手去，将刘艳的手握住了。她说：“会的，你现在就是。”

后记

如果要进行追溯的话，我开始写作要上溯至2003年。2003年冬天，我的同学周慧拿来一本《萌芽》杂志，告诉我她想参加这个杂志举办的一个名叫“新概念作文大赛”的写作比赛。她不太敢自己参加，于是邀请我一起去。那一年我刚升上高二，学业繁重，虽然学习成绩无法称得上是上游，但终究是“两耳不闻窗外事”。我对《萌芽》杂志一无所知，更不可能知道这个作文比赛已经轰轰烈烈地举办到了第五届。我在许多涉及“如何开始创作”之主题的创作谈中提到，当时的我对文学的认识无知得可怜。文学作品多数从语文课本和语文读本中阅读，生活中与文学还能沾上边的唯有两本杂志：《读者》和《青年文摘》。但是不知道为什么，我同意了共同参赛的要求。我记得很清楚当时自己并没有零花钱，邮政快递的二十元费用是问母亲要的。但很快，这二十块钱被我另作它用。具体用来干什么，我已经不记得了。我只记得在参赛截止日期的最后一天，我跑到邮局寄了一封挂号信。寄信时我告诉自己说，如果复赛名单中没有我也无所谓，就当是参赛稿件没有收到好了。

参加复赛的消息同样也是周慧告诉我的。就这样，我去上海参加了复赛，得了奖，开始没完没了地写。我不知道究竟是什么在那时突然激发了我的想象力。现在回想起来，那时期可能是我想象力最茂盛的时候。有许多堂语文课我都是在写作中度过的。高中时我语文成绩不错，也敢于开小差，所以用了许多语文课的时间来写作。当时我有一个硬壳笔记本，是专门用来写作的，几乎两三天的时间我就能写完一篇5000字左右的作品。写好后我会拿给几个朋友看，由她们来给我提出建议。获奖之后我们家才终于安装了宽带。渐渐的，我开始收到一些“新概念作文大赛”获奖作者文集的约稿邀请。我不知道这算不算出道，但我确实是从那时候开始，觉得创作是一条自己想要走的路。

但这条路走起来并不容易。从高中时期的“青春文学”转向所谓的“纯文学”，仅凭爆发的想象力远远不够。几年以后，我尝试着写第一篇真正的小说时，终于发现了其中的艰难。创作并非只是在讲故事——而讲好故事，正是此前我在创作中唯一崇尚的美德。古怪、离奇甚至狗血，高中时期创作的许多“小说”，如今看来着实令人脸红。但这不是坏事。我在写作之初靠着直觉找到了小说的其中一个门道，即便后来无人教导，无所依仗，只能通过不断地写和读来保证自己还能够继续走在创作这条路上，也终究还是一步步靠近和了解了这门艺术。

2012年底，经过了几年的瓶颈期之后，我写出了第一篇小说《门》。后来这篇小说被《小说月报》转载了。那时候我刚刚在一所民办大学获得教职，做专任教师，一个星期大约两三门课。不用朝九晚五，除了备课之外，有很多时间可以写作。2012至2015年间，我写了一些小说，有几篇满意的，也有一些多少还是有些遗憾。那段时间里我也常常去看一些同龄人的作品，看得越多，在感慨的同时，越发为自己感到惭愧。我试图疯狂地去写，但几乎很少有东西真正能令自己满意。但我仍然在不停地写。我知道这背后有一种赛跑般的精神在推动着我，让我不肯认输。但究竟什么是输，输给谁，我也不知道。后来许多琐事如同洪水一般袭来，我深困其中，情绪常常会因为这些一触即发。有几年的时间，我无法创作出任何作品。我不知道自己是否应该将这段空白归咎于琐事，或者我更应该审视自己，作为一名写作者，是否应该有一颗更强大的心脏才能真正靠近这门艺术。

2019年，周围的情况好了些。我终于不再和自己较劲。我在审视自己的过程中发现了自己的执念，开始思考自己选择成为写作者的最初原因。我不得不承认，我曾经为自己的创作目的涂脂抹粉，试图将其打扮得更自然，更纯粹。但这背后真正的原因，在于我发现，这是一件我似乎能够做好的事。有一件可以做好的、足以令自己能够在他人面前炫耀的事，至少证明我不是平庸的。我不能以一种艺术来证实自己。艺术是表达，不是证据。写作之所以能够让我不断坚持，之所以在充满困惑的时候也从未想过放弃，是因为在进行的过程中，我感到了一种建设的魅力和隐秘的欢乐。写作一旦开始，作者就和笔下的人物达成了秘密的共识。他们共同建设理想，建设盼望，建设想象。在许多困难的时刻，我无法写出任何文字，但脑中那种迫切的希望还是在催促着我，不能放弃，这是唯一能够在如洪流一般的生活中能将你送到彼岸的工具。

当执念被放下，我写出了《天涯海角》《伤心鹈鹕之歌》一类的作品。或许正因为不再有执念，新创作出来的小说开始变得简练干净，渐渐接近我的理想。这些作品让我更了解小说的艺术，也开始有更进一步的追求。我深知我对这门艺术一往情深。我也深知，我将是它忠实的捍卫者，直到我无法提笔的那一刻。

徐小雅

2022年9月3日